1978

四十年四十人

镇江改革开放的历史时空

中共镇江市委宣传部
镇江市文学艺术界联合会　编
镇江报业传媒集团

2018

江苏人民出版社

图书在版编目（CIP）数据

四十年四十人 ：镇江改革开放的历史时空 / 中共镇江市委宣传部，镇江市文学艺术界联合会，镇江报业传媒集团编. -- 南京 :江苏人民出版社，2018.8
ISBN 978-7-214-22528-3

Ⅰ. ①四… Ⅱ. ①中… ②镇… Ⅲ. ①改革开放—历史—镇江 Ⅳ. ①D619.533

中国版本图书馆CIP数据核字(2018)第201481号

书　　名	四十年四十人 ：镇江改革开放的历史时空
编　　者	中共镇江市委宣传部　镇江市文学艺术界联合会　镇江报业传媒集团
责任编辑	朱　超
出版发行	江苏人民出版社
出版社地址	南京市湖南路1号A楼，邮编：21009
出版社网址	http://www.jspph.com
排　　版	镇江现代图书出版有限公司
印　　刷	扬中市人民印刷有限公司
开　　本	718毫米×1000毫米　1/16
印　　张	17.75
字　　数	269 千字
版　　次	2018 年 9 月第 1 版　2018 年 9 月第 1 次印刷
标准书号	ISBN 978-7-214-22528-3
定　　价	42.00元

目　录

鄂锦昆、鄂秀萍：第一家个体饭店的老板

文／董洪林

鄂锦昆，1932年生；**鄂秀萍**，1965年生。相差33岁的父女俩，均为镇江“鄂氏集团”创始人，1984年共同创办改革开放中镇江第一家个体饭店，至今已35年。“鄂氏集团”现拥有镇扬菜馆、金聚楼、锦绣皇宫和金江机械4个民营企业。鄂氏父女相继成为镇江市劳动模范、江苏省著名企业家，共同谱写了创业传奇和成功篇章。

拄拐沿街考察，创办“镇扬菜馆”

1984 年，春节过后的几天里，解放路上经常可见一个姑娘，用自行车驮着一个手握双拐的中年男子，在马路两侧来来回回不停地走动……

中年男子就是鄂锦昆，他因患有严重类风湿，常要借助双拐行走。身边的姑娘是他 19 岁的小女儿鄂秀萍。

他们在观察人流。每当临近中午，就有许多人，尤其是南门汽车站附近不断涌来的乘客，都忙着寻找吃饭的地方。当时解放路上仅有的一家国营饭店和一家水饺店，常常人满为患。

“吃饭难”，是当时一个不争的社会现实；与此同时，鄂家深受“生活难”的困扰——鄂锦昆仅有微薄的工资，贫病交加，还得靠鄂秀萍卖手绘玻璃画贴补家用。其时，保护、鼓励个体经济已经写入国家宪法，这让鄂家父女心头一亮：何不开个体饭店，既可满足社会需要，也可改变自己和家庭的命运！于是，出现了解放路上“考察”的一幕。

已年过半百的鄂锦昆毅然拿出自己的住房，以 80 多平米置换南门汽车站附近一处 30 多平米的门面房；靠小女儿卖玻璃画以及向亲戚借款拼凑了 500 多元，置办了几张方桌、十几张长条凳。“要干就干出名堂和特色”，鄂锦昆又拄着双拐，在女儿的陪同下赶到上海，不惜重金请来 3 位厨师。

起什么店名？ 13 岁就离开扬州邗江农村到镇江学徒的鄂锦昆，始终怀有浓浓的家乡情结，他决定把自己创办的第一家饭店取名“镇扬菜馆”。这年的7月2日，镇江改革开放中的首家个体饭店正式开业。

“镇扬菜馆”一炮走红，每天顾客蜂拥而至，排队等桌就餐，对面巷道摆台……那时他们一家三口，晚上睡在店堂，白天揭铺营业；买菜、拣菜、洗碗、摆台、上菜样样干。可口的饭菜、温馨的服务，使“镇扬菜馆”声名鹊起。

那年冬天的一个雪夜，有几位外地人来江滨医院陪护亲人治病，手术结束时错过了吃饭时间，听说有家“镇扬菜馆”，慕名寻来敲门。鄂氏父女连忙叫来住在旅馆的上海师傅生火做菜,吃上热饭热菜的外地客人感动得流下了眼泪。

艰辛的创业，使鄂家成了“万元户”，鄂锦昆的腿病也得到有效医治。“镇扬菜馆”上了报纸杂志，上海、江苏电视台专程赶来采访，就连电视连续剧《春归》也把“镇扬菜馆”作为拍摄场地，一时轰动镇江。鄂锦昆还参加市里的宣讲团到各地现身说法，影响、带动了镇江个私经济发展。

后来，“镇扬菜馆”遇上城市拆迁。当在新址重新亮出“镇扬菜馆”名号时，惊喜的食客感到更亮堂、更贴心了。35年来，“镇扬菜馆”始终拥有一批接一批忠实的“粉丝”。

引入北京烤鸭，打造“聚金”之楼

鄂家后来在南门大街购置的二层住宅，又因拆迁置换了一幢多层门楼。鄂氏父女又在筹划如何打响“第二店”。

对“北京烤鸭”情有独钟的鄂锦昆，专程赶往著名的北京全聚德烤鸭店，受到热情接待。此行，鄂锦昆不仅带回北京烤鸭专用食材——北京填鸭及上等枣木，还请来了全聚德烤鸭师傅，带来了全套北京烤鸭技术。1993年国庆前夕，镇江也有一个叫“全聚德”的北京烤鸭店开业了。

名牌真品，生意异常火爆。“镇江人不出家门，就能吃到正宗北京烤鸭”的成就感，让鄂氏父女尝到了打响品牌名号的喜悦。

其时，国人普遍缺乏商标意识。1995年，即镇江“全聚德”开业后的第三年，北京“全聚德”办理了商标注册。镇江“全聚德”的店名遭到了侵权质疑。补上了这堂知识产权课，鄂氏父女把店名改成了“金聚楼”，并于2002年4月进行了商标注册。

形成烤鸭、家宴、早茶三大经营特色的“金聚楼”，每天食客如云，跑堂服务员穿上旱冰鞋穿梭传菜。这里不仅成为镇江食客心仪的消费场所，还吸引了港澳台地区和美国、日本、韩国、澳洲等国家的客人。

“金聚楼”名副其实地成了一座“聚金”之楼。开办早期的 6 年间，连续 4 次改造增容，形成一个楼高 4 层、营业面积超过 2000 平米的美食总汇。

这时，鄂锦昆又开始资本运作，相继在市内外、国内外谋划新的产业。

参与国企改制，涉足机械行业

2002 年底，颇有影响和实力的鄂锦昆，被“卷入”国企改制的大潮，在市政府引导下，成为镇江尝试民企介入国企改制的第一人。

他把已有 50 多年历史却濒临破产的国企京江发动机厂，改制为民营的金江机械有限公司。

初期的残酷现实，却远远超出想象。账面负资产 1800 多万，虚假资产还有 2000 多万；库存商品和原材料残缺不全，应收账款全为假账；设备急需更新，却找不到产品方向；在册员工 480 多人，而内退协保人员超过 180 人；已 6 个多月未发工资，医保、养保拖欠了三年多，超过 200 万元；外债官司不断，要债的天天上门。这位年已古稀的老者食不甘味、夜不能寐，甚至突发心脏病，被急送南京军区总医院……他只有把酒店的 3000 多万元资金不断填入“烂塘”。

如何突围？鄂锦昆以“腾笼换鸟”理念，通过贷款、借款又筹资 3000 多万，到京口工业园区购置土地 60 多亩，新建厂房 2 万平米，原厂搬至新址生产，顽强坚守至今；利用北面厂区的 13 亩土地，建起了现在的锦绣皇宫大酒店……终于逐渐还清了债务，走出了四面楚歌的困境。

鄂锦昆，以他的毅力和智慧，书写了一段“凤凰涅槃”的改革传奇。

联名“锦绣皇宫”，父女圆梦“金顶”

鄂氏父女早就怀有一个“酒店王国”的梦，企盼以民营企业的集成之力，

建起一座综合性大型酒店。

在“金江机械”购置的土地上，经过半年规划和审批，又经过两年的土建和装修，一座“金顶”大酒店终于现身镇江。其精美、恢弘、华丽的欧式建筑，还有取自鄂氏父女名字中“锦”、“秀”二字的“锦绣皇宫”店名，令镇江人眼睛一亮。

2009 年 5 月开业的“锦绣皇宫大酒店”，7 层楼面，建筑面积约 1.6 万平方米，集餐饮、客房、会务、休闲为一体，可同时接待 1200 多人，设有地面、地下停车泊位 300 余个。镇江第一个民营大型酒店、镇江第一个贴金的屋顶和大厅、镇江第一张电动音乐喷泉餐桌……酒店创办 9 周年之际，有 13 条公交线路通过的学府路上，醒目地亮出了一个以“锦绣皇宫大酒店”命名的公交站台。

不忘创业初心，永葆“鄂氏名号”

镇扬菜馆、金聚楼、锦绣皇宫的相继创业，金江机械的成功改制，让“鄂氏名号”名扬大江南北，鄂锦昆、鄂秀萍父女，也为镇江竖起了一块民营企业的样板。

“鄂氏集团”以不凡的业绩，打响了名号，创造了辉煌。先后被评为省级优秀餐饮企业、文明服务诚信经营先进单位、价格和计量诚信单位、消费者放心诚信单位、明星企业，全国绿色餐饮企业、放心餐饮十佳企业、中国特色餐饮美食名店。此外，还在全国、省烹饪大赛获得多个团体和个人的金银铜奖、特金奖，在全国电视擂台赛上，获得满汉全席擂主称号……

父亲鄂锦昆在上世纪八十年代当上镇江市劳模；女儿鄂秀萍也于 2003 年成为镇江市劳模。青出于蓝而胜于蓝，跟着父亲艰苦创业、奋力打拼的鄂秀萍，经过 30 多年的磨练，成长为声名远播的女企业家。

2000 年以来担当酒店总经理的鄂秀萍，先后获得“光彩之星”、市“十大女杰”、省“三八红旗手”、省“巾帼创业排头兵”、省民营企业家、省优秀企业家，全国先进个体工商户等荣誉称号；多次被评为中国民主建国会优秀会员；连续当选为镇江市第四、五、六、七、八届人大代表；还担任省工商联执委、市工商联副会长等 10 多个社会职务。

2016 年 12 月 5 日，鄂秀萍出席全国先进个体工商户表彰大会暨纪念中国个体劳动者协会成立 30 周年座谈会。国务院总理李克强接见大家时，与她这位来自镇江的唯一代表亲切握手。

鄂氏父女深深懂得，创业难，守业更难。35 年来，他们不断用创业精神和创新理念发展企业。他们正在培养第三代鄂氏接班人，以期薪火相传，再创“鄂氏名号”辉煌。

叶滋荃：家庭小账本，时代大数据

文／朱 婕

叶滋荃，离休高级工程师。1949年参加工作后，他开始记录个人收入和支出情况，至今的69年里，几乎将每笔收支都记录下来，保存了45本账本。他的家庭记账本经媒体报道后，引起了国家统计部门和社会的广泛关注。他的家庭账本原件由中国统计资料馆永久珍藏。

“毛豆——”

“四两五，三块钱。”

“茭白——”

“七两五，五块钱。”

……

离休高工叶滋荃“报菜名”，老伴曹明璐提着杆秤“报价”。如此一番“夫唱妇随”，老夫妻俩一天中的支出项目，很快就清清楚楚地记入了家里的账本。

叶滋荃生于1933年，1949年参加工作后，就开始记录个人收入和支出情况。至今的69个年头里，他几乎将每笔收支都记录下来。从保存的45本账本来看，大到几万元支持女儿买房，小到一分钱打一瓶开水，都名目清晰。

从泛黄的纸页中走出来的，其实已不只是一个家庭的“小账目”，更是一个时代的“大数据”。也因此，叶滋荃的“镇江记账本”在很大范围内引起了轰动，并得到了国家领导人的关注。2013年11月28日，账本原件由中国统计资料馆永久珍藏，此后的每本账本也都送往北京。

家庭账本引出的故事

叶滋茎出生在浙江慈溪，父亲做药材生意，平时少不了拨算盘、记账目。“可能是受家庭环境的影响，我们兄弟姐妹几个从小就喜欢记记算算。”叶滋茎说。

1949 年 8 月 27 日，叶滋茎走上工作岗位。他买来本子专门记账，正式开始记录属于“自己的”收支。“那时候每个月的津贴只有 10 块钱，可供自己花销的很少，有时候几天才能在本子上记上一笔。”他回忆，当时买支钢笔需要省吃俭用好几个月，买来后别在胸前的口袋，不亚于现在的奢侈品；买块手表可能要花上几年的收入，他只敢想想而已……

说到记账带来的好处，叶滋茎讲了“替自己做证”和“避免赔偿 20 万”两个故事。

“‘文革’期间，有人一口咬定我参加了一起武斗事件。”情急之下，叶滋茎灵机一动，翻出记账本，“账本上记录了我当时正在外出差，和谁一起吃饭、花了多少钱，都清清楚楚，根据线索找到证人，就真相大白了。”这件事让叶滋茎体会到，清清楚楚记账竟然还关系到清清白白做人。

还有一次是发生在 1994 年的事情。叶滋茎被派往国外考察学习途中，行李和证件被盗一空，几乎无法证明身份，难以回国。由于长期坚持记账，即使出国在外也不例外，于是，他凭记忆列出了被盗全部物品，才得到有关部门认可，顺利回国，“更幸运的是，我回忆出了代表团所有开支金额，报销了 20 多万元，要不然得全额赔偿。”

记账是一件小事，可是坚持 69 年，45 本账本堆起来超过一米高，就成了一件难能可贵的大事！

“多亏了她！”叶滋茎说起了妻子曹明璐。1956 年，两人结为夫妻后，曹明璐积极配合丈夫记录家庭生活日常收支情况，每天的收入和花费都如实“报账”。后来，子女们耳濡目染也会主动“上报”。“只要我出差不在家，老伴就会承担记账的任务。”叶滋茎说，正是得到全家人的支持，家庭账本才能坚持数十年不断档，而且真实可信。

事实上，叶家的记账本还不止 45 本。在“破四旧”中，叶家 1966 年之前的账本资料全部被烧毁。忆及往事，叶滋茎仍心痛不已。不过，这并没有让他放弃记账，“那些年我就偷偷记，至今 52 年没有间断。”

家庭账本折射的变迁

从叶家的账本来看，1966 年，全家当年负债 76.87 元，并且持续多年入不敷出。“那时候账本上记录最多的项目就是一瓶开水一分钱。”叶滋茎说，有一次，他给了小女儿两分钱去“老虎灶”打开水，女儿只打回一瓶水，他立即要回了剩下的一分钱。这种近乎苛刻的家教，既是叶滋茎在言传身教，也反映了当时的生活清苦。

泛黄的页面翻到了 1978 年，改革开放后，账本上的叶家生活有了“喜人变化”。“法律、政策允许家庭搞副业，我们家也跟着干起来，妻子、女儿给绣花厂剪花边，给食品厂做加工……”账面上则反映：1981 年，叶家开始“扭亏为盈”——当年还完了债务，还盈余 130.57 元，并且从此年年有余。

对比叶滋茎夫妇的收入变化，也折射出了社会生活的变迁。1978 年以前，叶滋茎的收入比曹明璐低，而 1979 年以后，叶滋茎“后来居上”，并且两人的工资收入差距逐渐拉大，特别是他评上工程师和高级工程师后，收入明显增加，说明“知识在升值”。另外，两人收入差距因行业不同也迅速拉大，叶滋茎就职于交通部门，而曹明璐在服装厂工作。目前，他的收入是老伴的 3.37 倍。不过，如今妻子的月收入也已是 40 年前的 67 倍。

恩格尔系数是衡量贫富的重要参数。改革开放40年，这一参数在叶家不断刷新，表明了他们的生活越过越好。1967年，叶家全年消费性支出为878.84元，其中食品消费572.41元，恩格尔系数高达65.1%，处于“贫困”状态，“那时候主要是‘糊嘴’，大部分钱都花在吃上。”到了1978年，叶家的恩格尔系数下降至47.3%，40年后的今天仅为30%，已达到“富足”标准。

“通过账本对比物价水平、消费结构，也是一件有趣的事。”谈起生活变化的细节，叶滋茎把账本翻到40年前的“今天”，“1978年4月26日，我们看了场电影，票钱仅两毛四。再看消费种类，40年后的今天丰富多样，在以前是不可相像的。”

家庭账本承载的价值

叶滋茎不仅记账，还分类、汇总，仔细且专业，他曾两次被抽中担任镇江市城镇住户调查记账户，并于2002年受聘担任镇江城调队特约调查员。市城市社会经济调查队这样评价：像叶老这样家庭收支记录连续时间之长、记录内容之细、账册保存之好的，在全国家庭中也极为罕见，资料弥足珍贵。

一时间，从地方到中央，各级各类媒体纷纷报道叶滋茎和他家的“小账本”。朱镕基总理看到报道后明确指出：老百姓几十年的账本，记载着居民生活的变迁，反映着国家经济发展的历程。它既是居民个人的财产，也是国家的宝贵财富，要妥善保管好，充分研究利用好。

2013年11月28日，国家统计局局长马建堂走进叶滋茎家，他要“接走”叶滋茎从1966年9月至2012年12月近47年的家庭账本，永久珍藏在中国统计资料馆。

其实，早在2003年，叶家账本经央视《焦点访谈》报道后，统计部门就想收藏做研究，但当时叶滋茎只同意捐出复印件。直到2012年国家统计局再次提出这个请求，叶滋茎虽然舍不得，最终还是同意捐出原件，并在国家统计局镇江调查队的帮助下，历时2个月，将账本一张张扫描复制装订成册，“复印版”成为全家人的另一种寄托。

数十年如一日，叶滋茎用一个个数字串起了“小家”的生活记录，也累积成为国家、社会这个“大家”发展变化的时代烙印。

叶滋茎拿出一本名为《社会转型与消费革命》的书，作者是郑红娥。他回忆这本书的来历：2004年，他正准备花两年时间将全部账目录入电脑，就在这时，南京大学研究生郑红娥辗转找到了他，帮助他提前完成了账本的“电子化”。同时，也正是叶家账本支持她完成了博士论文，并顺利进入北京大学博士后流动站。后来郑红娥以账本资料为基础，出版了这本社会学专著。

账本上，叶滋茎已经将年份写到了2032年。他说，希望自己活到100岁、记账记到100岁，到那时，这些账册会告诉子孙更多有价值的东西。

钱永波：十年励精图治，逐浪时代潮流

文／蔡永祥

钱永波，江苏靖江人，1934年1月生。1949年3月参加工作，1952年2月加入中国共产党。1980年起，先后任邗江县委副书记、书记，泰兴县委书记，扬州市副市长、扬州市委副书记等职。1989年9月起，先后任镇江市委副书记、代市长、市长，镇江市委书记、市人大常委会主任。2001年5月到2011年6月，任镇江市历史文化名城研究会会长。

1989年9月25日，一场暴雨后，暑气又消了些许。55岁的钱永波，身着白色的短袖衬衫，手拿着一把折扇，带着简单的行李，在扬州市委书记姜永荣的陪同下，来镇江报到，成为这个城市的代市长。

说实在的，他当时还没有作长期在镇江工作的打算。他的家还在扬州，妻子和女儿都在扬州。隔三差五，他还要从镇江回扬州和家人团聚。

1992年秋天，时任镇江市委书记俞兴德升任副省长，省委决定由钱永波接任市委书记。他的第一反应就是请求省委另选市委书记，市人大换届前自己仍调回扬州。省委书记沈达人说，市委书记、市长不能一起调动。钱永波只好服从。

1998年1月，64岁的他，不再担任领导职务，以市委调研组的名义工作，直到2000年8月离休。

钱永波在镇江工作期间，特别是1992年邓小平南巡讲话后，正是全国改革开放空前活跃的时期，镇江同全省、全国一样，呈现高速发展态势，1992至1995年，地区生产总值平均年递增率竟达到30.3%。

作为地方党委、政府的主要领导同志，钱永波参与、主持、策划、引领、组织了镇江的改革开放实践，亲历和见证了镇江在改革开放的大潮中逐浪前行……

发展是第一位的要务

钱永波刚到镇江时，住在第一招待所。当时的镇江，正和全国一样，由于国内国际多种因素的影响，经济下行压力很大，甚至从接待场所门可罗雀，也能反映出经济活跃度不足。

一天早上，他去招待所餐厅吃早饭时，竟然一个客人都没有，在一个已经放好早餐的单间，竟看到一只大老鼠在桌子上偷吃肴肉。

一个地方落寞到如此地步，他的心里很难受！

怎么办？必须统一思想，必须把全市上下的精气神鼓起来。由此，他突出了两条主线，一是要把发展放在第一位，正确处理发展与治理整顿的关系，通过治理整顿保证经济健康发展。二是在党政机关全面开展勤政爱民活动，市政府设立为民服务公开电话，《镇江日报》等新闻媒体设立“主人与公仆”栏目，同时，连年修街巷、修危房、修山路、抗灾害，密切了干群关系。市委统一组织到苏锡常参观学习，通过学先进、找差距，逐步形成了团结奋进、顽强崛起的生动局面，人们形象地比喻一些曾经精神不振、缩手缩脚的干部：从“养马场的马”变成了“赛马场的马”。

随后，钱永波和其他市领导一起，把精力转移到招商引资上来。在他看来，不发展经济，一切都无从谈起。

当时，镇江的招商引资刚刚起步，外资企业 29 家，大多几十万美元的投资规模，最大的一家只有 160 万美元。怎么才能吸引外资？镇江有什么在全国叫得响的东西？

巧的是，金山江天禅寺正在重建大雄宝殿，而“白娘子水漫金山”的传说，几乎家喻户晓。何不抓住这个机会？

1990 年 10 月，镇江以“金山佛像开光仪式”为契机，举办了经贸洽谈会。《解放日报》在第一版报道镇江“以佛为媒”招商引资，扩大了镇江在海内外的影响。当年签约项目 6800 多万美元。1991 年全市遭遇特大洪涝灾害，市区发生严重的山体滑坡地质灾害。这一年没有招商，市里把主要精力都放在了治理地质灾害上。1992 年春，邓小平南巡讲话发表，掀起了改革开放的新一轮热潮。从 1992 年到 1994 年，镇江每年都进行招商引资，引进外资的规模不断扩大，已经有上亿的项目，1992 年冬，外资企业达 100 家时，省经贸委主任还冒雪前来祝贺。

钱永波记得最清楚的，就是印尼的金光集团总经理黄志源先生多次来镇江。金光集团是由印尼华人黄奕聪先生创立，是印尼第二大财团，该公司和镇江合作，投资 3000 多万美元，大东造纸厂、谏壁纸浆厂成为合资企业。镇江邀江苏省省长参加合资企业成立仪式，当时还有些闲言，似乎省长不必来。其实，所以请省长来，是出于让客商更放心地到镇江投资的目的。

钱永波一边致力于招商引资，一边又把目光聚焦到本土企业。

1991 年时，除谏壁电厂等央企外，全市利税 1000 万元以上的工业企业仅 12 家，其中，达到 2000 万元的只有丹阳棉纺织厂一家。在这种情况下，1992 年 12 月 6 日，钱永波组织召开了“镇江呼唤大企业家”座谈会，邀请了 15 家大中型企业的厂长、经理，会上，钱永波作了热情洋溢、颇具诗意的开场白：争做大企业家，争做“大老板”，这是时代的呼唤、市场的呼唤，尤其是镇江人民的呼唤。我们要以一批大企业家为前导，以涌现出更多的经济巨人为中坚，使镇江经济走上腾飞之路。市委书记代表全市人民的呼唤，激发了企业家们做大做强的信心。接着，1993 年 1 月，又召开了乡镇企业家座谈会。这两次会议，在全市引起强烈反响。

随后的镇江，经济不断发展，涌现了索普、大亚、大全等一大批大企业。

党的十四大就加快改革开放和现代化建设步伐进行全面部署，作为党代表在北京开会的钱永波，还就股份制问题登门专访了北大厉以宁教授。为了抓住机遇，加快发展，市委举办了“市场经济与地方领导工作”研讨班，就如何引领经济发展进行研讨。接着，又就市场经济与党建工作进行探索，针对企业发展后，党建工作如何适应市场经济条件下的新情况、新特点，进行调查研究。1993 年 4 月，市委召开了党建工作会议。这次会议后，《新华日报》（内参）以《党的建设与经济建设如何合拍——镇江市委书记钱永波提出新思路》为题予以刊载。

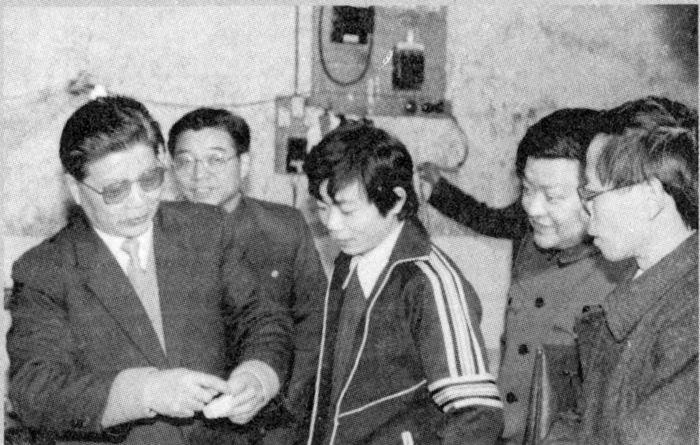

区划调整优化发展布局

1990年春节前夕，钱永波和其他市领导走访慰问焦化厂、钛白粉厂、水泥厂、造纸厂等市区企业，走访回来，他心里总感到不是个滋味。原来，他走访的这些个较大企业，几乎都在城里，而且都是污染企业。他在想，应该怎么办呢？

恰巧那段时间，市政府公开电话以及群众来信，不少都是反映城区工厂的污染问题。夏天的一天，他到反映问题的江边居民家中看望。周边居民一看市长来了，都来倒苦水。有个妇女说，她家的蚊帐都被旁边工厂的含硫废气腐蚀了。看到那蚊帐上的一个个破洞，他心里想着，这样下去，怎么得了！在加强污染治理和环保工作的同时，城市的规划布局，应当将工业区与居民区分开。

1991年初，市委召开“四套班子”成员会议，专题研究成立工业开发区（稍后更名为经济技术开发区）。通过几种方案的比较，开发区建到了丁卯桥区域。1991年8月，第一家企业在开发区开工。一年后，在实际招商中，大家又发现了问题，因为丁卯片区不靠港口，发展的后劲不足。1992年下半年，钱永波找丹徒县负责同志做工作，将大港镇划归市管，市委决定将开发区扩建到大港去，这年10月开始运营，大大拓展了发展空间，由此，开发区建设进入高速发展期。

与此同时，钱永波感到当时京口、润州两个区，一个管市区，一个管郊区，城乡分开，不利于发展。京口区的干部反映，京口区日子不好过。京口区所辖只有街道，没有乡镇，只能在市区街道办小企业来创收，常常引发与周围邻居的纠纷。要想办法打破这个以城乡为界的区划。

也是在1992年下半年，市委对两个区的区划进行了调整，改为以穿越市区的古运河为界，从1993年1月1日起，京口管河东的街道乡镇，润州管河西的街道乡镇，两个区都有城有乡，两个区有了同样的发展空间。实践证明，这个调整是正确的。

钱永波任市委书记期间，市委也曾决定将丹徒县改为丹徒区，并征得丹徒县“四套班子”和一些丹徒老同志的赞同，按规定上报审批。后来，由于种种原因未能办成。但是，这样的调整是符合发展需要的，2002年丹徒终究还是由县改区。

为历史文化名城添新彩

1993 年底，钱永波把家搬到了镇江。他说，自己和镇江是很有缘分的。不是吗？1949 年 4 月 21 日，人民解放军百万雄师强渡长江，当年 15 岁的钱永波随大军渡江，踏上江南的第一站就是扬中。那时，随着大军滚滚铁流前进，镇江、丹阳仅仅是匆匆而过。时隔 40 年后，他调到镇江工作。至此，就再也没离开过这片土地。

在他的眼里，镇江是一座有着深厚底蕴的历史文化名城，随着他对镇江城市发展的不断关注，他越来越觉得，显示这个名城底蕴的历史文化资源，很值得开发利用。为此，经市委批准，在市政协建立了历史文化名城保护和建设专家咨询组。在职期间，他抓了五件事：

——保护和维修赛珍珠故居。赛珍珠住过的地方还在，但已经成了一个工厂的职工活动室。外事、文保等部门，一直在协调保护和维修事项，并报到市政府来拍板。考虑到赛珍珠在当时的中国褒贬不一，为了了解她，钱永波找来赛珍珠获诺贝尔文学奖的作品《大地》阅读，还派人查阅她父亲的档案材料，证明她父亲只是个传教士，她自己对中国人民有友好感情。为此，1991 年 1 月，钱永波决定，以外办和文联的名义，召开“赛珍珠文学创作讨论会”，并到会讲话。这次讨论会一炮打响，在国内外好评如潮，1992 年 10 月，赛珍珠故居正式开馆。

——重建芙蓉楼。王昌龄的《芙蓉楼送辛渐》一诗脍炙人口，这座楼原址在老城区月华山，沧海桑田，月华山早已远离江河，建起了仓库、住宅，不可能在此重建。巧的是，1991 年金山公园一泉景区正在临湖建楼，此地不是和诗的意境相吻合吗？据此，决定在一泉景区易地重建芙蓉楼。经市政协专家组论定后，由时任市政协主席黄选能负责组织实施。1992 年 1 月，江泽民来镇江，欣然应邀题写了楼名。

——建设古运河风光带。老城区的古运河，曾经船来船往，“舳舻转粟三千里，灯火临流一万家”，说的是古时运河镇江段的繁华景象。古运河贯穿镇江市区，具有重要的地理位置、丰厚的历史文化底蕴、独特的水景资源。古运河承载着镇江人太多难忘的记忆。曾几何时，因种种原因，古运河已落入臭水河之列。古运河建设在疏浚河道、护岸修路的基础上，进行了两岸绿化美化，设置了休闲活动场所，修建了宝塔山公园。

在修建宝塔山公园时，又有了故事：镇江的国际友好城市——日本津市、仓敷市欲个人出资建一个樱花园。钱永波觉得，既然是中日友好城市，不能只有日本的国花樱花，还应该有代表中国精神的花——梅花。日方是个人出资，我们也可以个人出资，发动干部和市民捐款。于是，就建成了现在的梅樱园。还请时任中国书法家协会代主席沈鹏为龚自珍诗碑题写了碑名。

——建设文苑。在碧榆园建成后，钱永波总觉得还缺点什么，南北朝时期著名文学理论家刘勰生于镇江，长于镇江，旷世之作《文心雕龙》孕育于镇江，在碧榆园附近建一个纪念刘勰的公园多好！于是，将原林场职工宿舍拆迁后，建成纪念刘勰的“文苑”，并建有镇江文化名人馆，为碧榆园客人和邻近居民提供了晨练场所，也成了镇江的一个文化窗口。

——改善北固山景区。当时，正在拍电视剧《三国演义》，按照拍摄需要，要在镇江建一处有关东吴的场景。市政府将同济大学“三国城”设计方案送给钱永波审阅，并请市政协专家组论证，定在戴家门筹建“三国城”。以此为契机，市委、市政府决定改善北固山环境，将原船厂东面临近山体的土地划归景区，在山上修建长廊，在试剑石旁新增孙刘结盟塑像等。1992 年 10 月，为对外经贸洽谈举办的“三国名城”旅游观光活动，嘉宾们参观了北固山景区和戴家门电视剧拍摄现场。但是，让钱永波至今耿耿于怀的是，戴家门附近建“三国城”的设计方案，因为北京投资单位变卦而夭折，成了一个深刻教训。

在人大兼职期间，钱永波提出了“老港西迁”、“征润洲开发”、“连接禄口机场出路”等6个课题的研究，为的是能给市委、市政府科学决策提供参考。在人大工作期间，他也把调查研究作为重要工作，市人大常委会又先后进行了12个课题调研。

2000年8月，钱永波正式离开领导岗位。深爱镇江的他，一直致力于优秀历史文化遗产的挖掘、保护和利用。他相信，在改革开放的大潮中逐浪前行的镇江，未来一定会更加美丽、更加欣欣向荣……

潘镇平：『炒菜冠军』的百味人生

文／花蕾

潘镇平，从宴春酒楼的一名小徒工，走向探求美味的道路，他敢于创新菜肴厨艺，多次带队指导参加全国、全省各类烹饪大赛并屡获殊荣，为江苏赢得了荣誉，在省内乃至全国都有一定的知名度，媒体称之为“炒菜状元”，“掌勺六十年，食客万万千”。2002年获得中国烹饪协会授予的“中国烹饪大师”称号；2017年首批入选中国烹饪大师名人堂，获“中国烹饪大师名人堂尊师”称号。

潘镇平走上厨师这条道路，全凭组织安排。开个玩笑，他和做菜的缘分，是先结婚后恋爱：1957 年，17 岁的潘镇平初中毕业。他到现在还记得那年的中学生毕业代表大会上，戴瑛市长说，不是所有的人都能升学，但是行行出状元，从事任何行业都要认真，做好了都能为社会作贡献。家里父母希望他能学个手艺，荒年饿不死手艺人嘛。最后他被安排到宴春酒楼去当了一名小徒工。

一开始上班，他从内心是抗拒的。刚去的几个月，接触不到核心技术，就是打下手，磨刀、洗案板、洗盘子、择菜……十几岁的男孩子，在家不碰锅碗勺，这样的活枯燥无味。一直到七个月以后，开始学着做汤，他才萌发了对做菜的兴趣，他开始津津有味地观察众多大厨的刀工和炒菜技艺，自己潜心总结和摸索。

影视剧中有练刀工的桥段，开始学艺的小弟子得切上千上万斤的萝卜才能练出一手好刀工。问潘镇平，他说，那个时候哪有那么多食材让你糟蹋，都是边做边练，边实践边学习。

精心制作的美食得到食客的喜欢，这对厨师来说是最大的奖赏。后厨那个时候烧的是煤炉，又闷又热，被溅出的油烫到是家常便饭，就在这样的环境里，潘镇平走上了探求美味的道路。

十几岁的小伙子，嘴甜人勤快，谁忙不过来，精力充沛的他都愿意上前搭把手，因此人缘倍儿好。除了带他的师傅烹饪大师丰国庆精心教导，其他师傅也乐意教他一两下散手。这个时候，潘镇平已经真正从心里把厨艺的提升当作事业来追求，很快，他的掌勺水平就大大提高了。到 1958 年学徒期满，已经有不少人喜欢吃他做的菜。潘镇平还记得当时宴春的资深点心师傅余志鸿，如果中午在饭店吃饭，经常先招呼一声：小潘，一会我点的肥肠你来烧哈。

当时饭店少，所以宴春的顾客一直很多。热门菜讲究一个快字：糖醋排骨、糖醋鱼片……排骨鱼片都准备了半成品，顾客一点，立马下锅，最快的菜一分钟就可以出锅。

工作两年后，刻苦钻研厨艺的潘镇平便独立当厨，三年后便担任厨房生产组长。为了钻研淮扬菜的精髓，潘镇平每天路灯没熄就去上班，晚上有线广播播音结束才回家。潘镇平擅长烹制鱼虾蟹，他制作的“三鱼两头”（刀鱼、鲥鱼、鮰鱼、拆烩鲢子头、清炖和红烧狮子头）一直在省内外同行中有较高的声誉。他配菜花色多、调味一勺准和炒菜不用味精的独特技能，让前辈们也刮目相看。一勺准的准头来自哪里？当然来自成百上千次做菜经验的总结。潘镇平说，做菜讲究个恰当的比例，比如放酱油，做什么菜，放什么种类的酱油，放多少，都是有讲究的。名贵的江鲜，酱油一定要少，炒刀鱼丝，只放一点点酱油，带一点牙黄色就行；烧禽鸟类，酱油要多一点，但也不能太多；红烧肉嘛，酱油一定要多放，才能烧出浓油赤酱的效果。

潘镇平的师傅曾经说过，守成，只会一代不如一代，每代有创新，才会一代强过一代。潘镇平平时就是个贪新鲜的人，于是创新菜也就不断出锅。

溜橄榄肫是传统淮扬菜：肫切成丝儿，用虾茸调和，做成橄榄状，下油锅炸，成品比较韧，不脆。他就琢磨着下油锅前把橄榄肫上笼蒸熟，原来比较粘，做的过程中容易塌下来，把橄榄肫挂一层干粉，下油锅一走，外面一层脆酥，容易成形。改良成功这个菜的时候，潘镇平才二十岁。

淮扬菜里有拔丝菜，一般都是用的苹果、土豆、山药这样水分比较少的果蔬，有食客提出来，能不能给拔丝个西瓜？大师傅们对这个题目很有兴趣，怎么拿水分特别多的西瓜来做拔丝菜？潘镇平还在学徒期间就看到他们琢磨这件事。潘镇平也对这件事上了心，有空就寻思怎么样让西瓜拔丝的时候还能保持形状。

“文化大革命”开始后，各行各业都“停课闹革命”去了，饭店生意寥寥。潘镇平这个时候已经对厨房以外的事毫无兴趣。人少了清静，正好有时间琢磨新菜式。那个时候，西瓜只有夏天才有，而夏天正是后厨最闷热的时候，他却乐此不疲地围着油锅做试验。西瓜水分多，要下油锅炸了拔丝还能保持形状就必须挂一层糊，关键这个糊要轻薄透明，淀粉和面粉的比例就有很大的讲究。也不知道实验了多少次，终于给他捣鼓出了拔丝西瓜。尝着外香脆里清甜的拔丝西瓜，一时间他是震惊的：这个难题就这么让我给解出来了？不过晃神没多久，他又用罐头橘子做出了拔丝糖水橘子。这类拔丝菜，上桌后收获的是食客们的惊讶：水叽叽的瓜果居然可以拔丝？

潘镇平最出名的菜应该是白炒刀鱼丝。刀鱼，肉质鲜美细嫩，鱼刺极多。怎么弄成刀鱼丝？潘镇平用刀剔出刀鱼的细刺，取净肉剁碎加调料搅成糊，放进做蛋糕挤奶油的裱花袋里，将鱼肉一条条挤进油锅，低油温养熟了再炒制。此菜一出，同行们都觉得不可思议。用这个方法，潘镇平又研制出白炒虾丝、翡翠鸡丝等大受顾客好评的创新淮扬菜。

潘镇平成为镇江脱颖而出的厨艺新秀，引起了社会的广泛关注。1979 年他被抽调出来办厨师培训班。那时候改革开放才开始，百业待兴，厨师人才紧缺。此后他又调到同兴楼，1983 年被上级主管部门派往镇江市对外窗口深圳特区香江酒楼任厨房主管，并任振兴宾馆技术顾问，他推出的镇江菜肴在穗、

港、深等地颇有影响。他还多次被邀请到上海、苏州、成都、杭州、福州、太原、济南、南京、南昌、盐城等地的酒店、宾馆挂牌献艺，所到之处，都“炒”得红红火火。他多次为国家领导人和高级外宾当主厨；多次主理全国全军大型宴会菜肴；多次带队指导参加全国、全省各类烹饪大赛并屡获殊荣，为江苏赢得了荣誉，被媒体称为“炒菜状元”……

从计划经济时代到市场经济时代，他只认一个死理儿：开饭店，技术最重要，菜的口味是王道。技术好，拿得出味道过硬的菜，顾客围着你转，反过来顾客就不买你的账。基于这个理儿，他时时刻刻不忘淮扬菜的改良与创新。

在四川锦江饭店当主厨时，他研发出了金盏。当时虾仁、鲜贝等高档食材都讲究个分餐，用什么托呢？潘镇平用面粉、鸡蛋等几样材料下油锅炸成小盏的形状，特别适合盛一份一份的菜，最后粤菜等其他菜系的师傅们都来跟他要这个盏。

“镇江三怪”之一的肴肉，潘镇平也动过改良的心思。在上海一家高档餐馆当主厨时，老板要他拿几个立得住的高档菜。潘镇平就动起了肴肉的心思：制作肴肉要用硝，但是现在人注重健康，很多人因此不肯吃肴肉了。在腌制肴肉时，潘镇平就控制住了硝的用量，腌制时硝的用量是国家要求的制成品标准，同时多放盐，这样煮制前泡的时间就长，又流失一部分硝，煮的时候少用老卤，加入用骨头、鸡汤和肉熬制的新汤，又流失一部分硝，同时味道更鲜美，这个改良版“健康肴肉”成品的硝含量微乎其微，一出来就大受好评，饭店的其他厨师吃了之后评价：我们这几十年吃了这么多肴肉，都没有潘老师做的这个美味。

“掌勺六十年，食客万万千”。潘镇平见过了数不清的食客，也留下了不少印象深刻的记忆：1960年左右，陆小波是他的常客，他最喜爱吃拆烩鲢鱼头、八宝鸭、还有百花酒焖肉，是位真正的“吃货”；1978年，粉碎“四人帮”后，一大批老干部平反，当时全国的商业局长会议在镇江召开，聚餐时要求吃几个镇江名菜，其中有糖醋鳜鱼。镇江地区商业局长当时就提要求，都是老同志了，牙口不好，不能做得那么硬脆。于是潘镇平改进挂糊，减少水和淀粉的比例，加入蛋黄和面粉，把糊变薄，并在鱼身上增加花刀。硬脆糊变成酥脆糊后，外酥里嫩，老同志们吃得特别开心。1989年春节接待重要内宾，之前确定的菜单上没有水晶猪爪，结果客人快到了，才电话通知说要加一道水晶猪爪。大过

年的没人杀猪，也没有卖肉的。潘镇平灵机一动，让人开车把自己家里烧好的水晶猪爪拿回去重制，据说客人吃得相当满意。

已过古稀之年的潘镇平，从事烹饪工作已满 60 年，2002 年获得中国烹饪协会授予的“中国烹饪大师”称号，2017 年他首批入选中国烹饪大师名人堂，成为“中国烹饪大师名人堂尊师”。

现在潘镇平把更多的精力放在了淮扬菜的传承与发扬光大上。除了亲传的 22 名弟子，有机会他就会给后辈厨师传授经验，2017 年镇江市餐饮服务行业协会和烹饪协会主办的“镇江烹饪大师工作室精品传统菜研习班”，潘镇平向镇江各饭店来的厨师传授了 20 道传统淮扬菜。

这些年，潘镇平一直致力于编写菜谱。2001 年，他出版了一部《新派淮扬菜》，记载了 100 多道包括冷菜、热菜在内的新派淮扬菜及其制作方法，成为很多淮扬菜厨师的案头书。最近，他的新书《锦绣江南四季佳肴》正在筹备中，即将与读者见面。

周洋：「教授」的理论，「技师」的实践

文／董洪林

周洋，1943年11月生，大学文化，高级工程师。退休前任江苏省镇江船厂（集团）有限公司副总工程师，退休后仍留任原职。中国电工技术学会高级会员、中国造船工程学会高级会员、江苏省电工技术学会理事、江苏省双创研究会理事、镇江市电工技术学会第六届名誉理事长、镇江市发明协会高级顾问。

周洋，很有名气。无论饱经风霜的“过来人”，还是年轻的电气工作者，提起周洋都会说，镇江船厂的骄傲。

无缘领奖却贡献卓著的科技成果

一场彰显“科学技术是第一生产力”的全市科技大会，正在镇江新华影剧院隆重召开。

随着主持人的宣读，受表彰的获奖人员依次走上主席台，接受市领导的颁奖。很快，只见台下前排的一等奖候领席上，还有一位年轻人呆坐着，显得孤独、突兀，全场目光顿时聚焦……

他是谁？到底发生了什么？

一位领导同志无奈地透露：“临时接到通知，他的获奖资格被取消了……”

他就是江苏省镇江船厂的周洋。

科技大会上的这一“插曲”，当时就引起市交通局、镇江船厂领导的质询。后来，追回的申报材料上，市科委会审意见、市评委审定意见栏里，在“同意一等奖”文字上盖的两颗大红公章，竟然被涂上红墨覆盖。

周洋，对于经历过“文革”的镇江人来说并不陌生。“文革”前，他在船厂当技术员，凭借两项发明被评为华东地区船舶行业技术革新能手。“文革”初期，他曾经是镇江市“群众组织”赴京代表，受到毛主席、周总理接见，名气很响。其后他又被作为“坏头头”关押数年，直到“文革”后期，镇江市委1975第68号文件公布才被平反，回到镇江船厂工作。

改革开放迎来了“科学技术的春天”，也使勇于探索新科技的周洋如鱼得水，激发出强大的创新活力。科技大会上，原本可以获得的镇江市科技成果一等奖，就是周洋创造的“无功末端补偿”项目。

1980年4月，周洋创新的工厂配电经济运行方案、末端补偿技术的节电措施，引起镇江供电局、江苏省交通厅的高度重视。当年7月，有全省73个单位、100多名电气工作人员参加的全省节电措施现场会在镇江举行。会后，省交通厅专门发文推广，认为这项技术是“实行以节能为中心的技术改造和

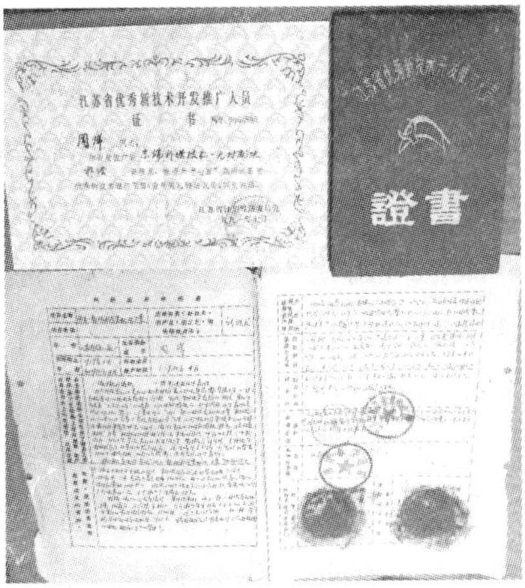

结构改革，可节约能源，是实现现代化的重大措施、重大步骤。”

1981 年 4 月，周洋在全国核心期刊《造船技术》发表了该项目的学术论文；镇江船厂申报了这一科技成果，经层层审定为镇江科技成果一等奖。

虽然未能在市科技大会上登台领奖，但周洋锲而不舍，坚持推广“末端补偿”技术。他撰写的多篇相关论文，在国家权威学术期刊上相继发表或被转载，在业内得到了重视和推广。

1991 年 7 月，周洋因此荣获“七五”期间江苏省优秀新技术推广“金牛奖”，以及其他多项省、市奖项。

2017 年，周洋将这项技术应用于船舶启动箱，获得国家专利授权。2018 年 4 月底，“末端补偿”技术又走进了江苏恒顺集团。

专业水平一次次令“老外”折服

电站是船舶的心脏。每艘船在试航前的系泊试验中尤为重要。而要进行这项试验，必须具备相应的测功设备。谈到测功设备，镇江船厂忘不了周洋的一个个故事、一桩桩功劳。

1979 年，镇江船厂迎来了科研船“长清号”的建造任务。这是该厂首次建造的入级船舶，时为江苏首例、全国先进。该船电气工程重担，落到了时为技术员的周洋肩上。

自动化电站，是该船的最大亮点。而电站的测功设备，当时江苏没有，只能到上海租用。10 吨卡车将这台“大个子”设备运到镇江市区时，须两人站在卡车上，用竹竿挑起横跨路面的电线才能通过。不仅运输难，而且租金贵，一天的费用相当于当时一名三级工两年的工资。这种以后需要常用的重要设备，不能总靠租用。周洋挺身而出，设计建造了全省船舶行业第一套测功设备，并改手动操作为机舱遥控。

1987 年，万吨级海洋工程船舶——“芝罘岛号”海洋救捞船，在镇江船厂建造，这是省内首次建造万吨级海工船。周洋又设计了两套较大容量的测功设备并主持了电站调试。直到 2015 年，CCS 资深验船师马德明先生再次来厂访问时，对 20 多年前镇江能造万吨级海工船、能自已设计和制造出先进测功设备仍赞不绝口。

2002 年，刚刚从北固山下迁入新址的镇江船厂，承接了荷兰的三艘海洋平台供应船建造业务。

荷兰船东的严格要求举世闻名，国外就有船厂在荷兰船东面前落败的先例。镇江船厂这次由于种种原因，眼看难以按期交船，荷兰船东不仅扬言弃船，还提出要追索巨额罚款。

怎么办？ 2003 年 8 月 15 日，时任厂党委书记兼总工的蔡惠礼和厂长郭琰商定，请还有三个月就要退休的周洋挂帅荷兰船建造工程。面对半途接手的“烫山芋”，周洋没有退缩。他说压力就是动力，是挑战更是机遇。

正在建造的荷兰船是无人机舱，自动化程度很高，有四台变频电力侧推进，全船电气功能系统复杂。

荷兰方的技术总监，是一位资深造船专家，他以似乎不太信任的态度，向周洋抛出了一系列问题，周洋实事求是从容作答。接下来的几个月，周洋带领几位年轻同事，全力以赴，夜以继日，补齐了向法国船级社报审的全部资料、完成了全部技术设计图纸的修改并进行生产设计。当荷兰技术总监再次来厂，审看全新绘制的电气图纸后，竖起大拇指说，“这是教授级的水平”。

船舶入海试航，是一场实战检验。2006 年 5 月，荷兰的首制船载着近百名船厂技术人员驶入大海。为期一周的试航中，在遇到了 12 级大风和浪涌

NO SMOKING

的海况下，完成了一系列航行试验并全部达标，BV 验船师和船东十分满意。返航途中，荷兰船东负责人来到总工蔡惠礼、副总工周洋的船上办公室，郑重承诺不仅放弃追索延期罚款，还要奖励每艘船 50 万美元。

2013 年，慕名而来的美国潮水公司，委托镇江船厂建造六艘电力推进海洋石油平台供应船，其电站等全套设备由德国西门子公司提供，且电压与频率等级又很特殊。西门子专家建议从西欧进口测功设备，“否则无法满足电站试验要求”。有关供应商也上门催促尽快签订合同，说订迟了来不及供货。

一套进口测功设备价值 700 多万元人民币，真的必须花这笔钱吗？厂长郭琰专门征询周洋的意见。周洋表示，可以自己造。

消息传开，引起了厂里的争议。不少人担心不按外方要求进口测功设备，万一电站试验不成功，影响按期交货，就不仅仅是 700 多万元的事情，还将产生更为严重的后果。厂里为此召开了几乎所有部门领导参加的专题研讨会。是买进口还是自已造？事关 8 个多亿产值的重大项目，一时难以统一思想。

当此关头，周洋坚定地表示：“技术上有百分之百的把握”。看到他这样的态度，凭着对他的了解和信任，郭琰最终下定决心，不买进口自己造！周洋不负众望，终于拿出了更先进的两台套测功设备，同时还设计了一台与其配套的遥控装置，总费用不到 100 万元。

按协议，电站调试由外方承担。谁知，外方人员在两个多月的调试后，竟然说船厂的测功设备不好用，准备走人。是驴不走还是磨不转？周洋上船查明情况。在正式谈判中，他有针对性地提出有关技术问题和解决方案，他所表现出的专业水平，令外方人员肃然起敬。

接下来的日子，外方人员用船厂自主制造的测功设备，顺利完成了六艘美国海工船的电站调试，同时，也与周洋等中国工程师结下了友谊。

2016 年，周洋和他的研究生据此发表了一篇学术论文，并申请了国家专利，现已获授权。

富有创造力的难得科技人才

20 世纪 80 年代，改革开放后的中国，千家万户迅速用上了各种家电。

同时，人们遇到了过电压造成家电烧坏的困扰，新民晚报等报纸为此呼吁专家攻关解决民生难题。

1988 年 10 月 17 日，中国经济信息报头版题为《甭为家用电器的安全操心，过电压安全装置在镇江诞生》的消息，宣布了周洋研制的“过电压自动断电开关”获得国家专利。周洋，在船舶行业、电气工程领域声名远播，这次他又为中国民生做出了重要贡献。

今年 81 岁的镇江船厂原厂长、党委书记、总工程师蔡惠礼说，周洋既有“教授”的理论，又有“技师”的实践，更富有创造力，是个难得的科技人才。

全省船舶行业首家列为高新技术企业并保持 20 多年的镇江船厂，拥有完全知识产权的拳头产品系列全回转轮作船，建造数量和船型为亚洲第一、世界第二；建造的高端特种海洋工程船舶，遍布全球数十个国家；具有 30 多项国家级和省级高新技术产品、获得国家专利近百项……

站在镇江船厂科技第一方阵前列的周洋，从事电气工程半个多世纪，从技术员到高级工程师，几乎年年都是厂先进工作者，退休后的 2006 年还被评为厂生产标兵，如今还留任厂副总工程师。他在电工领域的设计研究和教学培训等方面，屡有建树，硕果累累，桃李芬芳。在专家学者云集的镇江市电工技术学会中，他担任了两届秘书长、三届理事长。

40 年来，他发表了科技论文 70 余篇；申请专利 35 项；仅近六年来，他带领的团队就申请专利 31 项，已获授权 19 项。今年以来，周洋和他的助手接连获得三项国家发明专利授权。这三项发明的意义非凡，应用到海洋石油钻井平台、巨型邮轮、航母舰艇等电站中，如遇到突发事件造成部分发配电设备损坏，电力系统能耐受冲击，继续可靠地供电。

遨游电气海洋，勇立科技潮头。周洋数十年如一日，奉献自己的敬业精神和创新智慧，谱写了无愧于我们这个时代的人生篇章。

王学明：见证三桥跨江拓岛

文/马　健

王学明，江苏扬中人，1945年1月9日生。1967年毕业于华东水利学院（现河海大学）港口及航道工程系，毕业后分配至浙江杭州工作。1991年7月回乡担任扬中大桥（扬中一桥）工程监理工程师，后又担任扬中二桥技术顾问，扬中三桥、238省道扬中段监理总负责人。

1994 年，扬中一桥正式建成通车；

2004 年，扬中二桥正式建成通车；

2014 年，扬中三桥正式建成通车。

每间隔十年，建设一座扬中大桥，这也许是一个历史巧合，但这更多的是一段扬中发展历史的延续，是扬中交通人在长江之上建桥史的延续。长江，这条中华民族的母亲河，在波涛滚滚、奔腾不息中见证了桥梁建设者的丰功伟绩。

1992 年 5 月，第一座扬中长江大桥举行了开工典礼。十多个月后，进入主桥施工阶段，四个墩上悬浇梁相继进行挂篮施工，犹如群鹰展翅，翱翔在长江之上，呈现出一派壮观的施工景象。

长江岸边，迎风而立。王学明感受着“不尽长江滚滚来”的壮阔，耳际不禁回荡起《长江之歌》铿锵激昂的旋律。走在长长的施工便桥上，映入眼帘的是——便桥和桥墩上忙碌的身影，施工平台上一台台不停运转的长臂吊，水上浮吊和驳船的倒影荡漾……这一切伴随着江水日夜奔腾，仿佛奏响了跨越长江的交响曲！

他，正在自豪地书写着一生中建桥历史的篇章！

王学明生于 1945 年 1 月 9 日，1967 年毕业于华东水利学院（现河海大学）港口及航道工程系。毕业后，分配到浙江杭州，一直工作了 23 年。1991 年 7 月，因为受到家乡建造长江大桥（扬中一桥）的感召，他回到了扬中。

1990 年 9 月，扬中县委、县政府顺应民意，大胆决策，自筹资金建造扬中大桥，结束扬中“孤岛”的历史，并提出了“两年准备，三年施工，五年建成”的计划。在筹委会办公室主任张生安的带领下，抽调人员、组建班子，筹建工作紧锣密鼓地展开。

建设大桥首当其冲便是资金问题，扬中一桥总投资 1.62 亿元，其中大桥主体及附属工程为 1.1 亿元，接线工程为 0.52 亿元，这是当年扬中最大的基建项目。建设资金全部自筹，涌现出许多可歌可泣的感人事迹。

20 世纪 90 年代初在长江上造桥，技术和经验都没有现在成熟，建设难度相当大，无论是施工单位的选择，还是工程质量的监理方式，许多关键决策十分重要。特别是决定是否请监理队伍时，考虑到监理费用需要上百万元，于是大胆决策抽调相关技术人员成立工程监理科，花 20 余万元聘请有资质的专家担任正、副监理科长，承担大桥的监理工作。王学明就是在这样的特殊背景下，被任命为大桥工程监理科副科长。

当时，工程质量监理制刚刚兴起，工程监理还不像现在由第三方实施，而是仍然隶属于建设单位。在王学明等人的努力下，监理科坚持自行监理，精心组织，克服重重困难，确保大桥的建设进度和工程质量。

尽管监理工作并不是直接进行施工建设，但是必须以高度负责的态度进行质量把关。施工中，监理不管何时何地都要到现场监督。王学明他们经常从栏杆桥渡江，然后步行到江对岸的工地去，哪怕鹅毛大雪的寒冷天气也不例外。工程监理必须是全过程的监理，要监督施工方严格按图施工，各道施工工序必须符合规范要求。比如钢筋混凝土的制备，钢材、黄沙、水泥等等都要检查。此外还要做相关试验，例如混凝土强度的检测，每次浇筑之前都要先做几组试块，养护 28 天，然后进行试压，以确保混凝土的强度符合要求。

监理有监理的工作规范，但又必须服务于施工大局。大桥建设日夜进行，王学明和他的团队坚持监理“三全原则”——全天候、全方位、全过程，随时候命。不管刮风下雨，还是冰天雪地，只要工地在施工，他们都必须到现场。比如大桥的桩基施工，从钻孔开始到混凝土浇筑成桩，都必须坚持全过程监理，特别是成孔后到混凝土浇筑完毕这段时间，监理人员必须一直坚持在现场。扬中大桥打下的桩最长达 90 米，浇筑混凝土的时间长达十几个小时。扬中大桥全桥共计 63 根钻桥桩，施工历经春、夏、秋、冬，王学明和他的团队无一遗漏地坚持全过程监理，确保桩基施工质量。经检测，全部达到合格标准。

扬中大桥工程监理的许多场景，王学明至今记忆犹新，终生难忘。大桥开工半年多后，已经进入冬季，桩基施工一个接着一个。一天夜里，天寒地冻，王学明和他的一个同事去监理江中的一根桩基施工。由于是在晚上，结着冰的水坑泛着的光如同路面一样，王学明一不留神，一只脚就踩到了水坑里，保暖鞋全湿了，脚被冻得冰冷刺骨。他立即返回工地办公室，找到了一双备用的球鞋，一只脚穿上另外的袜子和鞋子，另外一只脚没有穿袜子就直接套上原来的保暖鞋，就这样深一脚浅一脚地来到了江中桩基施工平台上，一直坚持到桩基混凝土浇筑结束，历经十多个小时。回来之后，他的脚冻得又红又肿。

扬中大桥的四个主墩采用的是双壁钢壳沉井，施工质量关系到扬中大桥的安危。王学明和他的监理团队始终把沉井施工质量的监理作为重中之重。有一次，王学明接到江中一只主墩承台钢筋扎完后的检查任务，他一人会同施工单位的质检工程师乘船至该沉井中去检查。沉井顶部的通道仅为 30 厘米，一边是滔滔江水，一边是距承台八九米的高度，万一掉下去会有生命之危。王学明有恐高症，但他硬是咬牙坚持，走完一段 6 米长的通道。虽然是春天，但身上还穿着毛衣，等他定了定神才发现，已经惊出一身冷汗。为了工程质量，他默默坚持到工作结束。

扬中大桥原先设计的是 62 根桩基，而实际施工打下了 63 根，这其中有着一个坚持工程质量的故事。扬中大桥北岸引桥上部构造分别为 20 米、40 米，跨度为“T”梁结构，为了不影响施工进度，施工单位在其测量组来之前，便进行了墩位放样，由于疏忽了过渡墩的桩与墩身中心有 20 厘米的偏差，造成了墩身偏离。在研究处理方案时，施工单位曾经提出一边 T 架加长 20 厘米，一边 T 梁缩短 20 厘米的方案，这从外观看并无影响，桥梁受力方的强度也没有问题。但当时设计单位的总工陈新院士态度坚决地表示，我们大桥设计院拿出这样的图纸，大桥工程局也交不出这样的工程。于是决定增打一根桩，增设一个承台，以确保工程质量。王学明和他的监理团队深深为这位老一辈工程技术专家的精神所感动，坚决支持了他的意见。虽然施工单位因此多花费了 20 余万元，但是为大桥建设交出了一份放心的答卷。

1994 年 10 月 6 日，扬中长江大桥建成通车，岛中万人空巷，人们扶老携幼登桥观光。而此刻，站在桥头的王学明心中充满着欣慰。在大桥建造完成之

前，同济大学桥梁工程系对大桥做了动静载试验，王学明清晰地记得鉴定结果中的一字一句："足够的强度，足够的刚度，良好的整体性"。精心和严格监理相辅相成，最终才有优质的大桥建造质量。

2002 年 11 月，第二座扬中长江大桥正式开工建设，王学明担任二桥建设指挥部的总工程师。当时的工程监理已经实行社会化管理，王学明主要从宏观上主抓工程计划、工程进度、工程质量，负责技术上总体把关。

2011 年 1 月，第三座扬中长江大桥正式奠基开工。三桥建设时，王学明的身份又变成了技术顾问。"扬中三桥"建设时，不仅有第三方监理还建立了第三方检测中心，这给扬中三桥的质量上了双保险。在王学明这位技术顾问的指导和监督下，"扬中三桥"工程获得了江苏省"扬子杯工程奖"，这是江苏省工程建筑领域的最高奖项。

"扬中三桥"建设期间，王学明又参加了扬中大道及 238 省道复线的建设工作，并担任了主要监理负责人，他不知道放弃了多少个休息日和节假日，全身心地投入到工作中。

长江奔涌，涛声依旧。三次跨越，续写风流。王学明带领他的团队，为扬中"三桥两路"的建设，奉献了宝贵的智慧和力量。

陈大经：影像定格城市变迁

文／马彦如

陈大经，1946年生。中国摄影家协会会员，退休前是镇江报业传媒集团资深摄影记者。凭着手中的相机，陈大经几十年来为镇江城市的变迁留下许多珍贵影像。他保存的二十余万张照片，定格一个个时空变换的历史瞬间，串连这座城市的光阴故事。

你见过50年前金山脚下的养鱼池、北固山脚下的大东滩吗？你知道上世纪八九十年代镇江人的服饰装束吗？你记得今天的苏宁、八佰伴、万达、大市口广场建设前的街景吗？还有，如果你是陈大经的老朋友、老同事、老战友，你可能未必知道，他多年前曾悄悄“抓拍”过你，为你留下了珍贵的影像。

陈大经出生于1946年，上学时就喜欢美术，他下过放，参过军，退伍后从企业到报社，一直从事宣传和新闻工作。

相比同龄人，陈大经更早接触到摄影。上世纪60年代初，还在镇江三中读高中，他就开始摸照相机。1961年秋，学校组织去蒋乔公社参加秋收秋种支农活动。到了蒋乔，班主任吴二林老师才想起学校的相机忘记拿了。15岁的陈大经自告奋勇回校去取，没有任何交通工具，他硬是来回步行4个多小时，到天黑才赶回蒋乔。作为奖励，老师让他保管相机，还教会他使用方法。陈大经清楚地记得，那是一台德国产的双镜头反光禄莱相机。也就是在那次支农活动中，他拍摄同学学雷锋的照片被当时的《镇江市报》刊用，这更加激发了他对摄影的兴趣，并因此一辈子与摄影结缘。

从第一次拿起相机，他就没有放下过，至今已经50多年，从部队到地方，其中专职摄影就干了38年。上世纪80年代初，在镇江市文代会上，镇江市摄影家协会正式成立，当时只有十多位会员，陈大经任秘书长。1981年初，《镇江市报》计划复刊，陈大经被从焦化厂宣传科调入筹备组。1982年3月，《镇江市报》正式复刊，陈大经成为镇江市报社的一名摄影记者。无论是新闻摄影、艺术摄影、商业广告摄影，他在镇江都堪称当之无愧的“一级棒”

陈大经说："照片这东西无需翻译，就能让人读懂，它是世界通用'语言'"。他还说："老照片除了视觉艺术价值，更多的是史料价值，是不可再生的影像资源，应该保护好收藏好，这是作为一名记者、一名摄影家的责任。"一个城市的变化、一件尘封的往事、一个生命的记忆，除了口头叙说，文字记载，最直观的见证莫过于老照片——历史影像的实物载体。陈大经保存的照片（胶片和数码图片）多达二十多万张，经常可以在各种报刊杂志和网络上看到他发表的老照片。老朋友、老同事们，常常能意外地收到陈大经发送给他们的自己年轻时的影像。

说起老照片，还有两次失而复得的故事。1996 年夏天，镇江日报社从中山大厦搬迁至中山东路 4 号。摄影部搬家那天陈大经出差，等他回到单位时傻了眼，只见办公室内撒了一地的胶卷——不少胶卷年代久远，大家都觉得没有保存价值了。陈大经赶紧找了扫帚将散落的胶卷归拢起，装了一大袋子带到新办公室，放在自己的桌子下面，之后工作余暇就整理。所幸的是原来被丢弃的胶卷上都有套子，注明了事件和时间。还有一次，陈大经采访回办公室后发现桌子下装胶卷的袋子没有了，这是当时部门有位通讯员，在打扫卫生时当垃圾扔了。陈大经二话不说，立即冲到楼下的垃圾堆去找，硬是从垃圾堆里扒回了胶卷袋。

几十年从事摄影，留下了几橱柜的胶片、照片，它们是精神财富，也是甜蜜的负担。2006 年，陈大经退休后，有了相对充裕的时间整理图片。他把底片清洗干净，内容相同的放入同一袋子，再写标题收藏。把胶片数字化存入电脑，在他的电脑里，照片目录有几万条。他的家里有两个大柜子，28 个抽屉的内容不一样，新闻、文化、宗教……底片从 001 号开始，已经有 8000 多个文件夹。退休十多年，扫描仪已经扫坏两个，这项工作还没做完。"底片至少有 10 万张左右，数码照片也有 15 万多张。每天至少工作两小时，90% 已经整理出来。"

几十年来，陈大经一直关注着镇江城市的发展和变化，定格过很多特定的历史瞬间，为镇江留下了大量珍贵的图像史料和精彩镜头。"随身带相机是职业习惯，我平时没有什么创作计划，但随时准备记录突然发生在眼前的事实场景。今天的新闻就是明天的历史。"

追忆镇江城市改革开放四十年的变迁，陈大经脑子里第一个冒出来的词儿

就是“变高了”。他回忆道：“1986 年我坐飞机进行航拍，留下了一些照片。从这些照片可以看出来，大市口地区基本上都是平房，最高的就是京江饭店。京江饭店大概是四层到五层，最上面一层实际上还是后来加的。”

从 1986 年开始到 2005 年，他每隔两三年就要参加一次航拍，一直拍了 20 年。他镜头里记录最多的就是这座城市建筑的变化，火车站、港口、西津渡、三山，还有道路的变化，承载着镇江城过往岁月的变迁，也铭记着为镇江经济社会发展作出贡献的每一位建设者。

陈大经的记忆力特别好，拍摄过的东西都记得十分清楚，打开电脑就能找到相关的资料。1980 年中国女排到镇江参赛；1981 年农村青年到城里买年货用扁担挑着；1982 年春的大东滩，第一条鲥鱼开捕……他还将老照片收纳归类做成各种专题，如《西津渡的变迁》、《文明大院的记忆》，等等。“任何一张照片都会有年代感，老与新是相对的，只有新才能衬出老。当你现在拿起相机时就应该记住，今天拍下的照片，它是时间的纪实，是明天的历史。”

1984 年，因拍摄和制作了一幅 5×2.5 米的镇江全景鸟瞰巨幅彩照，陈大经收获了一枚人民政府奖章。当时恰逢建国 35 周年，镇江市政府在展销馆举办大型展览，门厅需要一面“照片墙”。陈大经在云台山上用四张接片拍摄了一张镇江全景照片，因为是黑白的，预展未过关，要求换彩色照片。上世纪八十年代，别说如此大尺寸的彩色照片，就连24英寸的彩色放大纸都很难找。接下这一项硬任务后，陈大经千方百计打听到扬州有20英寸的彩纸出售，他就想通过拼接的方法来制作这张大幅照片。把房子腾空做暗房，定下放大机位置，用塑料泡沫板做屏幕，量好尺寸用线和大头针“打格子”，再把相纸钉到泡沫板上投影放大。为了尽量保证每张相纸处理的一致性，准备了6个可以容放24英寸相纸的大盆，每个人4张相纸同时下盆显影、过水、定影。尽管当时的照片质量跟现在没法比，可这样尺寸的彩色照片是镇江第一张。展览结束后，这张照片一度陈列在市政府小礼堂。

老照片，带领人们穿越时空与过去的镇江“对话”，解读镇江几十年来特别是改革开放以来城市建设、百姓生活的发展变化，它们是了解、研究镇江历史极有价值的第一手资料。“每当我想到这些，就会有一种历史见证人的自豪感，并很想让大家分享。”陈大经兴奋地说。

杨宪华：标新立异不老潮男

文／孙悦萌

杨宪华，72岁，玩了大半辈子，快活了大半辈子。熟悉杨宪华的人，总会列数出他在这几十年里的许多又许多好玩的事。如果说这些事有什么特点，归纳起来：第一、唯一、最多；最新、最奇特、最有意思。再简练的概括，其实就一个字——“潮”。

摩托和汽车，玩的是“早”

要玩就玩个镇江第一，那才叫过瘾、风光。

1978 年，杨宪华在大市口五金商店花了 400 多元，买了一辆永久 105 型摩托车，上的是自行车牌照。因为从未有私人购摩托车，车管所没有这项业务。

有了摩托车，杨宪华那个风光的劲头可大了去了。“市区只东门有一家加油站。骑上摩托车就好像现在开着豪车，‘洋乎’得不得了，停在哪里都会有人问，能骑多快、多远？要烧不少油吧？”

第二年，中国乒乓球队到镇江，蔡振华借他的摩托车，骑到街上兜风过了把瘾。至今谈起这事杨宪华还相当得意，“后来蔡振华送给我两块乒乓球拍的胶皮，这在当时可了不得，因为在市场上是买不到的哦。”

敢于尝鲜，似乎天性使然。小学刚毕业就参加工作，到工人俱乐部玩要有工作证，他就赶忙领证，这才 14 岁。乒乓球打得好，是镇江市第一期业余体校乒乓球队主力队员。玩自行车车技可以“定车”吃饭，可以倒骑，可以骑一辆还带上两辆。那时，市区有铁路，火车来时会挡道，他玩定车，火车走了，呼的一下就穿过去了，看得旁边的人直说“真会玩”。

1986 年，杨宪华又打起买汽车的主意。他和一位司机朋友带着一万多元现金到上海购车，“那时还没出百元大钞，全是10块的，一个大包装得满满的。”他说，那时买车首先得有停车位证明，好在他家房子大，腾出一间停车，车买了，是菲亚特小轿车。回家的路上，朋友就教他开车。后来，他是开着汽车到车管所学习考驾照的。在这之前没有私人买汽车，车管所只好给他的汽车上一个摩托车牌照。没多久，镇江又有了一些私人汽车，车管所才开始办理汽车牌照，5 字开头的是私人牌照号码。杨宪华到车管所去问时，50001 到 50004 都有人领走了。他说，在镇江我的车是第一个啊，我的牌照要 1 号。车管所的人都知道他是第一辆，但 1 号领走了，总不能再要回来吧。后来，他们想了一个办法，给他的车上个 50000 号，杨宪华咧开嘴笑了。

什么新鲜时髦，就玩什么。上世纪 70 年代中期家里有电视，还有“落地式音响”，9 英寸电视机一天能吸引上百的左邻右舍和亲朋好友来观看。1979 年，在镇江他第一个私人掏腰包装电话，邮电局的人好生奇怪，叫他写个申请说清

楚理由。他写得老老实实："本人爱好电话通讯，特此申请贵局安装电话。"80年代录像机很时髦，他有；节目录像带更少，他有办法搞到，每天门庭若市很热闹，借片子24小时内免费，过时得交钱。他家地方大，90年代开过免费舞厅和卡拉OK厅。1998年，帮女儿在东门工人文化宫开了个卡拉OK厅，生意很是红火。那时他就搞录音录像制作光盘了，有两个上海人打赌开车来镇江看他的工作室，这边10首歌唱完，那边光盘也制作好了，只收50元。他们都不相信，说在上海少说也要上千元才行。

有人会想，隔一两年你就玩个新花样、弄个"镇江第一"，可是要花许多钱才能玩起来，钱从哪来？把不高的工资都用光了，日子怎么过呢？杨宪华说，日子当然要过，办法总是有的。例如，他上世纪80年代有彩色照片扩印设备，当时在镇江也绝无仅有。镇江市中心的京江照相馆对外接单的彩色照片送给他加工、放大。15元的单子，照相馆留3元，其余都是他的，去掉成本，利润挺高。

胡子和头发，玩的是"长"

2010年，他留了一年的胡子，长14厘米。2011年，他又留了一年的头发，长15厘米。

在2011年的九九重阳节，他也给自己总结了九个字："孝、道、厚、德、勤、俭、情、义、甩。"这前八个都好理解，"甩"是什么？在镇江，这是对一个标新立异的人经常用到的形容词，意思是放荡不羁、与众不同。他说，1996年得了胰腺炎住院，身上插了七根管子，治疗的过程清清楚楚，那时候，就比死人多口气。这不，我都死过一回了，还怕什么。这胡子、头发什么的，高兴就留他一年。胡子留了一年时间了，他还办了个"削须宴"，请来理发店的大林，削下来的胡须，被请来的镇江书画界的杨逸塘、曹秉峰、吴中秋简单扎起来，做成了"胡须笔"作画写字，大伙边喝边吃边写边画，最后一致认为，这是标准的"胡画"。

在他总结的做人的准则九个字中，"孝"是第一个。"做人要以孝为首"。老母亲在世时，他每天不管多忙，都要带她出去转转，回家还要给她讲笑话、讲故事。母亲去世后，"第一天过世，第二天即安葬"。他不在意形式，母亲去世十多年，杨宪华从未上过坟，"厚养薄葬，母亲生前我尽到心，一点不遗憾。"

豁达而超脱，这已经是一种情怀。

"可以这样说，现在不愁吃不愁穿，想得开，享受快乐，活得自在而健康，多活一天就等于赚了一天。"

在外逢到下雨，他从来不打伞，冒雨前行，该干吗还干吗，如果是在拍照，想办法保护好相机和镜头，快门继续按个不停。"在雨中行走，那才叫惬意，不相信，你们哪天也试试。"杨宪华说，在雨中忙完了，到浴室里泡把澡，那个舒服，吃大肥肉都赶不上。他心血管方面有点毛病，还有高血压，但从不吃药。2016年4月29日，在他70岁时，用七十幅镇江风光照片办了个人摄影展，搞了个"寿喜、告别、感恩答谢酒会"，每人收70元。三个大事一起办，邀请了庐山、王川两位文化名人陪他剪彩，邀请七位年龄在八十岁到九十岁的他的老师、老朋友、老干部、老领导帮他喷彩花。最后还特别请了两位百岁老人帮着放彩球。在送给大家的摄影集《家乡山》中，最后一座山是栗子山，谁都知道，这里曾是火葬场和殡仪馆，现在是公墓。他说：人最后总要到这里来，这是人生终点，但是我决定不来了，因为我已将留在人世间的皮囊奉献给了医疗事业，省心、省事、省力，利国、利民、利后代！中午的酒会上，他请王学

剑大律师做证，和大家约定，如果10年后，2026年4月29日我们大家都健在，奉还在座各位亲朋好友10倍的花圈款700元。希望活到还债日期，要活得轻松，还得高兴，小赌怡情，大家快乐。”

他的这些玩法，用老镇江的话说就是：“想得起来的玩”。意思是：别出心裁、五花八门。镇江老报人、摄影家陈大经说，他不是瞎玩，看起来随意，其实是个有心人。前几年在镇江微镜头摄影大赛获一等奖的照片就很能说明。1969年，杨宪华、曹乃荣、赵鸿祥三对正在谈恋爱的小青年，相约伯先公园拍了一张合影。1999年，杨宪华问做事仔细、资料保存较完整的曹乃荣：“六人合照还有么？好去重拍了。”曹乃荣说肯定有，只是要找。这一找就是十几年，赵鸿祥只能靠坐轮椅行动了。五年前的一天，曹乃荣终于找到了那张合影，杨宪华翻拍的第二天，六人又来到老地方，对照老照片，各人在原来的位置，除赵鸿祥外都摆出相同姿势重拍了一张。那时，有央视导演正在拍摄西津渡，一听这事，就把这张“45年情缘”照片的故事，收录进了西津渡纪录片里。

拍照和画册，玩的是“多”

杨宪华玩的东西很多，基本项目或者叫支撑项目是摄影，玩的时间最长。1968年，20岁出头的他和朋友到扬州玩，6人带了五个照相机，真正会拍的就他一人，在平山堂门口弄丢了两台，让他勒紧裤带赔了好几年。每10年的这一天，他都要到丢相机的地方去回忆一番。

他自言“从小就经常泡在照相馆玩，从十几岁开始玩相机，玩过的相机一百个都不止，至今家里还有20多台。”时间推移，他留存的照片越来越珍贵，侯宝林、秦怡、郭兰英、李谷一、王洁实、谢莉斯、姜昆、陈佩斯等演员来镇江，有关单位都喊他陪同拍照。通常上午拍后，下午就把照片送到他们手里，让名家们大感惊喜。

1996年，他买了“奥林巴斯”，镇江第一台数码相机。他拍照，镜头聚焦点在镇江，不像人家名山大川到处跑。“镇江真山真水，一个城市有30多个山体公园，有故事有文化又宜居，足够我拍的了。”现在，不抽烟、不喝酒的杨宪华每天最爱干的事就是拍照片，不单拍还爱琢磨，什么季节，几点钟，太阳升起的位置在哪里等等，他都摸得一清二楚。

喜欢玩的人朋友必定多。1982 年，家里搬了新房子，地方大了，他产生请朋友们到家里聚聚的念头。想起儿时听到的中央人民广播电台《新年钟响》节目，于是就在家里开起了跨年会，搞摄影的 10 多位朋友，每人自带一个菜，不问荤素，一起放在乒乓球台上，从晚上 10 点一直瞎吹胡侃到第二天凌晨。起初叫“吹牛协会”，大伙想想不雅，就改成了“民间舌会”（镇江话里“协”与“舌”同音）。

除去跨世纪的那两年，杨宪华的跨年“民间舌会”一玩就是 30 多年，参加的人也越来越多，摄影、书法、演艺、企业等多方知名人士全有。奇思妙想，新意不断，有一年拍合照，把自拍安排到 12 月 31 日 11 时 59 分，让一张照片横跨两年；还有一年是集体去金山撞钟。1997 年春节开始禁放烟花爆炸，1996 年的最后一天 23 点 57 分放了最后一个炮仗。2017 年是 33 届，邀请成双成对的，可以是夫妻也可是好朋友，到现场两人拍张合影，当场打印出来。还有一年，他给每人备个纪念杯，聚会结束后用杯子把剩下的菜各自打包带回家，这应该是最早的“光盘行动”了。

2009 年，镇江解放 60 周年，杨宪华把自己拍摄的家乡景点，制作印刷了 3000 本，名为《家乡美》，参加跨年晚会的每人送一本，后来还给每个中小学校、幼儿园、机关部门都送去了画册。从此，杨宪华每年都自费出版一本画册：家乡好、家乡情、家乡景、家乡霞、家乡山、家乡水、家乡路、家乡楼、家乡灯……

不光是画册，现在他玩照片的方法越来越“潮”。每天把拍的照片选几张得意的加点文字发上朋友圈，再后来，整理照片加上音乐做成“美篇”，或者再发上一段短视频。他说，现在网络通讯真是太方便了。照片多了，通过网购买几个移动硬盘，现在至少留存有四五千个 G 数据的镇江照片。他还说，我现在买东西都是网购，除了日光灯管不是，因为怕打碎了，其他一律都是。

今年春节期间，他举办了一次“家乡系列风光摄影展”，闭幕时，请来了镇江的两位百岁老人，为宾客送上长寿面。这是他心迹的一种表达。在前言部分，他配了和家人每隔三十三年照的三张合影，并借题发挥：想想人生如唱戏，我们的戏快唱完了。路虽不长了，心情可好了。还想再过三十三年，看看世界会变成什么样子，我们都会在哪里。现今时代进步了，我们这些古来稀忙得很，忙东忙西，尤其是喜欢拍照的古来稀，东奔西跑的身影，为了拍别的身影，忙并快乐着。

再过33年，杨宪华已经105岁了，虽说是调侃，也可以说是他的美好心愿：活的时间再长一些，再快活下去。其他，世间一切，名利、物质皆如浮云一片，唯有天马行空，方为快乐。也正因为这样的心态，杨宪华才有各种奇特之举，才与众不同，才趣事多多。

沈晓昆：科技『老农民』，稻田『鸭司令』

文／周　迎

沈晓昆，1948年生。镇江市科技局农村处原处长，省、市劳动模范。作为一个“爱农”“痴农”的农业科技推广人员，他的工作经历始终与农相伴，退休后依然不离不弃。蔬菜防虫网、稻鸭共作、发酵床养殖等符合今天生态文明建设要求的农业科技项目，都凝聚着他的智慧与心血，在农村大地传播着“绿色的希望”。

炎炎夏日，71岁的沈晓昆站在丹阳市延陵镇的万顷良田边，嫩绿的秧苗轻轻摆动，阵阵清脆的雏鸭欢叫声随风入耳，一片生机盎然。这里是他曾经插队的地方，也是他推广稻鸭共作农业新技术的第一块试验田。

改革开放40年，镇江农业发生了巨大的变化，特别是生态、绿色农业的发展道路，沈晓昆看得分外仔细，走得格外坚实，多个镇江乃至全国首推的生态农业技术让他享誉圈内，更获得外国同行的称赞。他总觉得生态农业的道路还要走得再快些，为此，奉献自己的一辈子都值。

20岁那年遇见“你”

1968年，刚满20岁的沈晓昆插队来到了丹阳市延陵镇。有高中文化加之干活用心，他逐渐从一个门外汉，成为了懂点农业知识的熟手。

1978年，改革开放的春风吹满大地，知识青年纷纷加入返城大军，但沈晓昆却留了下来。他被县种子站派去了万顷洋农场，开启了农业技术员生涯。

“那时候种田要交粮，而上交一斤种子能抵10斤粮食，我就带着农民繁种。”沈晓昆说，通过手把手示范“化式制种”，成效十分明显。“七八个生产队轮流繁种，农民们忙得都很带劲。在不适合繁种的冬季，我们也组织农户前往海南作业。这样农民交粮的负担减轻了。”

业务出色兼之吃苦耐劳，沈晓昆颇受农民欢迎。1984年，一纸任命让他从一个农业技术员，一跃成为万顷洋农场的场长。1986年，他考入江苏农学院现代农业管理专业。1988年毕业后，分配至镇江市科技局农村处，自此，正式拉开了30年农业科技推广的序幕。

乘公交车、蹬自行车，沈晓昆每周至少4次来到田间地头，来到农民身边，调研和推广适合的农业技术。他发现，一到夏天，菜农的农药使用量猛增，“这样种出来的菜难免农药污染，能吃吗？”沈晓昆感慨道。当时有菜农告诉他，把虫子捉来泡在治虫的药水里，照样活蹦乱跳，根本没办法弄死，除了多打药，没其他办法。

“要想办法解决蔬菜农药污染的问题。”正在沈晓昆为此焦虑之际，一次偶然的接触，台湾一名农业专家给他送来了“良方”。“怕蔬菜长虫子，就用

网把虫子隔在外面好了。”沈晓昆说，当时台湾已有使用蔬菜防虫网，这个专家还专门寄了张网过来，一经试验，效果确实好。试验成功后，镇江市菜篮子公司专门开始进行蔬菜防虫网的生产和销售，一张小网顿时风靡镇江蔬菜圈。“当时还有一句时髦的广告语‘让阳光雨露畅通无阻，将害虫拒之网外’”。

蔬菜防虫网的成功推广，让沈晓昆在省内农业科技圈声名大噪，他也因此获得了江苏省农业成果推广三等奖和镇江市科技进步一等奖。

为了“你”的“绿色希望”

1999年，忙过了“菜篮子”的沈晓昆，又将目光盯上了“米袋子”。

“当时种稻都是化肥开路，农药先行。长此以往将恶化农业资源、破坏生态环境，贻患子孙后代。”沈晓昆说，1999年，在一次翻看日本农业书籍时，一则稻鸭共作的文章吸引了他的注意。仔细阅读后，他感觉找到了一把解决难题的“钥匙”。

说干就干，2000年，沈晓昆从日本“要来”技术，来到当年插队的地方，找到老朋友谢桐洲，开展了“稻鸭共作”技术试点。他们在30亩水稻田里放养一批小鸭子，鸭子觅食为水稻除虫、除草，利用鸭子的活动搅动稻田里的水，刺激水稻生长，鸭子排出的粪便又可以为水稻施肥……“稻鸭共作”减少了饲料、肥料、农药的投入，确实提高了资源利用率，增加了稻田产出，保护了生态环境。

2002年，沈晓昆带着几个专业户前往日本取经，进一步对“稻鸭共作”

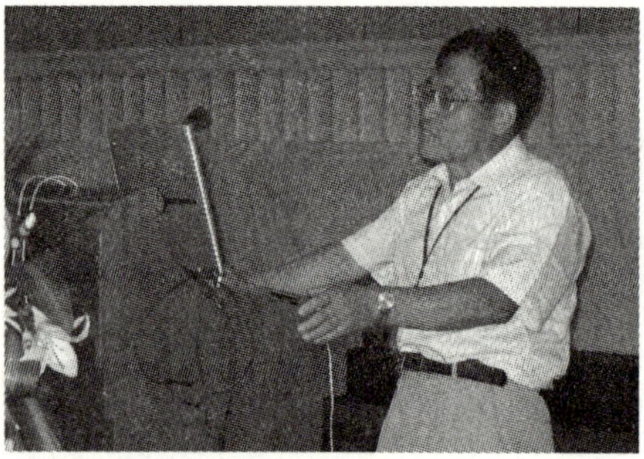

技术进行完善升级。日本一行，让沈晓昆收益良多，特别是了解到了稻田中用什么鸭种最合适、一亩地放养鸭子的数量等精细化操作方法。

2004年，第四届亚洲“稻鸭共作”研讨会在镇江召开。沈晓昆做了大会发言，详细介绍了“稻鸭共作”技术推广的镇江特色，获得大会认可。

2006年，电影纪录片《种稻致富新技术——稻鸭共作》获得了当年举办的国际农业电影节科教片一等奖，而这部片子的拍摄地就是沈晓昆的基地。“纪录片的获奖，让我倍感鼓舞，工作的劲头更足了。当时还没退休，我就经常与专门负责培育鸭苗的戴网成一道，利用节假日往来于长三角数个省市，推广稻鸭共作技术和鸭苗，乐此不疲。”

近5年来，戴网成的基地已实现每年服务8000亩，供应鸭子12万只，并成为国家外国专家局批准的全国唯一“国家引进国外智力成果示范推广基地”。

沈晓昆还出版了三本专门推广“稻鸭共作”技术的书籍，发表相关文章80多篇。由他主导的《稻鸭共作高效生态技术集成与推广》在2008年获得江苏省农业技术推广奖三等奖，2016年与扬州大学合作的《茖、稻、鸭、萍种养结合关键技术集成与推广应用》获得中国商业联合会颁发的全国商业科技进步奖三等奖。

机会总是被善于发现的眼睛捕捉。2002年，在赴日本参观学习的途中，一项新型养猪技术让沈晓昆眼前一亮。“我当时就纳闷，这里的猪圈里怎么不臭呢？”一问后得知，这种技术叫“发酵床”。

沈晓昆如获至宝，请教专家、收集资料。回国后，他立马和老搭档戴网成建起了镇江乃至全国第一个“发酵床”养殖基地。

“养猪最麻烦的就是粪便处理，每天都要冲洗。用上发酵床后，不但臭味没有了，粪便也能在两三天内自动分解干净。”戴网成说，“养殖场采用发酵床后，比传统养殖方法节水 90%、节约饲料 10%。以前，照顾 500 头猪，需要两三个人喂食、清洗，现在只需要一个人就能轻松搞定。”

2008 年，发酵床养殖技术辐射至黑龙江、河南、四川、安徽、山东等农业大省并屡获国家、省、市级农业技术大奖，以发酵床技术为题材的《发酵床环保养猪新法》还荣获第十三届华表奖科教片奖，成为镇江农业对外交流的一张重要名片。

此生定然与“你”相伴

2008 年，退休后的沈晓昆并未把志趣转向老年大学的“琴棋书画”，而是继续忠诚于自己喜爱的农业和农技推广。

2009 年，作为农业专家的沈晓昆受邀前往四川绵竹进行灾后对口援助工作。他将发酵床养猪、养鸡等技术推广给当地农民。短短两年间，这种生态养殖技术就在绵竹大地开花结果。

2011 年，“沈晓昆劳模创新工作室”成立，10 名获得过省、市劳模称号并拥有专业特长的农业退休干部加入其中。这个创新工作室已经有一系列成果获得专利。工作室成功培育出与中国古代文献记载一致的“乌嘴白羽白凤头鸭”，填补了我国观赏鸭的空白，今年春节在镇江宝塔山公园试展，引得游人啧啧称奇。

伴随着改革开放的时代，沈晓昆的农业科技生涯也整整忙过了 40 年。他始终热爱农业，深入农村，自诩为一个“农业人”，而熟悉他的人们亲切地称他为“老农民”。回首自己走过的路、干过的事，他总是甘之如饴。他说：“只要身体允许，就会一直为镇江的生态农业继续尽自己的绵薄之力。”

乐 红：裁缝女工的美丽生活

文/钱兆南

乐红，江苏镇江人，1949年生，1965年作为社会青年下放三山乡。1973年进红光服装厂，成为车间一线流水线车工。1983年调入粮油店。1997年从粮油店内退，退休后一直操持裁缝手艺至今。

从乐红 33 岁离开服装厂到今天，在红光服装厂三楼的流水一线车间，坐铁板凳整整十年的光阴，车间里的两百多台电动缝纫机同时启动，强大的噪音和身心的疲惫至今都会潜入她的梦里，在脑海里盘旋到现在，怎么也挥不去。

1949 年出生的乐红，出世就淹进苦水里。乐红还在母亲腹中，父亲便永远离开了人世。家中的顶梁柱坍塌，又添了一张吃饭的嘴，这个家顿时一如汪洋中的一条小船，开始东倒西歪起来。母亲万般无奈之下，托人找了户没孩子的人家，含泪把啼哭中的乐红送走，带着两个姐姐去投奔上海的舅舅。

在养父母家成长的乐红，总觉得寄人篱下，特别是在养父母又添了五个孩子后，自己在这个家里和无血缘关系的姊妹们更是不同。六个孩子长得飞快，能吃一顿饱饭都很奢侈。一家三代人挤在一起，生活也很不容易。好在她从小就养成勤快的好习惯，9 岁时便跟在人后面学会了打芦席去卖。

作为家中的老大，乐红还要带下面的弟妹们，邻居们经常看到她背上背一个小的，手中牵一个大的。等弟妹们到了上学的年龄，她便从此失去了上学的机会。

16 岁那年，乐红“响应国家上山下乡的号召”，主动要求下放到农村。

第一站下放在三山乡。乐红虽然不识字，但聪明好学，别人做事，她在边上刮两眼就能记住要领，头一回跟在别人后面下田学插秧就有模有样。冬天下河挑泥，春天薅草间苗，夏天割麦插秧，秋后收稻种麦，样样都拿得起。在三山乡锻炼了两年多，乐红又调进黄山园艺场学技术，虽然同样是“下放”，但离城市却近了些。

到 1973 年，乐红回城进了红光服装厂。对于为什么要选择进服装厂做一名缝纫工，乐红有自己的想法：荒年饿不死手艺人，学一门技术，以后到哪儿都能站得住脚。上下五千年，从达官贵人到寻常百姓，衣食住行，穿衣排在前面。年轻的女孩子，没有一个不爱美的，那时的乐红在街上看到别人穿得那么好看，很是向往。要是自己能学会裁缝这门手艺，想做什么式样都行。

上世纪 70 年代初，商店里的布料没有多少品种，而且花色也单一。乐红开始学习在一块布上画图的时候，就舍得花心思，在衣服的细处翻新花样。穿上自己亲手做的衣服，半路上常遇到陌生人问她身上的衣服是在哪买的，这种时候她觉得走到哪里都感到自豪。乐红说在她那个年代的手艺人，是被人看不起的，前面都带一个“小”字，小裁缝、小木匠、小瓦匠……。就冲着这个“小”字，乐红就想把手艺做做精。时代发展到今天，没想到从前的“小”手艺人有不少冠名为“艺术家”；而一些“小”店铺也变成了“创意工作室”。

引车卖浆、打铁磨豆腐的，没有一个不苦。裁缝这行吃的是百家饭，一辈子为人做衣。从量体裁衣开始，每一个步骤都得“算筋算骨”想办法节省布料。哪怕你是顶级裁缝，也会遇到失手的时候，总有不尽人意的地方，比如做袖子，每个裁缝都可能会有出手病；上领子，总有起手和落手用力不均的情况，靠的全是心手如一的指上功夫。

乐红刚进厂才拿 23 元的工资，若干年后工资定级能拿到 500 多元。

刚进服装厂的时候，乐红还不具备上机器的资格，只能做辅助工，从锁钮洞、钉钮扣、缲裤脚边开始起。其实她在还没进服装厂的时候，就已经有了不错的裁剪功夫，进了服装厂便是如鱼得水。

在几百号人的车间，并没有指定的师傅带她，偶尔有机会看看师傅们做事，都不敢站得太靠近，生怕师傅生气。那个年代，一个手艺好点的师傅，傲得鼻子能翘到天上去。自古以来，大凡中国的手艺人都认这个理：教会了徒弟打师傅。手艺就是自己安生立命的本钱，看家的本事哪肯随便示人。乐红聪慧，手里做着自己的活，眼里的余光刮向师傅，将师傅的一招一式默记在心里。回到家就开始拿旧报纸涂涂改改，算尺寸，打纸样子。仅纸上练兵远不行，要能做一件衣裳穿上身才行。乐红从不多的工资中狠心抽出一点，上街买一段卡其布，把打好的纸样子覆到面料上裁，舍不得老是花钱买布料练手，就把家里的旧衣裳拆下来翻新。就这样左一件右一件地折腾出不少件试验品。

在辅助车间一年后，乐红进了流水线车间当了一名车工。

都说干一行恨一行，行行都有苦。在一线车间，冬天冻得手伸不出来，夏天热得“恨不得把皮剥了”。

服装厂最苦的要算车工，整天感觉被一根看不见的皮鞭撵着，工序一个接一个，上一道工序不结束，下一道工序就得停工等待，所以，每时每刻都要拼命赶。尽管上班是八小时，但因为各种原因耽误了货，就得加班，经常上十几小时班。才进车间手脚自然没别人快，乐红好强，为了赶上进度，哪怕就是不需要加班，她也自觉地留下来加班。因为怕别人笑话，大家下班时她躲进厕所里，等人走光了，再回到车间加班赶货。

八九十年代做西装不像现在简化了，工序多且复杂，一件西装不下百把道工序。每个工序都在人体的结构上下功夫。面子和里子只是一小部分，关键部位在内衬，所以要求西装的内衬要做得结实，领口和驳头处的内衬大部分都靠手工制作。布是平面的，人是立体的，不同人的体形，衣服要穿得合身服帖，裁剪时全靠经验。烫功更要讲究拔、推、归的原理，这样穿在身上才有型。西装的关门过节，容不得半点大意，一针一线都得用尽心思。还有做唐装更是磨人，盘花扣是硬功夫，都靠一针一线去缝。做中山装则绝对要用心控制机器的速度。中山装最拿魂的是钉口袋，这技术考验每一个车工的耐心，拐弯的地方要一针一针向前，而电动缝纫机一脚踩下去如飞似的，全靠脚下的力量控制，考验每个车工手脚合一的力道。

现在的服装厂大多实行程序自动化，有了整烫机。80年代服装厂的烫工，手工操作从早站到晚。冬天做烫工不怕，夏天成天拿着熨斗如同进鬼门关。车间里的电风扇吹出来的全是热风，前面喝进去的水，后面跟着汗水就流光了，连厕所也不要上。热得像在火炕上烤，汗出尽了，皮肤火烧火辣的，那个年代的车间里还没有空调，冷热只能受着忍着。服装厂上下，没有比流水线上的车工更苦的工种，一旦坐上流水线的板凳，能把板凳坐穿。

裁缝这行，有句行话：送命的剪刀，救命的尺。量得准，才能裁得好；裁得好，才能做得好。一环套一环。一件裁剪得体的衣服穿上身，人的精气神就出来了。从量体裁衣，到上机缝制，手上的松紧度就决定了穿出来的效果。衣裳，是人的一面旗帜，一个人穿衣的风格某种程度上决定了其性格情趣，正所谓“穿衣如招魂”，一点不假。

同事们都知道乐红能吃苦，而且好学出了名，在服装厂流水线上，货不赶结束，八更八点都不会下机，大家都说她像铁人一样，从来不晓得累。乐红说，人也不是铁打的，只是上了机器思想就不能打岔，人和机器就得合二为一，才能做好活计。

想想自己这么多年做裁缝所用的线，能绕地球多少圈，那些带着自己体温和表情的衣服也不知道流向哪里，都是些什么人在穿它们。几十年来，只要在路上看见一件心仪的衣裳，乐红免不了会多盯几眼，别人走了很远，她还会追过去看，就想弄明白那件好看的衣服是什么式样，如果自己来做需要怎么去裁剪，需要怎样去改良出新的花式，穿在自己的身上才能称心。只有自己称心了，别人才会称心，这是一个手艺人最起码的标尺。

现在做裁缝的人越来越少，街头摆摊的，有的是自学成才，也有的是服装厂退休下来的老技术工人，都以修补为主，不会像从前的裁缝师傅，一把一米的竹尺，一把用得发亮的12寸的大剪刀，一根一米五的软尺往脖子上一绕，手拿画粉，在案板前立定，气定神闲地在一块布料上圈圈点点，如驰骋于茫茫草原。

后来离开服装厂调入粮行工作的乐红，其实从来没有离开过做裁缝这个行当，仍然有人请她量体裁衣，她说：“人家请你做，是看得起你，不管多忙，都不好意思拒绝。”

就为了这个“不好意思拒绝”，乐红的视力越来越差。看到家人和朋友们穿着自己亲手做的衣服，心底还是有成就感的。给别人做衣服，是种缘分。

乐红现在身上的衣服是从网上买的成衣，然后按照自己的尺寸改。她说，也曾经把人家的衣服裁剪错过，错了才能总结经验。错不可怕，但不能总错。

乐红说自己这辈子最难过的事，是没读过书，如果会写字，就能进裁剪车间，更进一步的话就能到门市部为顾客量体裁衣，做出样的精品服装，足可以在这个行业里做出不俗的成绩，可惜这些都与自己无缘。乐红说，做一个合格的手艺人，更应该有感恩之心，一丝一缕都是对一个人的恩情。在从业这么多年中，也曾遇到个别不懂得感恩的人，对于这样的人，一笑而过。作为一个“小”裁缝，乐红有女子的温婉，也有男子般的洒脱。很少有人理解和了解做裁缝手艺人的心，他们不知道一个合格的裁缝从接下一块布料开始，就把全部的感情投射到这块布料上，想象着布料主人的相貌，无数次在心中描摹穿在这个人身上的效果，包括他们一举手一投足之间的神韵。一个顾客可以忘记一个裁缝，但对一个裁缝来说，只要是出自手下的衣服，都能从这件衣服上寻找到自己的印痕，从针脚的粗细，到衣领的松紧度，一眼就能识别出来。那不仅仅是一件寻常的衣裳，更像家中长大后飞出去的儿女们。可是又有多少人去敬重一个人裁缝生涯中这最珍贵的念想与情义呢。

从粮行提前退休下来的乐红，把裁缝当成自己的另一个职业，在布料的王国里尽情施展自己的才华。朋友们说她开始逆生长，因为有一颗追求美的心，反而比从前更年轻，精气神十足，给自己的老年生活带来了荣光。上辈人苦日子过习惯了，都很惜物，能穿的衣服舍不得扔掉，能加工不去商场买。经常有人拿着布料上门找她，也有带着舍不得扔的旧衣服请她以旧翻新，她每天忙得不亦乐乎。

乐红是“潮人”，近 70 岁时，学会了在淘宝上购物，每天在今日头条上看新闻，虽然自己不会写字，但识字。有一些年龄比她小些的人，还没学会上网。

现在的服装面料越来越贵，街上的服装店都是定制，通常不卖布料，一件衣服的加工费要比布料贵得多，乐红又想到了新招。现在网上卖的衣服太便宜了，遇到合适的，最便宜的十几元就能买一件衣服，这比到裁缝店定制要便宜多少倍。她把网上买回来的衣服拆散后，重新再加工，一件合适的时装很快就穿在她的身上。

许多人说，70 岁的乐红，越来越神。

潘正东：改制，带着企业成功逆袭

文/王鹏程、曹　源

潘正东，镇江液压股份有限公司董事长，全国五一劳动奖章、省五一劳动奖章、市科技实业家创业奖、市突出贡献奖、市人民奖章获得者。作为全市国企改革试点单位之一，镇江液压件厂两次改制，1996年进行股份合作制试点，2000年企业第二次改制，潘正东成了系统内第一个竞争上岗的厂长、第一个改制企业的厂长、第一个控股厂长。在他的手中，一个濒临破产的“问题企业”，逐步发展成为在“中国有地位、世界有名气”的行业典型。

1990年的镇江液压件厂效益不好，不少职工都在自谋出路。10月的某一天，厂里议论纷纷说有个新厂长要调过来，大家没想到新厂长给这个濒临倒闭的企业带来了辉煌的未来。

花白的头发、朴素的衣着、中等个子，平和而睿智的目光……他就是当年临危受命的“新厂长”潘正东。当时的他也没有想到，他可以带着这个当时出了名的亏损企业一路披荆斩棘，成为现在液压行业的龙头企业。

每天早晨8:30，在各种机器的运转声中，潘正东开始了一天的工作，听取汇报、巡视车间、约见客户……今年75岁的潘正东依然保持着忙碌状态。他是镇江市第一个竞争上岗的厂长，是第一个自己当老板的厂长，他也是外国同行口中的“China潘”。虽然身带多种“光环”，潘正东回首往昔，依然觉得自己的力量是渺小的，唯有时代潮流浩浩荡荡催人不断前行。

首个“竞岗厂长”的“三大步”

潘正东1969年从合肥工业大学毕业后，一直在原镇江机械局下属企业摸爬滚打，从事机械技术工作。改革开放的春风吹来，潘正东越来越感受到时代不一样了。新名词、新模式层出不穷，而到了改革开放10周年时，45岁的他迎来了“人生的第一次飞跃”。

1988年，机械局要在所有中层干部里，通过竞争上岗的方式，为镇江电磁设备厂选一位新厂长。

竞争上岗，现在早已不是新概念。但那时候可是全镇江市范围内第一次竞争上岗选厂长。潘正东回忆说："以前都是组织任命厂长，现在当厂长还可以自己申请了，我就觉得是个好机会。这辈子不能就这样过去，要给自己更大的挑战。"组织考察、分批筛选、公开演讲……潘正东最终在30多位候选者中脱颖而出，成为全镇江市第一位竞争上岗的厂长，到电磁设备厂走马上任。

短短不到三年时间，这位竞争上岗的厂长交出了亮眼的成绩单：职工收入跨一大步、企业知名度跨一大步、产品销量跨一大步。在他离开镇江电磁设备厂后，该厂向员工征集厂标设计，冠军作品的设计稿上有"三级台阶"元素，创作者表示，设计的灵感来自于"潘厂长带着我们走的三大步"。最后，这三级台阶代表的"三大步"成了电磁设备厂的正式厂标，也成为厂里老员工津津乐道的故事。

"两条腿"走出"一条路"

潘正东清晰地记得那个下午，天气阴沉沉的，一辆"桑塔纳"把他带到机械局，组织要安排他去镇江液压件厂工作。"只知道是一个困难企业，至于困难在哪儿、到底有多困难，其实并不清楚。不清楚有不清楚的好处，无知者无畏嘛！"

"企业亏损、产品滞销、库存过多……大家成天担心自己的薪资问题，就没有合力。我刚到这个厂的时候，不少人写报告申请调到别的厂。"潘正东到任之后的第一件事就是稳定人心，"我在开全体会议的时候向大家表态，请大家半年之内不要申请调动，半年后再看想不想走，如果依旧要离开，厂里绝不拦着。"

主动倾听职工意见，进行市场调研，摸清企业发展问题症结后，潘正东提出，企业要走出困境必须发挥党组织的政治核心作用、党员的先锋模范作用、职工的主人翁作用，并提出了治厂要靠"两条腿，一条路"，即：依靠提高产品质量和技术进步两条腿，打开市场的销路。

因为做产品设计出身，潘正东对产品质量有着匠人一般的要求，"产品质量不好，价格再便宜客户都不敢用，必须要用一切方法提高产品质量。"坚持"两条腿，一条路"，渐渐地，厂里就有了起色，半年时间到了，再也没有一个职工想要离厂。

作为全市国企改革试点单位之一，镇江液压件厂曾经两次改制，第一次是在1996年，进行股份合作制试点，潘正东成为机械系统第一批民选厂长；2000年，企业第二次改制，潘正东成为股份制民营企业持大股的厂长。

对于大多数国企职工来说，改制意味着“铁饭碗”被打破，是一种猝不及防的“打击”，而潘正东却对此早就做好了心理准备。

“当时，大家心里是抵触的，集体大会上甚至有人公开提出来：本来我们是国有企业的工人，现在我们全变成民营企业的工人了，老潘你怎么对得起我们!”潘正东说：“我认为改比不改好，早改比晚改好。改革可以改变原来陈旧的机制，可以激发市场活力，让大家得到实惠。”

果然，改制后三年时间，液压件总厂的产值从4800万元上升到1.5亿元，上交税金从448万元上升到1883万元，实现利润从几十万元上升到2118万元，职工年收入增长了25%。

企业改制以后，员工的观念也有了较大变化。以前液压件总厂在车间设立了专门的吸烟区，规定职工在其他地方禁止吸烟，可是长期执行不到位，有的人甚至公然在禁烟标志下“吞云吐雾”，改制以后，员工自觉了许多，有关吸烟的规定很容易就执行下去了。类似这样的例子还有不少。

“当头的就要对得起大家”

对国企改革，职工最担心的是被下岗分流。2000年企业二次改制刚开始，

潘正东就在职工大会上宣布："分流不下岗，增效不减员。决不让一个工人因为改革而下岗，被推向社会。"

在改制中，转向器生产线减少了 82 人，企业便通过扩建马达分厂，新建液压附件车间，推出包装带加工、酒店等经营项目，使富余人员个个得到安置。对特定人群，针对不同情况，实行"老干部保起来、老工人养起来、老大难管起来"，一人一策解决问题。年龄偏大的中层干部让出岗位，在待遇上提升一个档次；快到退休年龄的员工提前回家，享受全工资待遇；身有残疾的职工组成"小五金组"，让他们有一个适合自己的岗位。对厂里的困难员工，潘正东经常通过工会组织了解他们的情况，尽可能给予照顾和帮助。

"当头的就要对得起大家"。这些年来，在为职工谋福利上，潘正东从不吝啬。在职工收入不断增加的同时，企业先后组织全体员工到庐山、武夷山旅游，销售有功人员新马泰旅游，退休员工北京游，一线员工代表欧洲十国游……

个人生活方面，潘正东简朴得近乎寒酸。从前给公司装修的时候，技术科、质检科、设备科包括车间里早已经装上了空调，他的办公室却还是用着电风扇。每到盛夏，即使吊扇呼呼地转，办公室里还是热得像蒸笼，但是他总说："企业的钱要省着花，空调先给最需要的地方装吧，总经理室放在最后。"

"困难背后都是机遇"

做事业不可能一帆风顺，尽管市场的风云变幻，镇江液压件厂还是一次次把困难转变成机遇。从只能生产基础件的小厂，转变成在"中国有地位，世界有名气"的优秀企业。

潘正东印象深刻的一次危机是在 1997 年，液压件厂产品面临市场萎缩的严峻考验。经过调研分析，潘正东瞄准了正在兴起的联合收割机行业。新疆联合收割机厂是国内开发最早、产量最大的厂家。为了争取市场，潘正东和技术副厂长冒着零下 20 多摄氏度的严寒，赶到新疆联合收割机厂，可是到了厂里却碰上对方负责人临时到河北石家庄分厂去了。他们又马不停蹄赶往河北。见面之后，对方就对液压件厂产品提出了"连接方式"不符的问题，潘正东立即就把他们的连接方式画下来，回厂后以最快的速度提交了改进的样品。正是因为这种一丝不苟、高效率的工作态度，对方当即就签订了供货协议。

第二次是受国际金融危机的影响，许多国际知名主机生产企业开始寻找质量可靠且价格较低的液压马达，来代替价格较高的欧美产品，潘正东果断地抓住了机遇，亲自带领营销人员参加世界相关产品博览会，针对世界知名主机生产企业的需求开发新产品、聘请国外营销人员，全力拓展世界主机厂市场。与此同时，针对世界知名主机生产企业的需求推出了20余种新产品。

“金融危机是我们的机遇，我们要在国际市场打响‘镇江液压’这个品牌。”潘正东说。目前全液压转向器的国内市场占有率已超过50%。国际方面，除欧美等国家和地区的传统市场外，印度、巴基斯坦、波兰等国的新兴市场正全线突破。

在潘正东看来，“镇江液压”正是赶上了制造业发展的好时候，现代农业装备机械作为“中国制造2025”十个优先发展领域之一，为企业带来了前所未有的机遇。“还要继续精耕产品，坚持创新引领，转型升级，进一步提升国际知名度与核心竞争力。在行业内站稳‘中国老大’的地位，才能更稳地屹立在世界市场上。”

早已年过古稀的潘正东，仍然对未来充满自信与向往……

戴耀明：小镇大剧场的追梦人

文/叶锦春

戴耀明，扬中市新坝人。他用对文化事业的执着和热爱、长达44年的坚守和奉献，圆了“新坝大剧院”之梦，成为农村文化体制改革的排头兵；先后荣获全国文化系统先进工作者、江苏省明星剧场明星经理等称号，并两次受到江泽民等党和国家领导人的亲切接见。

一

1974 年春，戴耀明退伍回到家乡，被安排在新坝公社大会堂做负责人，人员工资由公社发放。公社大会堂是“大跃进”的产物，历经近 20 年，已经破烂不堪：屋顶多处漏雨，窗上玻璃残缺，条凳板裂腿断，再加上管理混乱，年年亏损，已成为公社的一大包袱。

临危受命，具有军人气质的戴耀明二话没说，勇敢地挑起了这一重担。在部队 4 年，他当的是文艺兵，见过大城市的影剧院，舞台宽大，灯光明亮，座位舒适。上任之时，他的脑海里突然闪出一个念头：有朝一日，我也要在家乡建一座像城里那样的影剧院，让乡亲们在家门口就能舒舒服服地看戏看电影。

为了改变现状，戴耀明一上任就打响了 “攻坚战”。

首先从环境改造入手。他带领员工自己动手，上屋顶补漏，更换破玻璃，修理坏板凳，公社没有投入一分钱，大会堂就变了样。

接着，他大刀阔斧地抓改革：废除人事“终身制”，所有员工一律聘用上岗；打破报酬“大锅饭”，改固定工资为浮动工资，收入与工效挂钩；整治公共秩序，杜绝“看白戏”，所有人凭票入场，对号入座。

重拳出击，大见成效：员工的积极性调动起来了，社会上的“小混混”老实了，看“白戏”的歪风刹住了，大会堂的管理步入了正轨，大剧团、名演员也来到了这里的小舞台。

戴耀明请来的第一位“全国明星”是国家一级演员、锡剧泰斗王彬彬。虽然条件非常简陋，舞台矮小、后台狭窄、灯光和扩音设备短缺，但只要王彬彬一上台，闹哄哄的剧场立即安静下来；王彬彬一亮嗓子，剧场内的最后一排观众也都听得清清楚楚。《珍珠塔》、《双推磨》、《西厢记》，这三个脍炙人口的锡剧在新坝大会堂一一上演，新坝人大开眼界，直呼“过瘾”。

王彬彬亲临新坝演出的消息很快传开了，新坝大会堂也随之扬名，一个又一个的大剧团、名演员被戴耀明请来了。“硬件不行软件补”，戴耀明和员工们的热情接待和周到服务让演员们赞不绝口，每场演出都很成功。即便如此，时间一长，戴耀明还是犯愁了，他已经明显察觉到，大会堂的落后环境已经严重影响了演出效果。

筹建新坝影剧院！这一念头在戴耀明的脑海里越来越强烈。

二

天遂人愿。

1984 年底的一天，新坝镇党员干部冬训班在大会堂举行。不料冬训班第一天的动员会刚开始便下起雨来。雨水沿着屋顶的缝隙滴滴答答地落下来，落在主席台上，落在台上领导的身上。领导们不得不匆忙起身避雨。

很快，镇政府作出了翻修大会堂屋顶的决定，由戴耀明全权负责。戴耀明却另有盘算，修修补补解决不了问题。他“借题发挥”，自筹资金 30 万元，按照影剧院的标准进行改造。

1985 年，“大会堂”的使命宣告结束，“新坝影剧院”诞生了。虽然没有五光十色的霓虹灯，也没有一流的音响设备和冷暖气，但是在当时，拥有宽大的舞台、明亮的灯光、815 个三合板翻椅的乡镇影剧院，已经在全省领先了。

有了新舞台，戴耀明的心更大了。为了让新坝人看到更多的优秀艺术团体和“明星大腕”的演出，他又一次顺应改革大潮，在全省率先进行剧场改制，实行“两权分离，承包经营，自负盈亏”的运行模式，将新坝影剧院注册成为全国首家民营剧场，成立演出公司，全身心地投入到组台演出中去。员工们称他是个“工作狂”，因为他总是每天第一个上班，最后一个下班，逢年过节更是忙个不停。妻子说他俩成了“半夜夫妻”，因为他忙于谈工作、贴海报、推票务，经常夜半时分甚至凌晨二三点才回家。女儿嗔怪他“重男轻女”，因为父女俩一个月也见不了几次面，而他却把影剧院当成“儿子”那样宠着，整天泡在一起，操心劳神。

在戴耀明的业务档案中，记载着许许多多前来演出过的艺术院团和全国著名的艺术家、歌唱家的名字，包括中国京剧院、中国广播艺术团、全总文工团、前线歌舞团、上海越剧院、江苏省锡剧团、安徽黄梅戏剧院等，彭丽媛、姚澄、王兰英、王文娟、徐玉兰、萧雅、宋祖英、刘欢、马季、姜昆、毛阿敏、刘晓庆、赵本山、钱浩亮等等。那一张张剧照、一幅幅题词，既是改革开放以来一个乡镇影剧院演出剧目的编年史，也是当地党委、政府文化惠民的记录簿。戴

耀明和他的员工们以特有的真诚和优质服务，在观众和剧团之间架起“友谊”的桥梁，使“观众看了不想走，剧团走了还想来”。

三

进入21世纪，人们的文化生活更加丰富起来，电视、网络进入寻常百姓家，电影、戏剧的上座率逐年下滑，全国各地的乡镇影剧院普遍不景气，“关、停、并、转”已成趋势。戴耀明却初心未改，坚守着影剧院这个阵地，并在2002年作出惊人的决定：建造新坝大剧院。

早在1991年的全国文化系统表彰大会上，戴耀明就语出惊人：“我要在家乡建起一个多层次、多功能的群众文化娱乐中心，未来的新坝大剧院将是一座现代化的文化艺术殿堂……”经过十余年的筹措，他想“圆梦”了：经预算，新坝大剧院的投资总额高达数千万元，而且回报周期长，镇政府根本没有这个经济实力。

怎么办？有的好友劝他放弃：守着影剧院发不了财，经商办厂才能快速致富；同行领导邀请他到省城的演出公司去，舞台大了发展的前途也更大。对于这些好心建议，戴耀明总是笑笑，婉言谢绝。当年接任大会堂经理时，他就下定决心，一辈子在农村，干好文化工作，建起心中的影剧院，决不半途而废当逃兵。

为了实现心中的梦想，他豁出去了。一方面去外地搞组台演出，确保员工队伍不散，人心不散，另一方面四处招商引资，寻找合作伙伴。“跑断腿，磨破嘴，肯坐冷板凳，能吃闭门羹”，这十六个字是戴耀明执着、坚韧干事业的真实写照。

“有志者事竟成”。经过不懈努力，他终于引来了投资商，大剧院开工了。2008年初，总投资超过4000万元，占地面积3600平方米，建筑面积5200平方米，拥有1118个座位，设备先进、宽敞舒适的“新坝大剧院”建成并投入使用。

梦想成真！

但是，戴耀明丝毫不感到轻松。他知道，自己已经没有退路，只有勇往直前。经镇政府批准，大剧院彻底改制，扬中市新坝大剧院有限公司正式成立，年逾花甲的戴耀明担任总经理。随后，他与镇政府签订了新坝大剧院整体租赁经营的协议，包括电影放映、组织各类文艺演出、场地出租等。面对日趋萧条的演出市场，他毫不畏惧，斗志未减，活力四射，因为他坚信，“只要思想不滑坡，办法总比困难多”。

很快，他找到了一条新出路，依托镇政府出台的打造新坝特色文化品牌、实行文化惠民、鼓励新坝大剧院发展的一系列扶持政策，采取“政策驱动，公益特征，市场运作”相结合的方式，相继推行农村电影统筹制、学校电影包场制、敬老电影赞助制等举措，果然奏效。无论是电影放映，还是剧目演出，都做得红红火火：

派出流动放映机组，到全镇的每个村巡回放映；寒暑假里举办学生电影周；重阳节举办敬老电影周；利用元旦、春节、五一劳动节、儿童节、建军节、国庆节等重大节日举办电影节，新坝大剧院每年送电影下乡总在200场以上，送戏下乡100场以上。

剧目演出更是风生水起。凭着40余年积累的人脉关系，特别是在全国演艺界的知名度和美誉度，戴耀明请来了一个个省、市级和国家级的演出团体和明星，甚至还请来外国的名剧团。他把“明星下乡”打造成品牌演出项目，新坝大剧院成了一个文化艺术惠民乐民的重要阵地。

“文化兴国运兴，文化强民族强。”作为农村文化改革的实践者和见证人，戴耀明认定自己走过的路正确，40多年的坚守与付出值得。如今，他又踏上了“追梦”的新征程，要将新坝大剧院打造成“百年剧场，中国品牌”，为繁荣新时代的农村文化事业作出新贡献。

陈福根：从『采石汉』到老报人

文/花　蕾

陈福根，1951年生。当过下放知青，采石公司工人；1982年3月1日《镇江市报》复刊，他经过公开招聘考入报社成为记者。1985年1月1日《镇江市报》改为《镇江日报》；1998年，《镇江日报》由四开“小报”改出对开“大报”，镇江日报社主办的《京江晚报》同时创刊……陈福根见证了报纸的变化与报业的发展。1999年他被任命为《京江晚报》副总编辑，直到2011年退休。

陈福根的家在镇江日报大楼后面的员工住房楼。沿着这栋建于20年前、已显老旧建筑的楼梯爬到六楼，就是他的家。四白落地，卫生间和厨房简单贴了瓷砖，吊了个顶，客厅和房间就是当初买房时简单刷白。这种简单的装修和颇有年代感的简单家具在默默告诉客人，主人是个对物质生活不太在意的人。而让人容易忽略外在环境的因素是，他家里的报纸实在是太多了：橱柜里堆放着近两年的《镇江日报》、《京江晚报》，按照时间先后叠放得整整齐齐；桌子上、茶几上，甚至床上，到处可见近期的各种报纸，门边的小椅子上也堆着高高一叠，陈福根说，那是看完了不用留的，妻子会帮他定期处理掉。

看来访者惊异于报纸之多，陈福根笑笑，手指屋顶：上面更多。他家是顶楼，有个小阁楼。因为没有在装修上大动干戈，通往阁楼没有楼梯，只在楼梯洞口置了一架木梯。爬上嘎吱嘎吱响的木梯，推开盖在洞口的木板，一览无余的地上堆着收藏的几十年来的报纸。陈福根自豪地说，他家里差不多有《镇江日报》1982年复刊以来以及《京江晚报》创刊以来的每一期报纸。

一份工作，可以是谋生的工具，也可以是兴趣所在，衷心喜爱。陈福根和报纸的结缘就来自于这份热爱。

1951年出生的陈福根出生在老城区宝塔路的一个普通家庭，他有一个弟弟两个妹妹，父母都是普通工人，生活压力一直比较大。1968年，陈福根初中毕业，就赶上了上山下乡。他下放到丹阳里庄公社，现在属导墅镇，离镇江有五十几公里，回一趟城，要先步行三里路到码头乘船到丹阳，再从丹阳赶火车到镇江，单程差不多要一天的时间。从1968年到1975年底，陈福根在农村当了八年农民。

下放之初陈福根也不知道自己要当多少年农民。但是他的坚信：一个人，成长经历、生活环境都不重要，最重要的是自己心里怎么想，自己不放弃。开始，他对农活一窍不通，但凭着“身大力不亏”，老老实实从头学起，干什么都要做好。几年下来，农活全精通。而有点闲暇的时候，他入眼的东西，只要感兴趣，都愿意花时间去了解、学习。比如刻钢板、印小报，就是农闲时看农村学校的老师做，顺手跟着学的。

回城的时候他已经是生产队长，一个种田的好手，全队工分最高的人。

1975年年底，陈福根回城，到位于南山的采石公司当了工人。对此他戏言，别人是“上山下乡”，他是“下乡上山”。回城后他觉得自己文化不够，一直坚持上职工夜校。高中语文、写作、语法修辞逻辑、古文……这种学习一直持续多年，直到他考进报社仍未停止。

因为一以贯之的诚实工作态度，加上有点特长，有人缘和组织能力，他在采石公司的职位不断变动：拖板车、机修工、民兵、采石装运站站长、开推土机、参与管理和文字工作……后来他一人身兼多职，夜班开推土机，白天处理文字工作。采石公司第一次砌职工宿舍楼，陈福根就分到了一套房，在那个论资排辈的年代也是相当了不起的一件事。

1981年11月，陈福根无意中在路边的电线杆上看到了一则招聘启事，大意是《镇江市报》复刊，面向社会公开招聘记者编辑。喜欢读书、喜欢写写文字的陈福根内心深处的一根弦被触动了，他意识到也许自己一直等待的就是这样的机会。他立刻跑到观音桥巷的报社复刊筹备组报了名。当时报名有两个条件：一是初中毕业以上文化，二是35周岁以下。身份不限。

可是，陈福根的初中毕业证书找不到了。接待他的宋仰山老师和他交谈后说：你谈吐中表现出来的文化水平，说初中毕业我还不相信吗？痛痛快快地就给他把名报上了。

事隔40多年，当初参加招聘考试的情景陈福根仍能一一还原，包括细节。

第一场考试是笔试，分上午下午两个半场。上半场是综合知识："从文学上来说，郭沫若第一部诗集的名字叫什么？""党的十一届六中全会精神是什么？""二十四节气，目前立冬已过，下一个节气是什么？"填成语、填诗词、改错别字……历史、地理、文学、政治，什么都有，内容很庞杂，答卷只能靠平时知识的积累。

下半场则是写作，把一篇600字的文章，编成300字的新闻稿，并配发一篇评论。

第二场考试是现场采访并写作新闻。参加人员是首场考试成绩的前50名。陈福根记得考场设在中华路小学，采访的范围是京口闸农贸市场，考试时间是三个小时，题材不限，八点半开考，十一点半收卷，进出自由。他笑言从来就没见过这种考生进进出出热闹非凡的考场。这一场考试，陈福根采访了一个徐州来镇江卖花生米的小贩，问的都是些常规问题。这位无意中抓住的采访对象，介绍了自己在十一届三中全会以后开始到镇江卖花生米，并从此挣了钱改变生活的经历。陈福根据此写出了报道。

采访写作过了关，接下来又顺利通过了面试，报社的录用通知到了单位，采石公司的领导却煞费苦心挽留。陈福根很诚恳地说：如果是因为待遇，无论其他单位什么条件，我也不会去。但是我喜欢当记者，喜欢新闻工作，我能干这行，是我的幸运。公司领导见他决心已定，也真诚地对他说：如果愿意回头，仍然欢迎。

1982年，经过简单的培训，陈福根开始了一边学一边干的新闻生涯。一开始在群工科工作，接待群众来信来访。这期间，他帮助读者群众反映意见、解决问题的满足感和成就感，成为激励他努力工作的一股强大力量。按照新闻纪律，批评报道必须经被批评人阅读、签字，如果批评基层单位领导的稿件，还要经主管局负责人审阅、签字后才能见报。这就要求记者必须把报道做实。陈福根说，这对他培养严谨细致的工作作风终身受用。

后来，他被派到报社印刷厂当副厂长。印刷厂这个地方，能看到报纸生产技术水平的发展进步。上世纪80年代，报纸生产还是铅字印刷时代，制作流程长，生产效率低，劳动强度高，环境污染大。直到90年代初，电脑激光照排技术开始应用，报纸印刷告别了传统的“铅与火”。短短几年后的1996年，镇江日报社搬到中山东路新大楼，实现了从稿件写作到版面编辑出版全流程计算机网络化，镇江日报正式告别了“纸与笔”。

电脑和网络技术的飞速进步，深刻影响了传媒行业，也深刻影响了传媒从业者。陈福根和同事们一样努力学习，以期跟上时代的进步。他印象最深的一件事是培训老师曾经说：你们现在发愁不会打字，以后你们会发愁自己不会写字——现在，他果然不习惯用笔在稿纸上写文章了。

1982年3月1日《镇江市报》复刊，1985年1月1日《镇江市报》改为《镇江日报》，1998年《镇江日报》由四开“小报”改出对开“大报”，镇江日报社主办的《京江晚报》同时创刊……陈福根见证了报纸的变化与进步。1999年，他被任命为京江晚报副总编辑，直到2011年退休。

已经退休的陈福根，退了，却没休。他还在报社的小记者活动中心帮忙，仍然承担着编辑工作。他还是习惯于在双休日这些“不上班”的日子，到办公室把当天报纸看一遍，看到有问题的地方，还是会像从前一样跟作者或编辑指出来。

有人说，工作首先是谋生的手段。陈福根说，新闻工作于他而言是兴趣所在，先觉得有趣，进而痴迷，几十年后，已经变成了习惯。记者，是历史的见证者，是历史的记录者，是历史的传播者。而能力、精力、责任和情感结合在一起，新闻工作带给这位“老报人”的是巨大的幸福感。

胡玉留：77高考，幸运的1/272970

文 / 王景曙

胡玉留，1951年3月生。1977年考入南京师范学院镇江分院，毕业后分配至溧水县中当语文教师。1984年调入镇江市农行，参与创办农村金融干部学校，并在这所学校一直工作至退休。

今年67岁的胡玉留，退休前任镇江农业银行所属农村金融干部学校副校长。从地方学校到行业学校，胡玉留几十年都在从事教育，这对他而言，可谓善始善终的“专业对口”。因为，胡玉留当年大学读的正是师范院校。

准确地讲，真正关乎胡玉留命运变局的一次重要转折，发生在41年前的1977年。这一年，胡玉留参加高考。这是“文革”结束后恢复高考的第一年，他有幸搭上了“头班车”。这不仅是胡玉留个人命运中的一件大事，也是整个中国命运中的一件大事。在此之前，高考制度已停摆长达11年之久!

那个混乱而漫长的历史阶段，教育战线受到破坏是“全链条”的。1966年，胡玉留初中一毕业就遭遇“文革”，从而与高中失之交臂。这个时候的胡玉留，还基本就是个孩子，没有可能在深层次上规划自己的人生，只能在时代的裹挟下被动前行。

1968年8月30日，17岁的胡玉留满怀“革命的憧憬”，背着铺盖来到原丹阳县吕城公社洪家大队马元里生产队，成为“文革”中镇江地区第一批下放知青中的一员。过了个把月时间，比胡玉留大3岁的三哥也来到同一公社的另一个大队插队。三哥是省镇中的高中毕业生。

和所有知青一样，从落户农村（办理户口迁移）这天开始，城镇居民胡玉留就“改头换面”地过上了农民生活。日复一日、年复一年，随着岁数增长，胡玉留逐渐冷却了最初的沸腾热血，开始对人生有了一些深度思考。这种思考，带来的是内心深处的某种焦灼与迷茫。在长满庄稼和野菜的“广阔天地”里，胡玉留越来越感到难以安放自己“大有作为”的理想抱负。

1971年，貌似能够改变命运的一丝政策曙光，突然向胡玉留、当然也向“胡玉留们”照了过来：自1966年全面停招，1970年先在北大、清华试点后，中国的高校从这一年开始普招“工农兵大学生”：不用考试，一层一级推荐上大学。次年，洪家大队便把极其珍贵的唯一推荐名额，给了各方面都表现甚佳的胡玉留。然而最终，曙光在胡玉留身上只是昙花一现：整个吕城公社共有16个大队，每个大队虽然可以向上推荐1人，而当年该公社能够向县里上报的名额却只有2人！胡玉留在8：1这个环节上铩羽而归。

过了1972年“这个村”，胡玉留注定不会再有“那个店”了。“跳龙门”的巨大利益诱惑以及名额的无比稀缺，导致各种异常力量介入。对当年所谓“推荐上大学”，一个众所周知的社会注解就是“开后门、拉关系”。胡玉留用手比划着讲述：“一些小孩子才这么高，有后台的家人就已盘算着再过多少多少年就可以上大学了。”

知青生活进入第 10 个年头，也就是 1977 年时，插秧、收割、耕田……已经没有胡玉留不会干的农活，但恰恰在这一年，他历史性地迎来“洗脚上岸”的人生拐点。

1977 年的那个 8 月里，稻穗开始飘香，秋收即将到来，胡玉留像寻常一样，与马元里生产队的社员们一起日出而作、日落而息，挣着工分。他完全不可能知道，就在这个月的上旬，千里之外的北京，一次范围极小、规格甚高的重要会议正在召开：全国科学与教育工作座谈会。会议主持人为邓小平——此时距离他当年 7 月 21 日在十届三中全会上恢复职务仅仅过去十余天时间。恢复职务之后的邓小平主动要求分管科教工作。

这次持续 5 天日程、具有划时代意义的会议上，应众多有识之士呼声，邓小平当场亲自拍板：今年就恢复高考！

然而，冰冻三尺，非一日之寒。当时特定的政治氛围在于：“文革”虽已结束，以“两个凡是”为主导的极左思潮，束缚力依然十分强大。如果说邓小平的拍板只是“思路层面上”开启恢复高考的破冰之旅，那么，后来的事态发展表明，从拍板决策到真正落地，着实举步维艰。

时隔一年多之后，以十一届三中全会召开为标志，中国全面开启改革开放新征程。改革开放的核心引领便是思想解放。而追根溯源，应该不难理解，新时期思想解放的号角其实早已在恢复高考这一“局部主题”的历史事件中吹响前奏！

1977 年 10 月 21 日这天，新华社等各大媒体正式发布恢复高考的消息，对胡玉留而言，这一消息只是终于得到确证而已，他其实早已有渠道听到一点“风声”。他的二哥当时在溧水县教育局工作。胡玉留回忆，一天，二哥以“也不百分百确切”的口吻，提醒正在吕城公社插队的两位弟弟：“今年可能要恢复高考了！你们可以看看书，先做准备。”

从市档案局里的一份历史文件中我们能够读到，身为教育系统职工的胡玉留二哥，对弟弟们发出上述提示绝非空穴来风。这是 1977 年 9 月 7 日江苏省

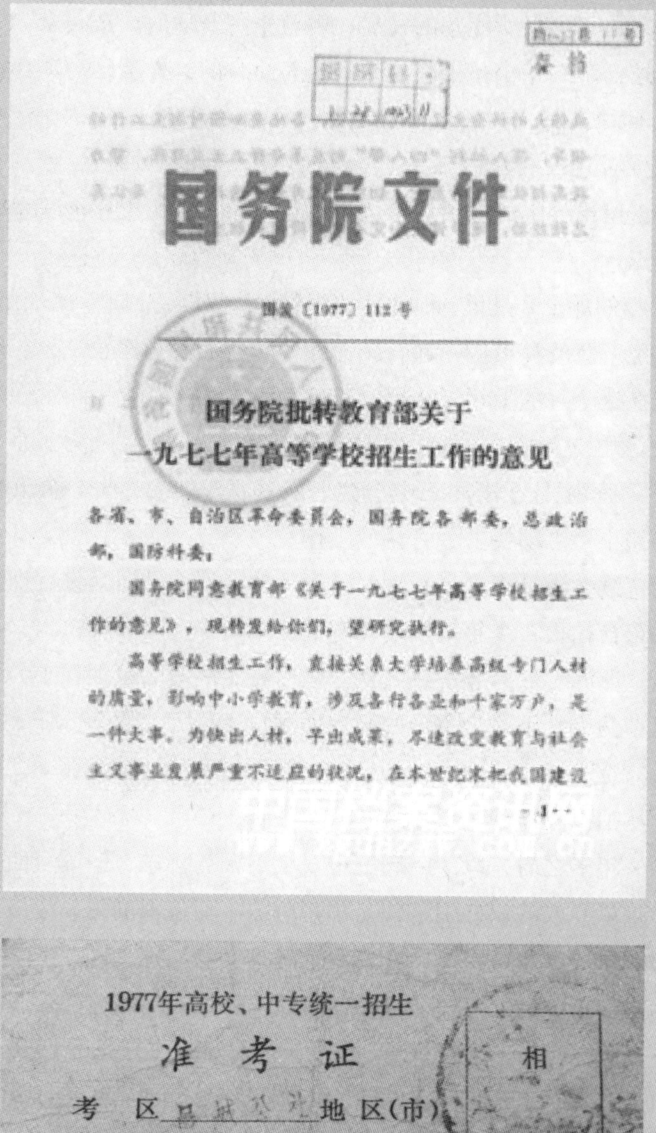

国务院文件

国发〔1977〕112号

国务院批转教育部关于一九七七年高等学校招生工作的意见

各省、市、自治区革命委员会，国务院各部委，总政治部，国防科委：

国务院同意教育部《关于一九七七年高等学校招生工作的意见》，现转发给你们，望研究执行。

高等学校招生工作，直接关系大学培养高级专门人材的质量，影响中小学教育，涉及各行各业和千家万户，是一件大事。为快出人材，早出成果，尽快改变教育与社会主义事业发展严重不适应的状况，在本世纪末把我国建设

· 1 ·

1977年高校、中专统一招生

准考证

考　区 ____ 地区(市)

____ 县、市(区)

姓　名 胡玉留

编　号（镇丹）000445

江苏省丹阳县招生委员会办公室

教育局向省内各高校转发来自教育部的《关于推迟今年招生和新生入学的通知》："为了对高等学校招生制度作较大的改进，经党中央和国务院批准……"但是，具体作何种"改进"，当时并不明朗，更无定论。尽管"恢复高考"已成箭在弦上之势，文件中却只字未提。

胡玉留讲述，当时面对大哥的善意提醒，一来自己真不敢相信会有这事发生，二来压根就找不到书看，于是一直拖到消息正式下来之后，他才予以高度重视，但这时距离 11 月 28 日省里组织预考仅剩一个月零七天时间！而正式考试的日子已定在 12 月 23 日至 25 日。

一个时期的历史，总有一个时期的局限，不断突破这种局限，才构成历史的进步。以当年恢复高考而论，这扇"闸门"当时也只是有限打开。胡玉留本人在报名参加考试的环节上，就遇到了条条框框限定下的几大麻烦，其中最大的麻烦在于：学历资格。

在公社办理报名手续时，胡玉留遭到了相关负责人的断然拒绝，理由是他没有高中文凭。当时上面对报考条件的表述是"高中毕业或相当于高中文化程度"。屡遭碰壁的胡玉留志在一搏，他以"相当于高中文化程度"这一政策弹性空间自我主张，据理力争，最终如愿报上名。由此他也成为整个吕城公社当年极少、"可能唯一"的初中文凭考生。

史料表明，高考中断 11 年间，江苏省是全国积压考生比较集中的省份之一。启动报名程序后，全省共有 31 万人报考大学，报考中专人数更是高达 53 万，总人数为 84 万——当时规定，大学与中专不可同时兼报。而镇江又是全省积压考生比较集中的地区之一：共有 37440 人报考大学，79375 人报考中专，两者总人数为 116185 人，占全省报考总人数的近 14%，而当时全省拥有 11 个地（市）……

由于报名人数过多，江苏省不得不做出决定：在正式统考之前先进行一次预考淘汰——这使得 1977 年成为建国以来江苏省唯一有过两次高考的年份。预考只考语文和数学两科，并且试卷由各地区（市）教育局自出，但过关名额由省里统一下达，其中下达给镇江地区的总名额为 14450 人（含报考中专）——也就是说，要在报名人数中刷掉逾 87%！

胡玉留回忆，当年吕城公社一共有 870 多人报上名参加预考，预考之后，仅有 60 多人过关，其中就包括他和他的三哥。这个时候，三哥已经是一个两岁孩子的农村父亲。

档案记载全地区面上的情况：经过两天预考，37440 名大学报考者之中，有 9167 人获得了正式统考资格，入选率为 24.5%，这比江苏省的平均预考入选率 19.3% 要高出许多。而 79375 名中专报考者的竞争就显得异常残酷了，只有 5290 人获得正式统考资格，入选率仅为 6.7%。预考过后的两者入围总人数为 14457——这比省里下达的名额 14450 多了 7 人。在那场几乎是“你死我活”的竞争中，每增加一张“通行证”，都意味一个幸运儿的诞生！

随后便是迎接 12 月 23 日开始、为期三天的正式统考。当时，沪宁沿线各地区教育局均无专用车辆，来自省城南京的高考试卷都是通过火车运抵，是 12 月 21 日这天在一列开往上海的火车后面增挂了一节软卧车厢——足见安保重视程度！一个地区的试卷占用一个房间。当天中午大约 11 点钟左右，试卷到达镇江站，由地区行署派车接站，并妥善保管。

第二天，也就是 22 日，部分试卷已提前分发到各县。而这个时候的胡玉留兄弟俩，也已随来自四面八方的考生队伍，提前一天入住丹阳县城。他们的考场是在省丹中。天已经很冷了，很多考生却只能打地铺睡在稻草上，胡玉留

清晰地回忆说，开考第一天凌晨 3 点钟，就有人爬起来看书了……

等待录取消息的日子至少在表象上无殊，胡玉留貌似平静地过完了 1978 年春节。节后不久，镇江地区下起了一场雪。胡玉留回忆，那天上午雪下得很大，突然有人敲响他家的窗户，大声喊着："胡玉留，胡玉留！你考取了！"原来，这位报信人已经在公社看到了胡玉留的录取通知书，录取学校是南京师范学院镇江分院。而胡玉留的三哥却没有等来喜讯，兄弟俩的人生发展轨迹从此变得大不相同。

综合多方史料，仅以录取大学为例：1977 年，全国 570 万报考者中，共录取 27.297 万人，录取率为 4.7%；江苏省 31 万报考者中，共录取 14420 人，录取率为 4.65%；镇江地区 37440 名报考者中，共被 76 所大学录取 1489 名，录取率为 4%。

大势左右个人，个人融入大势。1977 年，那个中国即将迎来天翻地覆大变局的"前夜"里，胡玉留个人以一个来之不易的幸运数字"1/1489"，抑或"1/14420"，乃至"1/272970"，与时代共频地开启了自己的人生新格局。当然，毫无疑问，这个幸运数字并不只属于胡玉留一个人，而是属于 1489 人、14420 人、272970 人中的每一人。

汤龙保：书写亿万人『爱戴』的传奇

文/司马珂

汤龙保，丹阳司徒镇人。1971年，进入队办企业大坟眼镜厂成为一名磨片工，20多年间从学徒工、技术工、车间主任一路干到了经营副厂长。1992年，汤龙保成为万新眼镜公司当家人，成功打开了国际市场。1993年成为中国生产树脂镜片第一人。2002年，“万新”成为领跑中国眼镜行业的龙头企业。汤龙保先后被评为镇江市劳动模范、镇江市优秀共产党员、江苏省劳动模范、轻工部劳动模范，获得五一劳动奖章。

汤龙保，万新光学集团董事长兼总经理，一位富有传奇色彩的农民企业家。从一名普通的磨片工到中国眼镜行业旗帜型企业的当家人；从产品被洋货冲击，企业濒临倒闭，到依靠品质和品牌影响力，引领企业再度崛起……汤龙保的经历从侧面映照了中国民营经济发展的一个过程，他经营的万新光学集团从小到大、由弱到强，历经坎坷的发展过程，见证了中国商业力量的壮大和中国制造的崛起。

苦难生活，锻造自强不息勇气

追寻来路，我们不禁要问，汤龙保凭什么成就了“万新”行业翘楚的地位？坚韧和勇气，这是汤龙保能够带领企业立于浪潮之巅的“密码”。而他的坚韧和勇气，最初源自生活的苦难。

汤龙保是丹阳农民的儿子，童年时和爷爷奶奶一起生活。天有不测风云，13岁那年，奶奶患上绝症，为了筹钱治病，爷爷变卖了家里一间楼房和所有可以卖的东西，奶奶还是撒手人寰。

对于少年汤龙保来说，物质的贫乏还不是令他最痛苦的，真正让他最难以忍受的是村里人对这个贫困家庭的冷嘲热讽。小小的汤龙保对着奶奶的遗像倾诉：一定要争气，活出个样来。

1970年，汤龙保虽然考取了高中，但因家徒四壁被迫中止了学业。生产队长看他家实在困难，安排他进了队办企业——大坟眼镜厂，做了磨玻璃镜片的磨片工。

带着改变自身命运的迫切渴望，汤龙保特别勤奋刻苦、善于学习。没过多久，汤龙保就成为厂里出类拔萃的技术工人。一年多后，他被提拔为车间主任。但厄运又接连降临到汤龙保头上，他患上了湿疹并转向肾病。命运虽无情，汤龙保却不屈服，尽管厂里为他调了一份相对轻松的工作，汤龙保还是经常感到难以承担劳动负荷，但他一再告诫自己，坚持、坚持、再坚持，而他也终于坚持了下来！

苦难的童年、命运的多舛、艰苦的环境，在汤龙保身上打下深刻的烙印。这些也成为宝贵财富，融入了他的血液，锻造了他勇于顽强拼搏、敢于挑战命运的性格。

千辛万苦，闯荡市场夹缝求生

上世纪70年代，队办企业还只是计划经济不足的“补充”，这就注定其只能在夹缝中求生存。

因为没有计划原料供应，汤龙保工作的眼镜厂玻璃毛片货源断了，眼看厂里就要无法运转。为了给企业趟出一条生路，汤龙保毅然奔赴安徽凤阳玻璃厂，以自己的技术换取凤阳玻璃厂的供货保障。半年的对口扶持，他不仅帮这家企业办起了一个磨片厂，保证了自己企业的原料供应，也借此熟悉了玻璃镜片生产的全套流程。

半年后，汤龙保回到厂里，又面临着另一个问题，堆积如山的眼镜找不到出路。他又主动请缨，踏上了找市场的销售之路。

背着产品，汤龙保跑工矿企业，跑劳保商店，只要有需求可能的地方，他都会去推销。当时苏州、上海和北京的国营企业几乎主导了整个中国眼镜市场，因为来自“农村小厂”，汤龙保推销过程中尝到了太多的冷眼和拒绝。但他锲而不舍，一年几乎跑遍了大半个中国。最长的一次，他在外出差71天，摸清了西北、东北和中南市场；最艰苦的时候，他出差常住澡堂、候车室，或晚上坐车白天工作；最远的一次，从上海到乌鲁木齐，坐了86个小时火车，只为了一笔可能存在的订单。汤龙保还记得，自己拿到的第一份订单，是在新疆克拉玛依的一个油田，1 万元的平光劳保眼镜成了眼镜厂当年最大的一笔订单。

改革开放春风吹来，经济发展加快，汤龙保所在企业更名镇江市眼镜厂。1979 年，汤龙保凭着骄人的销售业绩被提拔为供销科长。多年的心血没有白费，因为熟悉市场，他成为企业决策的重要参与者。1984 年，汤龙保成为经营副厂长，主管销售。1985 年，企业销售超过 1000 万元，利润达到 500 多万元。1987 年销售更是达到了 1800 万元，利润达到 800 多万元。

“改革开放后，乡镇企业有了采购自主权，经济有了活力。乡镇企业的干劲被极大地激发出来。”汤龙保在市场中摸爬滚打，磨炼出敏锐的商业眼光。

临危受命，惊险一跳柳暗花明

1988 年，随着对外开放的扩大，境外眼镜产品如洪水般涌进了中国市场，国内眼镜行业被冲得支离破碎。曾经的国营大厂，几乎是一夜之间停产甚至完全倒闭。汤龙保所在的企业虽已升格为镇江眼镜总厂，也未能在这轮冲击中幸免于难。这场“暴风雨”导致厂里产值锐减至 100 多万元，800 多名员工最后只剩下 100 多人。

1992 年，镇党委、镇政府将镇江眼镜总厂一分为四，万新公司是其中之一。80 多名员工，几百万元的债务……带着对未来的茫然，汤保龙临危受命，成了万新公司的当家人。

为什么国内眼镜企业一夜之间崩盘？汤龙保分析研究后认为，我们之所以架不住境外产品的冲击，关键在于品质和设计。

生死抉择，企业出路在哪？汤龙保常把自己关在办公室里苦苦思索。那一年，因为压力太大，他的头发大把大把掉落。企业要在市场中杀出一条血路，必须生产出能与洋货相抗衡的产品。汤龙保下决心一搏！他毅然花重金聘请韩国和日本工程师来万新指导生产，以求产品提档升级。当年底，万新就生产出了可与韩国镜架一较高低的产品。可是市场上就是有偏见，认为材料无法与洋货比，客户不接受。汤龙保做出了一个大胆决策：试一试“墙内开花墙外香”，暂时放弃国内市场，进军国际市场。

1992年底，汤龙保带队赴香港，首次参加国际眼镜展旗开得胜，当时就被德国客户看中并下了订单。第二年，他又带队赴北京眼镜博览会，与英国、美国等国外客商签下了订单。从此，国际市场对“万新”敞开了大门。

生于忧患的汤龙保，对市场商机有着敏锐的嗅觉。1993年，他发现树脂镜片开始在国际市场热起来，而国内行业中尚有许多技术壁垒没有突破。汤龙保带着技术人员住进厂房，没日没夜地搞研发。当时万新公司有一口废弃的深井，很快被研制中报废的镜片填满，后来又挖了一个大坑来填埋废镜片。

勇者无敌！汤龙保可说是拼到了“五官错位，首如飞蓬”，但他成功了，成为了中国生产树脂镜片第一人！

然而国内市场再一次不买国产货的账，汤龙保还是去国外闯天下。1995年，“万新”销售达到1500万元，2004年，更是增长到了2亿多元，十年间成为全国眼镜行业的排头兵，产品畅销美国、日本、英国等40多个国家。

“二次革命”，返身亮剑居高望远

十年一轮回，国内眼镜企业在大浪淘沙中脱胎换骨。2003年，汤龙保再次洞察企业未来的成长空间，他宣告万新将“二次革命”，回归国内市场。

眼鏡
中国驰名商标
China Well-known Trademark

中国梦·劳动美

面对国内市场的激烈竞争，“万新”将如何亮剑？过去是在“跟跑”国际眼镜行业，“二次革命”则必须注重自主科技创新，注重质量管理，注重品牌塑造。

广东是中国对外开放的前沿，“万新”利用其对市场的影响力，从这里开始产品和品牌宣传，进而带动国内市场。“万新”还跳过了批发市场的中间商，与国内终端市场直接对接，加快“万新”品牌的渗透，以期获得消费者认可。2005年，万新商标被国家工商总局认定为“中国驰名商标”，这在中国眼镜行业生产型企业中首开先河。

品牌的背后，是品质的支撑。2006年，“万新”与德国莱宝集团合作，引进了国际顶级镀膜设备；2007年，与全球变色片发明者美国康宁公司合作，推出光变视；2010年，采用了高折射率树脂镜片生产材料。同年，与依视路合作，还取得了柯达镜片中国区独家代理权……“万新”在高端镜片市场抢占了“制高点”。

如今，“万新”产品线完成了全面布局，从针对青少年近视的防控类镜片，到渐进镜片、减负镜片、再到功能性镜片，市场占有率逐年提升，拥有了30多个不同类型的自主品牌。

从2009年起，“万新”创立了“爱戴”品牌，这一品牌将更多的注意力集中在了网络销售市场。9年培育，2017年其网络销售额已接近1亿元大关，占据万新年销售额的十分之一。仅2017年“双11”当天，爱戴网发货达12万多件，销售1500多万元。

2017年，万新光学集团销售额已突破10亿大关。生产的树脂镜片达到了8.9亿片。“到2025年，万新销售额要突破20亿元。”这是万新公司提出的新目标。汤龙保说，下一个十年，“万新”要从更高处谋划企业的未来！

沙振镇：山水间刻画城市之美

文／司马珂

沙振镇，高级规划师。从事城市测绘和城市规划技术工作40余年，2014年退休前为市规划局副局长兼党委副书记。改革开放以来，他亲历多轮城市总体规划、乡镇总体规划、历史文化名城保护规划等组织编制工作；1990年代后期主持编制了镇江新区首轮总体规划。先后荣获省“民族团结进步模范”、全国“住房城乡建设系统先进工作者”（省部级劳动模范）等荣誉。

南山北水之间，几千年来，镇江这座古老的城市都在沿江“生长”，至1949年，镇江主城区仅有8平方公里。镇江城市面貌真正的巨变还是始于改革开放，尤其是城市规划被更多更广更深地的引入城市建设之后。

40年斗转星移，镇江城市框架逐步拉开，拥南山入怀，揽金山湖于袂，城市与山林相伴相依，蓝天与碧水相映生辉。40年城市格局的变迁，沙振镇不仅是见证者，更是规划参与者，他与前辈专家及自己的同事们一道，以大地为纸，在山水之间刻画着镇江的城市之美。

入行，用双脚丈量城市

1971年，沙振镇高中毕业，分配到镇江市采石公司当了一名机械操作工，1974年底被选调到市城建局规划设计室测量队，从此与规划、测量工作结下不解之缘。

当时镇江不要说规划了，甚至连一套完整的大比例尺地形图都没有，为了编制城市建设规划，必须开展城市地形地貌测绘以填补空白。沙振镇等“新兵”们紧跟老同志，一边做着扛标尺、画标志等辅助性工作，一边刻苦学习、认真请教，在边干边学中很快入了门。

1975年始，长江中下游沿线港口建设拉开帷幕。镇江大港得天独厚的稳定深水岸线资源，得到了交通部专家和领导的青睐，决定在此筹建镇江外贸港万吨级泊位一期工程。为做好港口建设前期准备工作，镇江市抽调技术骨干力量组建规划勘查应急队伍，对大港港区进行控制网测量和地形图测绘，沙振镇被选入其中。

圌山、横山、五峰山……可以说每一座山头、每一寸土地，都被测量队员们用双脚丈量过。每天在坎坷中跋涉作业，经纬仪、水准仪、平板仪外加三脚架，数十斤重的仪器设备全靠队员们肩扛背负，辗转步行十多公里，脚上打起血泡也是司空见惯。

布设平面坐标高等级控制点一般都要爬山登顶作业，身边灌木横生，脚下凹凸不平，常常无路可行，要手握镰刀、斧头披荆斩棘，硬生生开出一条小路来，还会冷不丁蹿出蛇蝎毒虫或其他小动物……野外作业要赶时间抓晴天，有

时为了节省时间，中午就在野外支灶上锅，有啥吃啥混个肚饱。

上世纪 70 年代中期，整个大港地区只有供销社开办的一家旅社，还能将就着容纳这支测量队了。一个房间塞五六个、七八个人不等，架子床上下铺睡觉，还要安放行李、资料、手摇计算机。队员们白天风吹日晒，晚上挑灯鏖战，围坐在乒乓球台旁，计算、列表、绘图……经常是通宵达旦。

历经数月奋战，大港港区工程建设大比例尺地形图终于如期绘制完成，沙振镇的业务能力也得到较大提升。不久后，他被选送至南京建筑工程学校城市测量专业学习。成绩优秀的他，毕业后留校成为一名教师。

提升，从测绘到规划的转折

1978 年，第三次全国城市建设工作会议召开后，各地城市规划工作全面恢复，镇江市组建了规划设计研究所，沙振镇被调回镇江，到研究所从事测绘工作。

彼时规划界人才青黄不接，省建委在南京开办了全省第一届城市规划人员培训班，选调各地具备相近专业基础的业务人员，集中脱产学习半年。沙振镇成为第一批学员，从测绘专业调整到规划方向，这也成为他人生和事业的一个转折点。

沙振镇作为镇江地区学员队带队人，领着 11 名学员完成了句容市城市总体规划方案编制。这是句容历史上第一部城市总体规划的初稿和雏形，也是沙振镇转行规划后取得的第一个工作成果。

此后，他又被两次选送到同济大学进修建筑设计和详细规划及城市设计专业。回来后，利用掌握的专业技能，他又陆续参与编制了谏壁、大港等一系列城镇的总体规划。

1983年初，镇江行政区划进行了重大调整，撤销地区建立“市带县”体制，形成“两区四县”的行政架构。这意味着已初步形成的城市总体规划方案，又要进行重大修改。从1983年第二季度开始筹划、基础资料调查收集、编制修改方案、社会各界征求意见、数度调整完善形成报审稿，邀请省内外专家学者多次论证、组团赴省政府专题汇报，沙振镇参与了规划团队的全程工作。1985年5月27日，省政府正式批复该规划，镇江市历史上第一部城市总体规划正式开始实施。

尽管以现在的眼光来看，这部规划显得较为粗糙，然而，它却已经用较为前瞻的眼光，将镇江这座城市规划为“一城（市区）两镇（大港和高资）”的总体空间结构，城市性质和发展规模都有了明确界定，对城市的各种功能进行了相对合理的布局划分，城市交通体系也作了较为完整的考虑。有了它，镇江将逐步摆脱曾因规划缺失而导致“污水绕金山，黑烟熏焦山，包围北固山，炮轰大南山”的难堪局面。

总体规划颁布施行后，沙振镇和同事们又开始了编制城市分区规划。

1990年代初，随着改革开放步伐加快，城市建设开始提速，1985版总体规划逐渐暴露出一些“不合时宜”的短板。1993年，镇江市第二轮城市总体规划修编应运而生，这一轮规划的最大特点是融入了历史文化名城保护专项规划。

进入新千年后，镇江工业化、城市化步入新的发展阶段，交通高速化、科技高新化对城市建设提出了全新要求，于是又催生了第三轮即2002版城市总体规划修编，这一轮规划的特点是打破城乡二元结构，全市域形成完整城镇体系架构。

镇江最新一轮城市总体规划修改在去年获批，面向2035年的总体规划全面修编已在紧锣密鼓进行中。历经40载的时空腾挪城市嬗变，沙振镇均有幸经历并参与其间。

江苏省城市规划培训班

市大港镇总体规划论证会

坚守，“规划是一种态度”

规划，是对城市未来发展的一种预判。在这种预判过程中，少不了观点的碰撞、利弊的权衡，所有碰撞、权衡的结果，最终将是决策层的整体认知水平和综合统筹能力的集合，进而直接左右甚至决定城市建设的成败。

第二版城市总体规划修编时，把名城保护内容列为重中之重。沙振镇他们当时缺乏这方面专业经验，于是邀请国内权威专家对此指导，专家们对因保护不力造成的破坏和损失提出严厉批评。沙振镇他们在规划修编中认真采纳了专家意见，1993版总体规划突出了山水自然资源和历史文化遗存的保护，如北部滨水区尤其是“三山”风景区和沿江风光带、古运河风光带、南山风景区的规划控制，西津渡、大龙王巷及伯先路历史文化街区的控制保护等等。

这些方案一经提出，引起广泛争议。有反对者直接问道：“按照这样规划，沿江多少厂矿企业要关门、搬迁，这要花多少钱？”“这么多老街区你们保护得过来吗？”“这种规划的现实可行性何在？猴年马月才能实施到位？”面对质疑，沙振镇等规划人态度坚决、观点鲜明：“规划着眼长远，严控必须当下。要用前沿理论指导前瞻规划，对历史负责、对未来负责、对人民负责！”

“规划是一种态度”，沙振镇始终将这一态度贯穿于工作。搞规划编制是这样，做规划管理亦如此。“北部滨水区”、“三山风景区”、“南山风景区”、“西津渡历史街区”等规划建设过程中，沙振镇他们坚持原则、积极协调，解决了项目报批、方案报审、厂企搬迁等一系列难题。

40年过去，城市长大、长“高”，更加丰满、更加美丽，而在沙镇振心中，始终不变的是对规划工作的情怀和对这座城市的热爱。

董新建：书剑并举方圆相济的女检察官

文/陶　然

董新建（笔名苏方圆），女，江苏镇江人，当过知青、做过工人。1985年考入镇江市人民检察院，历任书记员、助检员、检察员、公诉处长、副检察长。1998年开始文学创作，发表近百篇小说、散文、报告文学，出版长篇小说《生死一线间》、《魔方》、《悬崖边》、《风雪将至》，多次获省级以上文学奖项。

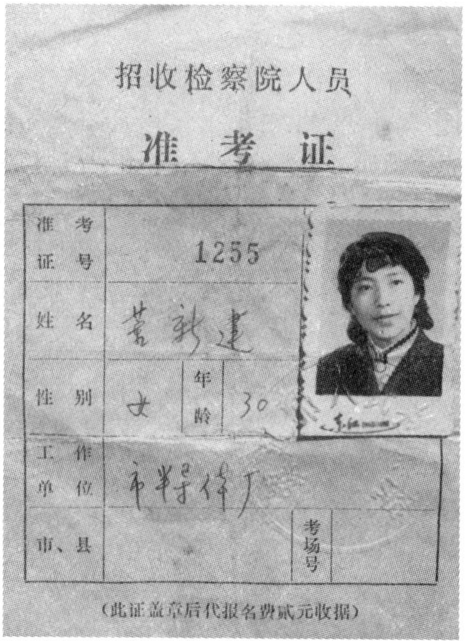

招收检察院人员

准考证

准考证号	1255		
姓名	董新建		
性别	女	年龄	30
工作单位	市半导体厂		
市、县		考场号	

（此证盖章后代报名费贰元收据）

一

董新建的故事，是典型的“你猜得到开头，却猜不中结尾”。在时代的声色光影里，她的人生起伏，本身就像她钟爱的长篇小说。

和同代许多人一样，她自幼有一个明丽的作家梦。也和同代的许多人一样，这个梦远非一帆风顺，被滚滚洪流裹挟着，她下放农村一去就是6年，当工人一当就是10年。如果说良好的开始是成功的一半，那么这个看起来与作家“挨不着边”的开头，似乎预示着未来的写作之路是崎岖的。

1985年，全国检察机关第一次面向社会公开招考，董新建以名列前茅的好成绩考入了江苏省镇江市人民检察院，但这份众人称羡的工作带给她的是百感交集——一方面是感到自豪，毕竟，女检察官在社会上，甚至在同行中都是比较少的，而她考试的成绩又那么优异；另一方面，既然干了这一行，眼见得作家梦是渐行渐远了。

依禀性的善良易感来说，董新建实在是有文化人的气质，做“董检”像是有点勉强。穿上制服，戴上大檐帽的自豪在刚踏上岗位不久就遭到重重一击。

那天天还未亮，她与同事们就坐车前往看守所，监督一场死刑的执行。死刑犯拖着粗重的脚镣被带到审讯室，时至今日，她还记得那是个英俊的、有点孩子气的青年。带队的刘科长说，这个死刑犯为了抢钱，杀了一家三口，其中还有5岁的小女孩！整个行刑的过程中她都不敢正眼看那个死刑犯。枪声响起，撼人心魄。刘科长走上前去确认罪犯是否死亡，并记下了时间。董新建浑身发抖，眼泪簌簌地流下来。这是她进检察院后第一次哭泣。在此之前，她连杀鸡都不敢看。那一刻，她萌生退意。然而刘科长说，人命关天，死刑执行不能出一点差错，检察官的使命庄严而神圣。董新建咬咬牙点了点头。

二

上世纪80年代是个迷人的时代，思想解放，风气活跃，文学繁荣，此前的淳朴诚厚仍保留着，而禁锢暴烈去除了；此后的宽松明朗具备了，而物欲的泛滥和人心的浮躁还没来得及过来。这个时间节点上，是文学的黄金时代，也难怪董新建还是那么对当作家心向往之。

习惯了检察官的工作，日趋疏远了文学，时光也悄然进入90年代。此时的社会氛围已经有了变化，生活更富足，文化更多元，但打开窗子进来的，不仅仅是清新的空气，这是开放必然要承受的代价——总不能为了怕蚊虫而永远关着门窗画地为牢。于是法律战线要打的“仗”多了，其形态也跟从前不同。用董新建自己的话说：“来自现实生活的残酷，远比看死刑执行更加触目惊心。”

市区发生了一起前所未有的惨案，造成多人死伤。董新建在审案时发现引发并指使犯罪的“老大”竟没有被起诉。经过一番补充侦查，此人不仅涉嫌犯罪，而且是主犯。同时，还有9名涉案人员也应该逮捕。她向检察长汇报了案情，以及作为承办人个人的意见，得到检察长支持。市公安局高度重视，成立了专案组，进行全力追捕。没想到，陌生人的威胁电话来了，半夜砸窗的事情发生了，放学回家的女儿“不慎”掉进了臭水沟……董新建又一次流泪了，她一把搂过女儿，感愧交集。可是当丈夫问她后不后悔时，她毅然说不！她以行动演绎着这个“不”字，经过几番坚持、几番周旋、几番波折，主犯从犯被全部捉拿归案。她这才体会到，在没有硝烟的战场上，女检察官的艰辛和无畏。

这种较量没有把她打倒，反而使她的心志越来越坚强。

三

逝者如斯夫。不用是孔子，平凡百姓进入中年后也能感到时间的分量。进入新世纪，国家社会为之一变，有三千年历史的文化名城镇江日进千里，旧貌换新颜。电影重新成为娱乐的重镇，手机的款式和汽车型号一样不断更新，网络的日益普及更是深刻改变着我们所处的这个世界。然而事物都有两面性。比如网络，对于知识、信息传播无疑具有极大的作用，而同时，所谓“很黄很暴力”恐怕也不能简单视为一句笑话。有多少青少年正是接触了网络，自控力不够，周边缺乏引导，才走入了人生的歧途。

董新建经办过一起强奸案，犯下重罪的歹徒竟然是一群半大孩子。他们最大的 19 岁，最小的才 15 岁。

在看守所里，首先提审的年龄最小的犯罪嫌疑人张某个头矮小，站在那里，头正好高出桌子，是个乳臭未干的小毛孩，还没说话就哭着要回家。凶恶残忍与天真无邪是这样矛盾地存在于他身上。最终，张某因在学校表现好，又是初犯、偶犯、从犯的未成年人，市检察院对其作出了不起诉的决定。

最后提审的主犯文某，一米七八的成人身材，却掩不住娃娃脸上的稚气。他把一切都扛下来意图减轻同伙的罪责，小小年纪竟挺讲“义气”。董新建查过，在家里，他是一个孝子，16 岁那年，父亲在一场大火中丧生，此后他就不再上学，帮助体弱多病的母亲经营小本生意。人性，就像经典小说所刻划的那样，复杂诡谲得超出想象。最终，文某被判死刑立即执行。他请求写一封遗书给他母亲，要母亲好好活下去。董新建答应了。他把递上遗书的时候说了句：“阿姨，您多保重，我先走了。”董新建险些又要流泪，但这次，她让泪化成了血往心里流。

随着时代的进步，中国的法学思想和法律制度也在与时俱进。在这样的大背景下，董新建那“惩罚犯罪不是检察官的唯一职责”的念头不仅潜滋暗长，还最终通过申报省检察院的调研课题，结晶为《检察机关适用宽严相济的刑事司法政策实务》一书。

这期间，董新建在报刊杂志上陆续发表了30多篇、20余万字的女检察官手记，记录下隐藏在案件背后不为人知的楚痛。如果说，《检察机关适用宽严相济的刑事司法政策实务》还丝毫不具文学色彩，那么，这一批女检察官手记，俨然已带有报告文学的风格，她在不知不觉中向着作家的方向迈出了坚实的一步。

四

董新建在检察阵地上坚守了30年，从书记员一步步干到副检察长，经手上千件重大、疑难、复杂案件。无数个现实生活中的真实案例，无数次生生死死的心灵碰撞，让她无法释怀。写小说的冲动，在某一天瞬间重燃，一发不可收拾。每天下班后她的第一心愿就是回家，简单晚餐后静静坐在电脑前，编织那些源于真实而又经过提炼的故事。

这一番不比当年，现在她是有着丰富工作经验和生命体验的女检察官，有

着数十年反复思考的成熟判断和悉心体悟。这时写出来的东西，自然而然具有不一般的厚度和深度，在鲁迅文学院的系统学习又在相当程度上弥补了她技巧方面的缺陷。退休后，时间自由支配，她创作的势头简直可以用喷发来形容。

文学创作是艰辛的，让她尝到了什么叫呕心沥血、魂牵梦萦；文学创作同时也是快乐的，让她知道了什么叫灵感如涌、妙笔如神。经过13个年头的业余创作，她完成了60余万字的长篇小说三部曲《生死一线间》、《魔方》、《悬崖边》。小说里形形色色的人物有她曾经接触过的罪犯的影子，不过又不尽然；女检察官苏方圆有她自己的影子，但也不能划上等号。苏方圆是一个忠诚、正直、善良的女人，烙着作者的印迹，流淌着作者的血液，携带着作者的基因，同时也有着作为虚构角色的独有的禀赋和个性。书中许多场面是董新建亲眼见过或亲身经历的，于是她仿佛和她的苏方圆一起奋斗、挣扎、欢笑、哭泣。从此，在微信上，在书面上，她就多了个“苏方圆”的“分身”。你可以说是她的笔名、别名，又何尝不能说是她理想和信念的寄托？苏方圆是个好名字，方圆方圆，把“方正”的原则和“圆融”的态度调和起来，不正是她一贯的追求吗？

文学界的新人崭露头角原是困难的，但当下文坛的潮流却是草根作家大量崛起，网络小说方兴未艾。稍显特别的，是她的作品其实是“发表在网络上的小说”，而不是一般意义上的“网络小说”。现实主义的作风，迥异于穿越、玄幻、言情的选材，反而令她在网上显得那么另类和醒目，江山文学网上超过10万的点击率就是最好的证明。由于对法律界客观精细的呈示和深刻的社会观照、人性反思，她的作品无意中契合了社会对改革开放40年来总结经验、回顾成就、反思不足、展望未来的内在需求。因此小说一经面世，即受到各方关注，最高人民检察院影视中心将小说《生死一线间》改编拍摄成了30集电视连续剧，《悬崖边》则入围了茅盾文学奖。镇江文联和作协也给以高度关注和大力扶持。换作另一个时空，比如10年前、20年前，就算她写出了同样高度的作品，也许未必就能顺利地立足文坛，引起瞩目。

人生很奇妙，以为远离了，没想到划了一个圈又回归了。这个圈不是归零，而是某种意义上的圆满，唯其有检察工作的几十年积累，才让董新建饱览了万千世相、纷繁众生。也因这一份历练，她的笔显得格外凝重和稳健。倒过来推想，假设没有检察官的经历，从70年代就顺利“入行”文学创作，以董新建的细腻敏感，她有没有可能走向绮丽纤巧“花间词派”那样的文风，或是落进“我我我”的小天地、小格局、小情小调的“小女人”文学窠臼？这样看来，一度走远倒是命运的成全，让她突破了她自己，走向厚实和宽阔。

用小说的力量唤起人们对法律的敬畏、对正义的追求；用法律之光照彻小说的每个角落，使之始终保持着积极、正能量，是最好的状态。董新建幸运地维持着这个状态。左书右剑，外方内圆，亦法亦文，亦刚亦柔，董新建的作家梦，已经实现了，且还在持续地实现中。

华允庆：39张编年体父女照

文/马彦如

华允庆，1954年生，网名“华哥”。退休公务员。作为一名资深摄影爱好者，因与女儿连续39年同一地点的合影在网上热传，而成为“网红大叔”。除了拍编年体父女合影照片，华允庆还是一名旅游达人，20多年来跑遍五大洲145个国家，“华哥”说自己的眼界和胸襟都更加开阔了。

“世界那么大，我想去看看。”华允庆喜爱旅游，20多年来，走过五大洲的145个国家，南极、北极、亚马逊流域、地球上海拔最高的珠穆朗玛峰、露出陆地的最低点约旦死海……华允庆家的客厅里有一只地球仪，上面密密麻麻地钉着上百个彩色图钉。每去过一个国家，他就在地球仪上钉上一枚图钉。

走访了这么多国家，华允庆心有感触。“20年前去过美国，曼哈顿的高楼大厦，高速路上昼夜不停的汽车给我留下了很深的印象；18年前我去日本，看到大街小路上车水马龙，看到商店里没有买不到的商品；10年之前我去过欧洲几个国家，看到了街头公用自行车；在很多国家高速路上看不到有人的收费站，原来ETC在起作用……改革开放40年，我们自己的国家发生了翻天覆地的变化，以前在国外才能看到的东西、才能感受到的现代化生活，现在不用出国都有了，甚至比其他国家更先进。”

2017年的4月28日，他和5位好友，一行6人驾驶两辆车从镇江出发，环中国边境线整整一圈，历时55天，总行程近3万公里，经过16个省、市、自治区。穿林海，跨雪山，纵贯草原，横跨戈壁，用车轮丈量祖国大地的广袤与宽阔，用镜头见证祖国河山的壮丽和雄伟。

3万公里行程中更多的是辛苦、劳顿、冒险和挑战。他们走过被称为中国“最后的经典越野路线”的丙察左线，到达喜马拉雅海拔5400米处，遭遇过迷路。他们在国境线上寻找界碑、走访哨卡，从行程中的第一个口岸东兴，到最后一个口岸丹东，他们前后共拜访了37个口岸和哨卡。每到一处他们都要向驻地官兵赠送关于镇江的书籍，并请他们签字拍照留念。“国富民强，从国门的变化中就能看出。”在满洲里，华允庆看到，“这里的已经是第五代国门了，一代比一代气派宏伟，走在国门下优越感油然而生”。

3万公里行程中，他们亲身体验到改革开放的伟大成就：“单从公路建设上来说，世界上没有任何一个国家公路的总长度能超过中国。丙察左、通麦天险、独龙江山路，这些能给自驾车越野一族带来乐趣和兴奋的艰险道路，不久可能就将成为历史。再拿网络来说，很多边陲小镇都能免费使用WIFI，支付宝、微信支付到处可用。过去荒无人烟的偏僻村寨，如今建设得整齐美观；少数民族居住的毡房、草屋，现在只能在照片上看了。草原上开着汽车去放牧已不是幻想，我们多少次在沿途中看到这样的情景……”

华允庆每天坚持把沿途拍下的风景，配上所见所闻发朋友圈，他的每一条朋友圈下几乎都获得上百个点赞和好友回复。环边境自驾回镇后，他自费将整个行程中的文字记录和照片编辑成书，让更多的亲朋好友分享。

不仅在路上，坚持本身就是华允庆的人生信条——他认为做任何事情都要有始有终，不可半途而废。

父女合影，算不上是新闻，甚至可以说就是一件普通得不能再普通的小事，然而，父女每年同一日期在同一地点拍合影，并坚持39年之久，这就不但成为新闻，还成为了纪录。据不完全统计，中央电视台、上海卫视、湖南卫视、江苏有线，以及全国各大网站、报纸杂志等，约有两百多家报道、转载父女编年体照片的故事。

1980年夏，女儿华华一周岁生日，华允庆全家去金山附近的朋友家吃饭。因工作需要，他总是随身携带着相机，于是在塔影湖畔，以金山宝塔为背景，拍下他和女儿人生的第一张合影。第二年女儿生日，他带着女儿路过金山，想到再拍一张照片，跟第一张对比，看看女儿一年来的变化。自此，华允庆跟自己约定，此后，每年女儿生日，他都带着她来这里拍一张合影。

1980

2018年，这样的合影已经是第39张。39年，华允庆的人生中经历了许多故事。

39张照片中有一张1998年的照片是人工合成。那年春天，华华赴日留学，因学业无法请假，华允庆在女儿生日那天，独自到塔影湖畔拍了一张照片，让女儿在日本同时拍了一张照片邮寄回来，他将两张照片剪裁粘贴在一起制成合影。

华华完成学业后定居日本，并结婚生子。2008年6月，外孙女子子出生，这一年的合影变成三人。2009年之前，父女的合影大多由华华妈妈拍摄。2009年1月，华华妈妈遭遇车祸不幸去世，华允庆也受重伤。这年夏天，华华问父亲合影还要不要继续拍。华允庆毫不犹豫地回答，必须继续，不管遇到多大的苦难，我们都要笑对人生。这一年他们的合影照，三代人同穿黑色衣服拍摄。2012年3月，第二个外孙女品亚出生，合影从此变成四人。华允庆跟女儿约定，有生之年，这样的合影永不间断，即使将来他不在人世了，女儿也要坚持跟外孙女们合拍下去。

39年同一个日子、同一个地点的合影连缀成了充满温情的故事。华允庆说，“我感到很骄傲，这么多年把这件事情坚持下来是很不容易的。我也很感谢女儿，每年到时候从日本赶回来履行约定、共圆心愿。”

华允庆几乎每天都要跟女儿通过网络视频通话，他回忆起女儿刚去日本时，通迅还不发达，“当时家里的国际长途电话费一年要花去好几千元。如今通过网络随时能通话，还能看到彼此，大大减轻了父女之间的思念之苦。”

习惯坚持，华允庆认准的事情就坚持到底。他从小喜欢体育锻炼，前些年还担任市健美协会主席和游泳协会副主席。1991年，他从城管部门调至市规划局工作，不再需要值夜班，他给自己立下早锻炼的计划，20多年来，他每天早上6点准时起床，到体育场跑步5公里以上。

锻炼需要毅力才能坚持，华允庆说，“有人说我是习惯了早起，其实冬天早晨6点起床对任何人来说都是一件痛苦的事。包括跑马拉松，能跑完全程最重要的莫过于坚持。”2009年那场车祸，让他右腿至今还留着钢板钢钉。经历了人生的重挫，很多人以为华允庆会一蹶不振，但是他躺在病床上就进行翘腿锻炼，出院回家就开始练上肢，在轮椅上坐了几个月后，就拄着拐杖走进游泳馆练游泳，继续几十年如一日的训练。2012年，他再次参加了铁人三项比赛，完赛后他找了一个没人的地方痛哭一场，为自己的坚持，也为自己走出伤痛。

多年的运动锻炼,炼就了他强健的体魄,虽然年过花甲,他仍有一身傲人的肌肉。

如今已退休的华允庆，每天下午都会坚持到体育馆健身房健身。作为一名运动达人，他更多地感受到几十年来运动场地和运动器械的变化。“首先游泳池的变化，当年市区公共游池池就一家，现在大大小小有几十家。”“上世纪80年代时游泳眼镜买不到，我的第一副游泳镜还是台湾亲戚带过来的，现在戴视力矫正的游泳眼镜都不稀奇。”“体育场原来都是砂石跑道，上世纪末开始，公共体育场馆都改成塑胶跑道。”“以前公路赛车买不到，现在从几千块到几万块钱的都有。”“过去那些专项肌肉练习器材只能在电视上看到外国人使用，而现在各种肌肉块的训练器材应有尽有。”

与华允庆这样一个“网红大叔”交流，总能感受到他身上散发出满满的正能量。集摄影达人、旅行达人、锻炼达人于一身，开朗、豁达、乐观、幽默，永远的向往美好、热爱生活。

谭三林：一个全国劳模的浮沉录

文/孙文萍

谭三林，曾是响当当的全国劳动模范，两次走进北京人民大会堂接受表彰，备极殊荣，风光一时，却因为投资失败，不得不远走他乡，艰难求生。他曾是率先致富的农村万元户，即使债务缠身，也信守诺言，不逃避责任，用自己的勤劳和汗水换取众人的理解。如今，他是远近闻名的养猪大户，历经磨难，依然笑对人生，怀着一颗感恩之心回报乡邻和社会。他在改革开放的时代大潮中，逐浪，沉浮，坚守！

无上的荣光

早春三月，春风已经唤醒沉睡的大地，柳丝新绿，菜花吐黄。

丹阳市延陵镇北圩庄村，谭三林依然早早地忙活起来，打开养猪场大门，启动饲料自动搅拌传输设备，拧开水龙头，看圈中小猪快活地争食……

谭三林说，改革开放的40年，他从辉煌的巅峰，跌入人生的低谷，再慢慢地走出，但无怨亦无悔！

上个世纪80年代初，谭三林所在的北圩庄村属于行宫镇。蓬勃发展的乡镇工业让大量农民脱离了世代耕种的土地，进厂当了工人。1955年出生的谭三林，却有着很深的土地情结，他依然选择了土地。

北圩庄村，从名字就可以知道，村子所处的位置地势比较低，有大片的洼地、芦滩。谭三林响应政府号召，挖渠、开荒、种粮食。1982年到1983年，谭三林种的地将近90亩。

对于现在的人们来说，种个百把亩地不算什么，但是那个年代农业生产还很落后，所有的劳作都依靠人工。在村民眼中，谭三林就是个“拼命三郎”，农忙时节，为了抢天时，他和妻子连着一个月每天只睡两三个小时，一百多斤的担子挑起来就走，脚底下生风一般。

粮食打得多了，市场也活跃起来，粮食购销还没有放开，但是黑市收购已经很活跃。不少人都选择将多余的粮食卖给粮贩子，谭三林坚持把粮食全部卖给了国家。

“小时候家里特别穷，但是父亲一直教导我，做人要光明正大，偷偷摸摸的事情不能做。当时，粮贩子上门的收购价格每百斤高达108元，是粮管所收购价的三倍，人家都劝我，不要犯傻，但是我怎么想的呢，我是一个农民，我能吃饱饭，种好地，靠的是党和国家，我不能忘本。”最多的一年，谭三林卖到粮管所的粮食有9万斤之多。即使按三毛钱一斤的收购价毛估，他的收入也近3万元。

后来，粮食购销慢慢放开，但谭三林依然把自己生产的粮食全部以平价卖给国有粮站，他成了镇江地区最大的售粮大户，荣誉也接踵而来。他先后获得市、省劳动模范、全国科技致富能手、全国售粮模范等称号，1989年，更是

获得全国劳动模范殊荣。

谭三林家的客厅里，挂着两幅大合影，分别是1989年和1995年，他作为全国劳动模范进京参加表彰大会，受到邓小平、江泽民等中央领导人接见时的合影。

“1995年，我们江苏省只有两个特邀代表，一个工人一个农民，我被选中第二次到北京。不得了！我接到通知后，比1989年第一次去还要激动。”

无奈的出走

载誉归来的谭三林，不改农民本色，种地、卖粮，村民不要的地他来种，有想要种的，他一句话不说就让出。村里要修路、成立老年协会，他捐款最多；有困难户需要帮助，他慷慨解囊；有新技术、新方法，他总是积极配合政府部门搞试验推广。

种田之余，谭三林还搞起了水产养殖。然而，天有不测风云。1991年，一场大水冲垮了谭三林并不牢固的事业根基，这一年，他背上了十几万元的债务。这之后，他先后贷款十多万，尝试养螃蟹搞副业，由于投资经营不善，负债额不断增加。到了 2000 年底，谭三林负债将近 27 万元。

那一年的 12 月 4 日，谭三林终身难忘。

“当时，家里有年迈的父母，儿子和女儿正在求学。12 月 4 号，我把家里的钱还债还得只剩下 120 元。面对将近 27 万元的债务，当时真想一死了之，想到两个孩子，我不能死。一晚上抽了三包烟，到凌晨 5 点多，实在想不出办法，我决定离家出走。”

谭三林怀揣仅有的 120 元钱，带上身份证，没和家人说一句话，悄悄地出了家门。

“我自尊心太强，怕这么大债务引来闲话。但是我知道，我是劳模，我不会给这个荣誉抹黑，等把孩子供出大学，我一定会努力偿还欠下的债务。”

谭三林坐上了开往镇江的汽车，脑袋里一片空白，他不知道自己的未来会是怎样，只是强迫自己不要回头。

这以后的七个月里，他在镇江打工，但微薄的收入根本不够生活。有一天，他听说云南边境地带可以卖血，挣的钱多。于是，实在顾不上法律禁止，铤而走险去了云南。再后来，谭三林来到中缅边境的瑞丽，在一家医院里长住了下来，打杂看门、看自行车，靠自己的勤劳博得院方的同情，医院提供房子让他住，水电也无偿使用。

无言的感动

谭三林离家出走，没有告诉任何人，一开始，年迈的父母都以为儿子已经不在人世了，直到谭三林给正在上大学的儿子谭忠义寄了点钱，家人才知道他还活着。

谭三林出走后，他的遭遇引起了丹阳市总工会的重视，工会组织不但每年给家里送来劳模慰问金，还经常派人前来看望，打探他的行踪；2003 年，丹阳市总工会和行宫镇的领导先后给他家送来 7000 多元补助款……

2004 年，儿子大学毕业了，这让谭三林心里轻松了许多。思乡之情难熬，儿女一再劝说，谭三林终于在 9 月 28 号踏上了归途。但他没有勇气回到家乡丹阳，而是先到南通、昆山等地，在浴场当擦背工。

春节前，表哥韦留根和妻子韦正娣先后给他打电话，告诉他这些年工会和镇村领导的关心，村民和亲朋的呵护。妻子特别告诉他，那些借了钱给家里的村民、亲友，从来没提过还钱的事。这一切让谭三林既感动又愧疚！

农历大年三十晚上 8 点多钟，谭三林悄悄回到了阔别 4 年多的家。得知他回来了，村里的乡亲们不约而同地前来探望，抢着跟他握手。

2005 年春节过后，谭三林在重回昆山打工之前，特意去丹阳市总工会拜访、致谢。4 月 25 日，丹阳市总工会盛情邀请谭三林回丹阳参加劳模座谈会，“失踪”4 年多的他终于公开露面了。在座谈会上，时任丹阳市委书记杨根林热情地握住他的手说：“老谭呀，以前你为国家做出了那么大的贡献，现在遇到了困难，要来找组织，大家一定会帮助你的！”除了暖心的话语，市总工会还转交了上级工会专门拨给他的 5600 元补助款……

随后，丹阳市总工会把谭三林列为“一帮一”扶助对象，由全国劳模唐敖齐结对，借资助他养猪，并承担他女儿的求学费用。

无悔的人生

“我在田野里跌倒，也要在田野里爬起来！”谭三林说。

2006 年，谭三林辞去了昆山浴室的工作回到家乡。在丹阳市总工会的鼓励下，这一次，他选择了自己熟悉的养猪事业。

没有场地，村里将废弃的校舍借给他；没有资金，全国劳模唐敖齐帮他……谭三林一边学习新的养猪技术，一边和妻子一起辛勤劳作。第一年，他卖出了 200 多头猪，赚了七八万元。吸取以前失败的教训，谭三林将赚得的钱分成两部分，一部分用来还债，一部分用来发展养猪。

2007 年，养猪行情相当好，谭三林想趁势扩大养殖规模，可是想尽一切办法后仍有 3 万多元的资金缺口。丹阳市总工会得知情况后，发动全体工会干部，筹集了 3 万余元帮助他。谭三林说：“总工会给了我一把椅子，他们就是我的靠背。我原本很自卑，有了这个靠背，越来越自信了。”

就这样，债越还越少，猪越养越多。2008 年，为了减少养猪场对村民的影响，谭三林到村子外面租了地，盖起了新的猪圈，规模大了，他和妻子两个人忙不

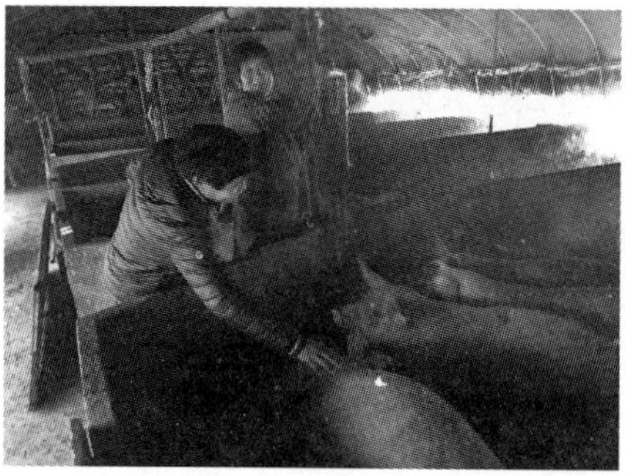

过来，在他的动员下，儿子谭忠义辞去了南京的工作，回到家乡专心跟父亲养猪。

大学毕业的儿子回来，谭三林的养猪事业如虎添翼。互联网上搜集信息，生猪苗猪市场行情，数据变化一目了然。父子俩每年都要外出考察学习，饲料改良，自动化喂养设备，化粪池无害化处理……现在，谭三林的养猪场存栏量达 500 多头，年出栏量 1000 多头，生产越来越有序列，管理越来越轻松。

2012 年，谭三林还清了所有债务，还帮儿子和儿媳在南京买了一套房，2016 年，为了方便小孙女上学，一家人又在丹阳市区买了一套房。女儿从北京对外经济贸易大学硕士研究生毕业后，也已经结婚成家。

“做梦都想不到，我还能过上今天的好日子。”谭三林感慨地说。由于长期的辛苦劳累，谭三林身体早已透支，四年前被诊断为胃癌，做了手术，如今，年过六旬的他已经干不动重活，但是他依然闲不下来。他说养猪是一门科学，来不得半点大意。现在的谭三林依然是村里的热心人，爱操心大家的事。无论哪家乡亲有难处，他都二话不说给予帮助，光借出去的钱就有 20 多万元。

这么多年，谭三林走过的路有顺利也有磕绊，生活有快乐也有痛苦。他说，不管怎么样，只要不忘做人之本和感恩之心，就能活出无怨无悔的人生……

刘和平：『鳗鱼大王』的人生哲理

文/梁和峰

刘和平，62岁，曾经是谏壁发电厂养鳗场负责人。1985年成为全省电力系统第一个主动辞职下海的人，贷款创办龙山鳗业，并迅速成为全球行业老大，刘和平也被称为“鳗鱼大王”。龙山鳗业的发展惠及整个龙山村，刘和平兼任龙山村村委会主任。经过10多年的“黄金时期”，鳗鱼产业急转直下，龙山鳗业迅速坠入深渊，龙山村债务压顶备受困扰。刘和平不离不弃，坚守村委会主任岗位直至2017年7月。

春光正好。龙山村垂钓园内，62 岁的刘和平骑着摩托车从远处驶来。路过一个土坡，他先是上了坡顶，又向坡下骑去，高大的身影投射在不远处的水面上，划出一道长长的弧线。

20 年前，龙山鳗业鼎盛时期，在全国多个城市开设分公司。几乎每家分公司都配有奔驰 S500，足见龙山鳗业的实力和“牛气”。那是全球鳗鱼养殖的辉煌年代，也是刘和平的人生巅峰，他被称为“世界鳗鱼大王”。

从公司拥有多台奔驰 S500，到自己骑一辆摩托车；从走上辉煌巅峰，到“断崖式”下滑，刘和平的人生轨迹仿佛一道 “倒 V 型”折线。但是他说，那是一个“人”字。

追问人生的价值

1984 年，谏壁发电厂养鳗场负责人刘和平，随团赴日本电厂参观学习，后又在日本参加一段时间的培训。

首次踏上日本这个发达国家的土地，所见所闻所感，就让刘和平内心发出了第一次哲思式诘问：人的真正价值到底是什么？

彼时，改革开放的春风已经劲吹，睁眼看世界的国人，心底不断升腾思变求富的愿望。而中日间巨大经济差距的切身感受，又使刘和平的这种愿望更加迫切。

“那家日本电厂的发电规模是我们的 5 倍，但用工只有我们的六到七分之一。电厂人均年收入相当于 5 万元人民币，而我们的 1000 多元。”刘和平回忆，当时自己在心里一遍遍问：中国人活着，就是为了吃饱饭吗？

刘和平一直都是能人，吃饭对他来说，从来不是什么大问题。17 岁那年，作为电厂子弟的他，下放到谏壁公社东方红大队。仅仅半年，他干农活就胜过了当地所有农民。此后，他当了 4 年生产队长，一年半副大队长。下放 7 年间，刘和平总共休息过 21 天，最多的一年挣工分挣了 13000 分，相当于 1370 个劳动日的工作量，收入 2000 多元，是普通农民的五六倍。

1980 年，刘和平作为当地最后一个下放知青回到城里，顶职进了谏壁电厂。工作仅 6 个月后，他就被评为优秀共产党员。3 年后，电厂发展余热养鱼，刘

和平负责这个项目，开始接触鳗鱼养殖。年底，他给谏壁电厂每个职工发放了120元福利。

吃饱饭不成问题，但多挣钱会引起争议。这是当时“大锅饭”分配制度下，很多人面临的迷茫和焦虑。改革开放初期，思想解放刚刚起步，公平和效率孰轻孰重的问题尚未厘清。这背后更为终极的追问是：应该如何改变人生，实现自我价值？

1985年，刘和平辞职下海，成为全省电力系统第一个主动辞职的人。在电厂养鳗鱼时，养鳗场曾和龙山村有过短暂合作。现在他带着2.4万元再次来到龙山，利用当地水库开始创业。“我们还是想养鳗鱼，但受资金所限，一开始只能做一些鳗鱼饵料生意。”刘和平回忆，即便创业之初十分艰难，但创业热情还是感染了电厂副厂长黄澄清。后者很快也辞职，来到龙山一起干。

一年半后，鳗鱼养殖的时机成熟了，但依然缺资金。刘和平和同事找到当时的丹徒县政府，副县长巫朝正表示支持，并协调丹徒农行给予帮助。银行同意贷款 20 万元，但必须有“公家单位”担保。在一个大雪纷飞的日子，刘和平深一脚浅一脚找到黄墟建筑站，看到他满头的白雪，一位朱姓站长为之感动，最终决定给予担保。

这是改革开放后，全镇江首笔由银行贷给村办企业的贷款。有了钱，龙山鳗业迅速发展起来，当年底企业就赚回 40 万元。

创造龙山的辉煌

1996 年，龙山鳗业派出一批工人，赴美国分公司养殖鳗鱼。这批工人来自龙山当地，都是首次前往全球最发达国家。然而几个月后，工人中有 9 人悄然回国，甚至不惜违反出入境规定 “偷渡”。问清原委后才知道，原来他们待在美国，无论是收入还是生活水平，都和在龙山差不多，他们不愿舍近求远。

当时的龙山鳗业正如日中天：全球最大的鳗鱼养殖企业，养殖基地分布在国内外多个地区，拥有从饵料到深加工的鳗鱼全产业链。刘和平由此也成为闻名遐迩的“鳗鱼大王”。

1994 年，龙山鳗业年利润达到 4 亿元。1997 年，企业年销售 50 亿元，进出口 2.6 亿美元，总资产达到 36 亿元。这一年，房地产巨头万科的年销售尚未达到 20 亿元，电脑销量开始蝉联国内市场第一的联想，年营收也才刚刚超过百亿。

龙山鳗业的发达，也惠及整个龙山村。全村几乎所有适龄村民，都在龙山鳗业工作。这里全民办了医保、城保，免费住进新建小区，孩子接受免费教育，90% 以上能考上大学。同时，龙山村还创下多个全市乃至全省第一：第一个通公交车的村，第一个通管道燃气的村，建成第一座农村居住小区，修筑第一条 40 米宽的乡村马路……上世纪 90 年代中期，龙山村的财力甚至超过“天下第一村”华西，后者还组团来龙山学习。

回首往事，刘和平认为，龙山当时的成功，除了鳗鱼产业的兴盛外，还与诸多“敢为天下先”的创举有关。譬如鳗鱼宰杀切片要求极高，鳗鱼片的 A 级品和 B 极品差价很大。龙山鳗业规定，切片达标率必须达到 95%，超出部分如果是 A 级品，则多出的差价个人和企业对半分；如果是 B 级品，差价个人企业“三七开”。这种力度的激励机制很有效果，在当时也极为罕见。

鳗鱼在热带、亚热带养殖成本更低。为此龙山鳗业早早就把养殖基地设在广州、中山等地，从而在全中国首开了“相对不发达地区到发达开放地区投资”的先河。时任国务院副总理邹家华参观龙山鳗业后，称之为“龙山模式”。

1996 年，兼任龙山村村委会主任的刘和平，基于龙山土地价值高、劳动力贵的现实，在全村推动土地集约化利用，所有土地流转归集体所有、集中使用，并保障农民利益。这比后来在广大乡村广泛实施的土地流转提早了多年。

勇者不屈的精神

2000 年左右，鳗鱼产业的“黄金时期”突然终结，龙山鳗业迅速坠入深渊。刘和平介绍，出于对养鳗利润的追逐，当时全球大大小小的公司，争相进入这一行业。鳗鱼苗无法人工繁殖，只能下海捕捞，一时间一尾鳗鱼苗被炒到 18 元。另一端，鳗鱼产品的市场竞争却异常激烈，每吨活鳗的售价从 17 万元急跌到 4 万元。

行业形势急转直下，巨人龙山转身未及，很快轰然倒下。而前期扩张时借下的巨额银行贷款，开始像大山一样压在龙山人头上。此时的刘和平完全可以抽身离去，他不是企业法定代表人，而他自己另起炉灶东山再起也不是不可能。但出乎所有人意料的是，他选择了留下。

刘和平在龙山村的威望无人能及。这不仅因为他曾经大家创造的“龙山辉煌”，更因为在危难时刻，他对龙山依然不离不弃。

2017 年 7 月，在带领全村处理完最后一笔 6000 万元银行债务后，刘和平卸下龙山村村委会主任的职务。“我给自己定了个规矩，离任后三年内不踏进村委会一步。不这样年轻人没法真正接班。”他说。

古人云：嚼得菜根，做得大事。但真正成过大事后重新嚼得菜根，又有几人做到？刘和平做到了。

2003 年，市区龙发大厦顶楼的餐馆里，镇江某水泥厂厂长正在用餐。突然，他发现为自己端盘子上菜的人眼熟，仔细一看，这不是刘和平嘛！结账时，这位厂长另外掏出 5000 元，感慨道：我做梦也想不到刘和平会为我端盘子！

刘和平拒绝了那 5000 元。他说，我开饭馆是为了增加收入，帮龙山早日还清债务，并不需要别人怜悯。如今，在龙山垂钓园里，刘和平几乎每天都为客人下厨，“不少菜是我自创的，别人做不出那种味道！”

历尽风雨的刘和平，对人生和世道看得越来越透彻。他的很多抉择，对龙山的发展意义重大。2001 年，法国一家企业要在龙山投资一亿欧元，建一座化妆品工厂。考虑到可能带来的环境影响，刘和平断然拒绝。前几年，龙山上马了 1000 多亩渔光互补发电站，“不上这个项目，土地很快就会被开发掉，我要为龙山的子孙后代留下一点发展空间。”

刘和平说：“现在已不是我叱咤商场的时代，但我的经历对当下很多企业家都有借鉴意义。”他给企业家们的忠告有三句话：勇于争创第一，做好失败准备，永远不要休息。

陈柏华：千年乡土艺术传承人

文/杨　莹

陈柏华，江苏句容人。1978年以来从事秦淮河流域秦淮花灯艺术研究至今，中国首届花灯大赛金奖获得者，中国非物质文化遗产秦淮灯彩传承人，中国百名民间艺术杰出传承人，中国民间文艺家协会会员，江苏省民间文艺家协会会员，南京市民间文艺家协会常务理事，南京市工艺美术协会常务理事。

秦淮花灯也叫秦淮灯彩，融合了多种艺术门类，使用多种制作材料，采用多种工艺技术，汲取了绘画、书法、剪纸、刺绣、雕塑等艺术之长，汇南北灯彩特色于一体，与北方灯彩相比，更具有浓郁的民间乡土色彩和南京本土气息。

南京是一座山水相依的古城，北濒浩荡长江，东南群山环抱，著名的山有：紫金山、栖霞山、宝华山、茅山、东庐山、方山。句容的宝华山、茅山和溧水境内的东庐山是秦淮之源，为了区别于金陵城内的秦淮河，人们将秦淮之源的水流称之为句容河。句容河的下游是赤山湖，她居于金陵城上方，承接上游之水形成了一个囤水柜。清清的山泉仿佛流动的碧玉，无声无息地滋养着这方土地。远在石器时代，这里就有人类活动，孕育出了悠久灿烂的湖熟文化。

秦淮花灯大多是劳动人民在生活观察中自娱自乐的即兴之作，有着十分浓厚的乡土气息，是湖熟文化中的一朵奇葩。每逢春节及元宵节，南京夫子庙地区可谓“灯如海，人如潮”，呈现出“银烛影中明月下，相逢俱是踏灯人”的盛况。古往今来，秦淮花灯都是南京必不可少的传统文化元素和民俗文化活动。

花灯的历史最早可以追溯到魏晋南北朝时期，特别是东晋、南朝时期，城区沿秦淮河两岸的达官贵人逢年过节都赏灯，他们用红木、绢、纱、玻璃等为材料，张灯结彩，以示飞黄腾达。经过唐、宋、元的代代发展，到明朝时已达到了鼎盛。据说明太祖朱元璋下令元宵节在秦淮河上燃放小灯万盏，映出秦淮河畔桨声灯影、金粉楼台、华灯灿烂。从此，秦淮河畔灯火之盛天下双无，文人骚客、名士才子缱绻逗留，吟咏不绝。

赏灯的活动逐渐影响到民间，但是达官显贵们玩的花灯，普通老百姓无力消费，于是就用竹子和纸张代替，渐渐地，花灯就变成了一种篾扎纸糊的艺术，作为一种传统文化传承下来。句容赤山湖沿岸的葛村和石狮一带的百姓，扎花灯闹花灯渐成风俗。

遇上水量充沛的年景，谷物颗颗饱满，农人便将喜悦用花花绿绿的纸糊成各种形状的灯，在里面点上蜡，大人孩子举着它载歌载舞，红烛的灯晕穿透了沿河两岸的窗，把赤山湖装点得绚丽多姿。花灯成了人们表达心情的一种方式，不单是年成好了人们要玩花灯，就连婚嫁迎娶、建房造屋也要玩花灯，就更不用说逢年过节了。扎灯、赏灯、玩灯，人们用花灯来祈求家庭美满、风调雨顺、天下太平。

陈柏华就出生在这方水土上的一户农家，他啜饮着秦淮河水长大，从小就对父辈们扎花灯、玩花灯耳濡目染，对花灯自然是情有独钟。作为他儿时的玩具，花灯一直伴随陈柏华长大成人。

扎花灯是一门手艺，也是一件繁复的工作，就拿简单的荷花灯来说，从纸张的切割到染色、润纸、打磨、粘花瓣，再到最终成型，要经过几十道工序。陈柏华说，花瓣扎制极其复杂，扎架子、打底子、花瓣染色，花瓣做好之后做花头，最后再组装。总而言之，扎花灯看似容易，动手做起来就不简单了。

原来，传统的花灯骨架用的是竹篾，手艺人不但要会劈竹子、选篾青，还要会提笔在纸上着色，画一些花鸟鱼虫、福禄寿喜等吉祥图案……没有点文艺细胞和审美情趣还真做不来。那些色彩艳丽的花灯，造型各不相同，每种灯都蕴含着各自的寓意：红色宫廷灯寓意寻常人家的日子红红火火；荷花灯送给新婚夫妇，寓意百年好合；金鱼灯、元宝灯是最常见的，象征着百姓生活“年年有余，大富大贵”；给孩子玩的兔子灯是用白纸糊的，点上两只红眼睛，再给它安上四个车轮，小兔子就四下跑开了。陈柏华除了侍弄两亩薄田，最大的爱好就是扎花灯。他常常把家里鸡下的蛋拿到街上换来彩纸和颜料，上山砍来竹子劈成篾，照着年画册子琢磨花灯的图案，遇上难题，他就虚心地向当地扎灯的艺人请教，还去外地拜师求艺。年复一年，像他一样的年轻人都到外地打工挣钱了，而他依旧守着清贫，执着地摆弄着花灯，沉浸在他自己的世界里。

20 世纪 80 年代中期，一次偶然的机会，陈柏华得知南京夫子庙要办灯会，他决心要把赤山湖畔孕育的古老灯艺介绍给世人。于是，他鼓足勇气带着他的花灯走进了夫子庙。他那多姿多彩、别具匠心的各色花灯一出场就引起人们的好奇，也引起了夫子庙管理人员的注意。后来尽管南京夫子庙灯会沉寂了好几年，但陈柏华的花灯梦却没有熄灭。

1999 年底，陈柏华带着自己做的花灯来到南京夫子庙推销。人们不是说他的花灯土，就是嫌他的价格高，转了几天一盏都没有卖出去。碰了钉子的陈柏华回到村里，把自己关在家里想对策。七八天后，他决定试着从制作材料和工艺上入手，改进花灯传统的制作方法，一下子就获得了成功，他的花灯第一次成了抢手货。功夫不负有心人。夫子庙灯会的负责人专程找到他，邀请他夫子庙举办灯展。

“千禧年”前夕，陈柏华带着自己的“千禧年”大型花灯模型再次来到了南京夫子庙。这次他带来了大大小小的花灯 20 多组，造型包括地上走的、水里游的，还有天上飞的动物，只要能想到的，他几乎都做到了。这些秦淮花灯别致的造型、新颖的外观吸引了成千上万的游人观看。连景区负责人也评价他的花灯质量好，体量也和户外建筑相吻合，并当场签订了长期合作协议。

当时陈柏华的工作室还蜗居在城里的一条小巷，有时大型的花灯把巷子都塞满了。当地宣传、文化部门得知后，积极为他寻找制作场所，为他解决了占地 9600 平方米的场地，让他放开手脚，把秦淮花灯做成文化产业。十里秦淮水，波映花灯红。到了夜晚，各种造型的秦淮花灯通明透亮，美丽的仙子灯似乎要冉冉升天，可爱的熊猫在专心啃竹子，《西游记》、《三国演义》等书中人物也搬到灯展粉墨登场了。陈柏华在构思这些场景时，思维是放射的、跳跃的、色彩斑斓的。

这些年，陈柏华做的宫灯、荷花灯、柱灯、壁灯、球灯、动物灯、走马灯，融南北灯彩特色于一体，简直就是一幅幅形象逼真的图画。陈柏华不仅扎花灯、卖花灯，他还收集到了从战国到唐宋元明清各个朝代花灯的图样，把它们恢复成了实物。这些花灯组合起来，就形成了陈柏华自己独特的花灯艺术。

秦淮河边悬挂的一对巨龙，如今已成为夫子庙的一个重要标志。灯展会上，璀璨的花灯让天上人间都萦绕着美妙的梦幻。而远离喧闹的广场一角，一双情不自禁的手在悄悄揉搓。陈柏华凭着这双粗糙的巧手，凭着细腻丰富的内心，借着一股子韧劲，让一对巨龙“复活”了。2005 年，在中国文联和辽宁省政府于沈阳举办的中国首届花灯大赛上，陈柏华制作的一盏“金鸡吉祥”花灯，因设计新颖，做工精细，夺得含金量最高的政府奖——“山花奖”灯彩金奖。中央电视台、中央人民广播电台作专题报道，省市各大媒体也争相报道。2006 年，《陈氏秦淮花灯》被列入江苏省、镇江市非物质文化遗产保护项目，2008 年被列入国家保护项目。陈柏华成了目前花灯界唯一被中国工艺美术学会授予高级工艺师职称的艺人，受到了高层领导的重视和各大媒体的关注。陈柏华制作的大型秦淮灯彩，作为国家级非物质文化遗产，代表祖国大陆走进台湾，在台湾嘉义市举办的首届海峡两岸灯会上展出。

江苏秦淮灯彩展区面积 600 多平方米，共有 6 组，其中 4 组为陈柏华设计制作，以高达 12 米的夫子庙传统荷花灯为主灯，夫子庙牌坊灯彩、金陵十二钗灯柱、状元巡游灯组、中华门秦淮风光灯组、虎年好运走马宫灯依次展开。台湾中华花灯协会理事长翁贤良称赞句容秦淮灯彩是他看到的最漂亮的大陆花灯。2017 年 3 月，南京中国科举博物馆馆长专程赴句容华阳街道，向秦淮灯彩传承人陈柏华赠予“德艺双馨、雪中送炭”锦旗，感谢他在除夕之夜赶制花灯，使得博物馆能在大年初一顺利开馆接待游客。

2017 年岁末，陈柏华设计的道教元素秦淮花灯在句容茅山崇禧宫展出，2018 年是中国与加拿大建交 20 周年，陈柏华收到了邀约，参加第二届温哥华华人新春灯会。这也是句容秦淮灯彩第一次真正意义上的走出国门。

陈柏华说，这批花灯是受中国驻加拿大大使所托，为纪念中加建交 20 周年量身定制的。以前他们做的花灯是给其他公司拿到新加坡、美国去展出，这次是自己组团，跟南京花灯一起到加拿大举行活动。这批远赴加拿大的花灯共有 12 组，从策划到制作，陈柏华团队耗时超过 2 个月。

每一组花灯都代表着一个传统文化题材，其中不仅有八仙过海、嫦娥奔月，还有“福地茅山”、“老子神像”等表现句容特色文化的作品。陈柏华认为，秦淮花灯在春节元宵期间展示，能给加拿大华人带来更多欢乐。他希望把秦淮灯彩文化发扬光大，让中国优秀的传统文化能够得到传承。

陈柏华自1978年从事秦淮河流域秦淮花灯艺术研究至今，40年来，他一直在坚守秦淮花灯的传统文化，延续和传承民俗文化，在坚守与传承的同时不断创新，使传统工艺与现代手法集于一体，融合声、光、电、乐等多种表现方法，全方位、多角度展现秦淮花灯的魅力，使享有盛誉的秦淮灯彩更加灿烂多彩，并使秦淮灯彩国家级非物质文化遗产项目活态化。

传统的继承和发扬光大是人类历史的延续。陈柏华说：“年轻的时候也曾浮躁，想着出名。但越是刻意越没能出名，后来静下心，一心一意做一件事，功到自然成。”片言只语中，道出了陈柏华的人生哲学：不刻意强求，保持一颗平常心，在执着中获得快乐，在坚守中获得成功！

严荣飞：人有梦想可『通灵』

文／潘金陵、周嘉瑜

严荣飞，通过自学一路走来，成为扬中绿杨电子集团的副总，独资创办通灵电器公司，企业获得了镇江光伏行业首件中国驰名商标。公司产品已获评“江苏高新技术产品”、“江苏省著名商标”，并通过金太阳CGC、CQC，莱茵TUV，南德TUV、UL等认证，2016年，获得全球首张IEC新标准证书。

一

将时光像电影倒片一样，定格在1973年夏天的一个傍晚，扬中县三茅乡群英大队，15岁的严荣飞连蹦带跳地回到家，告诉家人，我考上高中啦。父母一阵欢喜，破例给孩子煮俩鸡蛋。可是，别的同学都开学了，严荣飞始终没等到录取通知书。去问那个告诉他被录取的老师怎么回事，老师叹了口气：唉，你的成绩没话说，可能是你外公的成分对你不利，这虽然对你不公平，但我们老师也没办法。

那个夜晚，严荣飞望着满天的星星，哭了，当科学家的梦想之舟还没起航就遭遇风浪。

1978年，全国恢复高考制度的第二年。此时的严荣飞已是扬中县电子仪器厂的一名工人，虽然他深受厂里领导和师傅的喜欢，可他还是想离开这里去上大学，因为做科学家的梦想一直在心中燃烧。一看报考条件，初中毕业的人只能报考中专。他仍然不放弃，参加了中专考试。要发榜的日子，他去县招生办打听，工作人员说："严荣飞啊，有，录取了，回去等通知吧。"然而，又一次泥牛入海无消息。再去问，人家就摇头不说话了。此次经历，成为他一个终生不解之谜。工厂里的师傅看他没被录取，不可惜反而高兴，因为他可以留在厂里不走了。

二

1986年下半年，镇江市科委找到了已在全国闻名的扬中电子仪器厂，希望他们能接手一个国家科技攻关项目——逻辑分析仪的研制。这是一个完全自动化、智能化、数字化的高端仪器。此前，镇江市组织有关科研单位攻关两年也没研制出来。这可是个"烫手山芋"。

此时的严荣飞，已是扬中电子仪器厂的技术骨干。任务下达到厂研究所，技术人员都敬而远之，无人接手。是啊，智能化、数字化，这些名词都是在杂志上看到过，其内容一无所知啊，对于这些本厂从未有人接触过的全新技术，怎么接？领导找到严荣飞，问他愿不愿接。他说，接！

于是，他买来了相关书籍，对数字化、智能化的知识进行恶补。在半年不到的时间里，严荣飞完全着迷其中，那一条条复杂的路线，那一个个元器件，就像高明的针灸师眼中的一条条人体经络和穴位那样清晰。他既是设计员，又是采购员；既是结构工，又是装配工……为了保证项目能够成功，工厂从国外进口了两台样机，并与上海科技大学合作开发。在研制的日日夜夜，严荣飞忘记了白天黑夜，忘记了家庭妻女。他拿出了样机，竟然达到了设计要求。

1988年春暖花开时节，逻辑分析仪产品鉴定会在镇江一泉宾馆召开。各种参数完全达到了预期要求，成功了！镇江市科委的领导激动地说："这台仪器填补了国内空白。这在镇江市科技发展史上具有重大的意义。"

三

2003年，严荣飞已是扬中绿杨电子集团的副总，他分管的绿扬电子厂销售突破3000万元，占了整个总厂销售的半壁江山。同年，银行图像监控系统、生物发酵系统等四个项目，被国家科技部列为重点新产品项目，每个项目都获得了60万中小企业科技发展基金，企业稳步发展，开始步入快车道。2004年和2005年，绿扬电子厂凭借科技优势，实现年销售4000多万。但严荣飞总是不快乐，总感觉自己像一个被束缚的拳师，怎么也施展不开自己的拳脚。一天，一个朋友来看他，无意间说起了扬中人施正荣旗下的国内最大的光伏企业尚德集团，还说起施正荣正有意要发展一个配套企业，专门生产与之配套的太阳能电池板连接系统。

朋友说，绿杨电子除了你，地球照转，而太阳能是朝阳产业，这是个机会，你已具备了冲天一搏的条件。

离开自己工作30多年的企业，是一次生疼的骨肉剥离——这里有那么多青春往事,有么多情深谊重的同事……电子仪器厂在他最迷茫的时候招收了他、培养了他，他从懵懂年少开始，到如今迈入中年，与企业的感情已深深植入心里，他失眠了。

四

2005年9月,严荣飞还是下定决心,要为梦想一搏。他把自己的住房做抵押，贷款一部分，再跟朋友借一部分，筹集资金88万元，租了厂房，独资创办了通灵电器公司。并与尚德集团商定合作方式：由尚德提供图纸，由通灵公司组织连接系统接线盒的生产。2006年,通灵公司拿到了出口德国的产品认证资格，2007年，公司成立产品研发机构，为产品未来独立销售做准备，2008年，又获得了出口欧盟和美国产品认证资格。可就在这一年，席卷全球的金融风暴来临，太阳能产业同样受到冲击，“通灵”的销售下降70%,许多工人只好先回家。

严荣飞没有灰心，他认为太阳能是最有后劲的清洁能源，只要产品适销对路，一定有市场前景。就在那一年，“通灵”有了自己的产品实验室，并决定以后将每年销售额的4%用于新品研发。做产品必须要“人无我有，人有我优，人优我廉”。很快，“通灵”走出寒冬，销售逐渐回暖。

2011年，欧美对来自中国的太阳能产品进行所谓的反倾销制裁。中国的太阳能企业又一次面临大考。严荣飞冷静地意识到，此次的反倾销，其实是太阳能全球市场的一次自我调节。太阳能市场也如猪肉市场，猪多了，肉价就要跌，猪少了，肉价就要升。当时的国内，太阳能企业一窝蜂地上马，全国有280多家，扬中就有28家。但市场经济永远是优胜劣汰，别国的制裁也倒逼中国的太阳能企业重新洗牌，让有竞争力的企业进一步增强抗风险能力。由于“通灵”的产品不断推陈出新，受到国际市场的欢迎，反倾销，反而使“通灵”走向更广阔的世界舞台。

如今，“通灵”生产的太阳能光伏组件连接系统已占全球市场的12%，是中国同类企业的佼佼者。企业获得了镇江光伏行业首件中国驰名商标。公司产品已获评“江苏高新技术产品”、“江苏省著名商标”，并通过金太阳CGC、CQC，莱茵TUV，南德TUV、UL等认证，2016年，获得全球首张IEC新标准证书。2017年，通灵公司销售额达到8.6亿，创办以来共向国家纳税近3亿元。

目前，通灵公司在与国内多家相关大型企业开展合作的同时，还与新加坡、REC、美国SOIARID、韩国韩华进行合作，又一批新产品即将批量生产。通灵公司2015年在国内新三板上市，目前正处转主板阶段。通灵公司正如它的产品，朝着太阳的方向，充满着光芒与能量。

严荣飞没有实现他的科学家之梦，但成为了一位企业家，而且是与科学那么近的企业家。面对媒体的采访，他总是不谈自己的成功之道，而是大谈自己这代人的幸运，那就是在自己最美好的年华，遇到了改革开放。没有改革开放，就没有科学的春天，就没有自己施展才华的机会；没有改革开放，就没有全球贸易，就没有太阳能产业的蓬勃发展；没有改革开放，就没有民营企业走向时代的前沿，在发展创新的道路上一路前行……

五

有媒体问严荣飞，你们企业形成了什么样的企业文化？他哈哈大笑，说我是搞技术出生，对企业文化没有研究过，如果一定要说“通灵”的企业文化，那就是“家”的文化。这不是指家族企业文化，而是把企业员工当成我的家人。年龄比我大许多的员工，我将他们尊为长辈，年龄比我小许多的员工，我视他们为子女，年龄和我相仿的员工，我把他们当兄弟姐妹。

“通灵”拿出500万元放在扬中市慈善协会，作为本企业的慈善基金，通灵1000多名员工只要遇到特殊困难，都可以申请援助。企业工会的徐文平得了白血病，几年中，公司给报销了几十万元的医保不能报的药费，病情得到很好的控制。“通灵”员工有一种踏实感、安全感，他们觉得严荣飞是一个既有爱心又有能力的亲人。

严荣飞又收到大红请帖，又有一对员工要结婚了。他已记不清这是收到的第几份喜帖，也记不清做过多少次征婚人。在严荣飞心里，对员工而言，制度和制约不可缺少，但更多的应该是鼓励和帮助。“通灵”员工大多来自本地，有的一家三口都在公司上班。企业发展了，不仅要让员工分享红利，更要让他们有尊严地生活。有一位男员工是入赘女婿，常受到周边邻居的冷言冷语，上班时闷闷不乐，心不在焉。严荣飞知道后，不仅安慰他，还亲自到他所在的村里找村干部，请他们引导村民尊重别人的生活，同时希望村里在落实农村政策上避免歧视入赘女婿。

时光飞逝，60年如白驹过隙，2017年，是严荣飞的本命年。回望自己一路走来的日子，穷过、苦过、累过，绝望过、徘徊过、心潮澎湃过……

在严氏家谱中，他的辈分是“荣”，但为什么叫“荣飞”？他也不知道。也许这就是长辈们寄托的一个美好愿望。事实上，在改革开放的时空中，严荣飞的光荣和梦想一直在高高地飞翔。

刘跃进：有汤有料有故事

文/汤 蓓

刘跃进，1976年镇江第三中学高中毕业。1976年7月进入镇江市饮食服务公司小工厂工作。1976年12月任镇江百货站统一库保管员、调运员。1981年百货、纺站分家，在镇江纺站任储运科调运员、调运室主任，原料科业务员、原料科副科长。1995年停薪留职经商。1997年9月创办镇江梦羚角针织服装有限责任公司任董事长。2000年11月1日创办镇江万源酱醋有限公司。

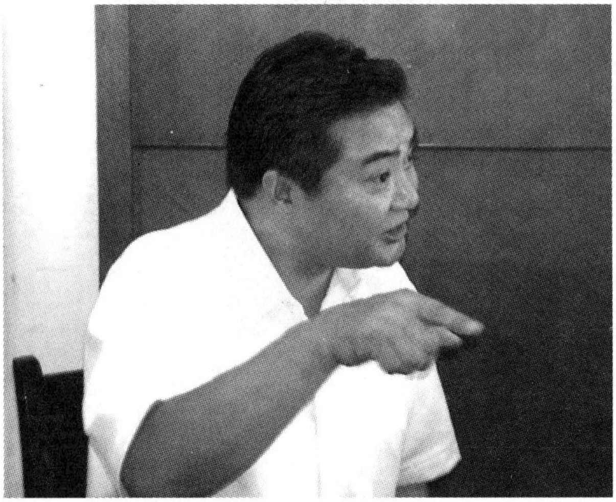

华夏五千年，民以食为天，从茹毛饮血到凿石取火至今，餐饮的不断发展，已成为反映中华文明发展史的活化石。有着三千多年历史的镇江味道也是老祖宗智慧的传承，其中的锅盖面作为镇江特色餐饮，不论是汤料的熬制还是面条的工艺，无不反映镇江味道的色彩。镇江锅盖面汤料的五味调和结合了维扬菜系和上海、苏州、无锡、常州等帮菜的特点，自成体系形成了独特的镇江味道。越来越多的消费者不仅用它来下面条，还热衷用它来做红烧鱼、红烧肉等展现镇江味道的特有风味。

1995 年 8 月的一天，市纺站一位领导把刘跃进喊到公室，开门见山地说：这次群众举报你，检察院、纪委都介入调查，没有查出什么违规违纪的行为。要组织给你一个明确的说法，这也不大可能。现在，有三条路可以让你选择……

此时，这位中年汉子陷入沉思。

1981 年，镇江纺站与百货分家，凭着对工作的激情与执着，从纺站的原料科业务员做到原料科科长，在没有任何借鉴的情况下，摸着石头过河。单位业务都是现金进进出出，别人都认为他这个镇江市纺织品采购供应站的科长权力大得很，钱也肯定挣得欢，不查没事，一查准有事。至于他吃了多少苦、流了多少汗，承担了多少风险，别人永远看不到，只有自己心里明白。

虽然这次没查出经济问题，但是再回到他原来“烫手山芋”的纺站，肯定不可能了。那让他选择的三条路是哪三条呢？一、到一个二线部门“养老”？不行，不让刘跃进做事，把他“供”在那里等于是慢性自杀；二、成立一个新部门，只给政策，不给资金，外带几个人员，自己养活自己？不行！白手起家去养几个闲散人员，弄好了挣钱了，别人又要眼红，弄不好搭进去精力不算，说不定还给单位改革抹黑；三、是停薪留职！停薪留职在改革开放的20年后，已经不算是新鲜词新鲜事。刘跃进抬起了头，拉回了思绪：既然前两条路都不行，他体面地选择第三条路。

那一年，刘跃进38岁。

上了20年班的刘跃进没有班上了。昨天的刘科长今天怎么办？好多人在等着看呢。他，大跃进年代出生，“文革”中成长。那年17岁还没满，高中毕业证书还没拿到，他就被提前分配到饮服公司小工厂，当了令同学们羡慕的钳工。因为他是个聪明、勤快的小伙子，顺利地调到镇江百货批发统一仓库，凭着手脚利索、头脑活络，不久就成了优秀的保管员；接着领导器重，调到储运科，被指派到码头、车站，做了单位的调运员，负责物品的协调调度。按照现在讲就是一个相当时髦的工作——中转物流。在那个计划经济时代，缝纫机、自行车都要票的，他天天和这些市场紧俏物资打交道，无疑受人尊重、令人羡慕。他凭着满腔热情，用心做事，得到上上下下的认可，领导看他干得如鱼得水，很欣赏也很放心，三十出头，就顺理成章当了调度室主任，可谓人生道路顺风顺水。可现在，这一切都是浮云，家人也不断抱怨他就是爱折腾才下岗的。是啊，前面20年，所有的付出就这样失去了吗？刘跃进不断问自己。此时，一个人的话语不断在他脑海里萦绕，这个人是刘跃进习武打拳的师兄、江苏大学教授王亚伟。他清楚地记得师兄说过：克服惰性、控制自己，当机会来的时候宁愿做过也不要错过。对！如果现在放弃，那些年积攒的工作经验，那些辛勤的付出，那些美好的东西……如果就此放弃了，自己都配不上曾经所受的苦难。

刘跃进第一次创业是做羊毛衫，第一桶金来自后来的朋友原来的客户。那年头，女人们都以羊毛衫的款式和数量来衡量时尚标准。刘跃进拿着第一手原材料做市场热门的羊毛衫，生意风生水起，两年后，1997年成立了镇江梦羚角针织服装有限责任公司。倔强的他，把公司的办公地点就放在原来自己工作过的纺站楼上纺工局隔壁。

当他很风光地吃了几天安稳饭，天天西装革履成为真正的刘总的时候，纺工局的领导又找上他了。纺工局有一个改革的试验田，中日合资的伊思美针织服装有限公司濒临危机，急待拯救。刘跃进二话没说，接！刘跃进太需要用一次胜利，在原来领导、同事面前再次证明自己了。

第一轮承包三年，结果是：伊思美挣钱了！爱折腾的刘跃进看到单位财务不断增长的数额，也看到服装行业激烈的竞争，做了一个一辈子都不后悔的决定：资金分流、转行投资！

这回的刘跃进，似乎“折腾”得有点远，“跨界”得有点离谱。

2000年，刘跃进带着80万现金，把丹徒宝堰供销社下属的一个酱醋厂盘下来，成立了镇江万源酱醋有限公司。

有恒顺在，在镇江做调味品不是自不量力吗？万源真的会是大树底下好乘凉吗？仗着是镇江醋镇江酱油，就可以像恒顺一样成为上市企业？真正踏进了酿造业，刘跃进才知道水很深，一段时间下来，刘跃进举步维艰，80万的资金也悉数告罄，下面的路怎么走？刘跃进再一次和师兄王亚伟吐露了心声，也就在这时候，刘跃进参加了由市工商局组织的名师讲堂，一私一公的请教，得到的答案是一致的，那就是创新！创新，走适合自己的路，做别人做不来的产品。

创新，和创业一样，说起来不费力，做起来是要人命的。

那一年的刘跃进和他的“万源”已经走投无路了，公司穷得发工资都困难，哪有钱拿出来开发产品？逆水行舟，不进则退，曾经见过钱大进大出的刘跃进，决定再搏一把。他向朋友借了10万现金，这次刘跃进要做的就是中泠泉镇江锅盖面汤料。

锅盖面，是镇江的一张名片。而锅盖面好滋味主要靠酱油。老镇江下面熬酱油是必不可少的一道工序，刘跃进就从这个普通得不能再普通的习俗里面，找到了自己的商机与出路。刘跃进笑说，自己“从小就是镇江的酱油、醋泡大的”。一旦看准了事情，刘跃进立马就做。镇江锅盖面没有统一标准，但镇江人吃面条，应该有一款放之诸碗皆可食的汤料。好在刘跃进原来做过醋，打造一种锅盖面的汤料，他有信心。

2005 年 8 月 7 日，中泠泉镇江锅盖面汤料，在镇江市北京华联超市首次上市了。在上午的产品推介会上，中泠泉汤料引起了众多市民的兴趣，品尝者络绎不绝，当时带过去的 6000 瓶销售一空，刘跃进没想到汤料一亮相就火爆。他太兴奋了。要知道，中泠泉锅盖面汤料问世之初，刘跃进带着微笑和他研发的新品，走进市区各大超市的时候，人家都不敢相信这东西能卖得动，因而毫不留情地拒绝销售。

至今刘跃进没有忘掉的是，当时 6000 瓶锅盖面汤料，都是他领着一班人，一把火、一把料，一锅锅按照传统的方式熬制出来的，甚至连灌装都是一勺勺、一瓶瓶，手工进行的。现在灌装已经是流水线了，而汤料的熬制，依然是遵循传统。

此后的三年，刘跃进不断改进调味，发展新品，他要先人一步，快人一步，让他的汤料占据领军地位，正在他想方设法加快发展的时候，镇江恒顺集团主动上门，明确表示希望在汤料项目上与“万源”合作。然而对于这个提议，这位草根却又很执着的“小老板”婉言拒绝了。有人说，“恒顺”前来寻求合作是一个机会，放弃这个机会，“万源”在这个同城大企业身边，即使生存下来

也是前景黯淡。

刘跃进就是不服气这个说法。他执着地认为：再小的企业只要用心去做好的良心产品，总会有自己的生存空间，总能有尊严地立足市场。现在，中泠泉锅盖面汤料被国内300家镇江锅盖面连锁店采用，就连在星级大酒店餐厅也受到大师傅们的青睐。

现在想来，是刘跃进捧红了镇江锅盖面汤料，还是镇江锅盖面汤料捧红了刘跃进，这已经不重要了。但是爱“折腾”的刘跃进总有奇招出，他竟然把锅盖面调料送到了国旗护卫队的伙房。当护卫队的领导称赞中泠泉锅盖面汤料的时候，当护卫队的小伙子们列队向他致敬、和他合影留念的时候，他感到极大的满足和自豪。

刘跃进和他的“万源”不断寻找调味品市场的空白，以面为核心，相继开发了一系列汤料：扬州干拌面汤料系列、上海阳春面汤料系列、美味面条鲜汤料系列……以适应更多的消费人群，开拓更广阔的市场。“万源”的实力不断增强，搏击市场的竞争力不断提高。

如今，刘跃进已经年届花甲，有没有想过停下来，好好陪伴家人、享受生活呢？不行！不“折腾”他就不是刘跃进。研发新品、整合资源，开拓市场，全力打造 “中国面汤大王”，是他现在想的，也是他现在做的——因为他是镇江人，因为他叫刘跃进。

许祥生：骨伤科的『金手指』

文/朱婕

许祥生，62岁，镇江市中西医结合医院骨伤科主任，许氏骨伤第四代传人。从事临床40多年来，多次出访美国、泰国、沙特、德国等国家。他采用许氏推拿治疗手法，为国内、国外的患者诊治各种疑难杂症，造福大众健康。在德国曼海姆医院做客座教授期间，成功开展中医经络试验。

退休后的许祥生被医院返聘，日常的工作量不减，与此同时，他心中传承中医文化的愿望越来越迫切。“我已经 62 岁了，非常着急！”作为许氏骨伤的第四代传人，他说他有一种时不我待的紧迫感，但是他也执着地相信，肯定会有人如自己当年一样，怀揣从医梦想，担当传承责任，成功地接过他手中这一棒。

师从家父初入杏林

“独活寄生治风痛……”许祥生还是稚童时，就已经能流利地背诵《汤头歌》。镇江市区大西路上的许家是当时的“名门”，声名显赫的父亲许春华是许氏骨伤的第三代传人。许祥生就出生在这样一个中医世家。

“可能是从懂事开始，心中就认定了要走这条路。”也因此，在那个动乱浩劫的年代里，即便在哥哥和姐姐相继下放，自己为了减轻家庭负担不得不放弃高中学习的机会，他也没有中止梦想。“就好像一直有个人在对我说，只要坚持，总有一天能继承父业，梦想成真。”

1971 年，16 岁的许祥生从第七中学初中毕业，并“留校”走上了工作岗位。这份在别人看来还不错的工作，并没有打消他从小立下的从医志向。因此，不管下班多晚，他都会捧起医书，不知不觉夜就深了，“边工作，边学习，这就是我的青春。”

精心浇灌，梦想开花！1973 年，为改变当时中医人才青黄不接的现状，“名中医带子女”的抢救政策出台，许祥生当年就被调到了父亲所在的镇江市人民医院第二门诊部（即后来的镇江市第二人民医院，现在的镇江市中西医结合医院），正式从医并师从父亲。

此后的从医生涯里，许祥生除了继承祖传的全部骨伤科技术，还博采众长，学习现代医学理论，逐步形成了以内服外用药相结合，手法与导引相佐的“许氏伤科学术”特点，骨伤科的一些杂症顽疾经他治疗都能得到解决。

自 1988 年以来，许祥生开展了中药促进骨折愈合科研课题“消肿接骨糖浆口服加速骨折愈合”，经过基础研究及大量临床研究证实，能够明显加速骨折愈合，通过临床 587 例病例对照，骨折愈合时间平均提前 17.1 天。“中医的发展要在继承的基础上创新”，从事临床 40 多年，许祥生每年都会开展一两项填补我市医疗空白或处于市级领先地位的新技术、新项目。并且，他付出大量心血，将中医传统的推拿手法及练功疗法编制成影像资料，既可用于临床教学，也可用于指导病人体疗锻炼，还译制了英文版、日文版、德文版的宣传资料，用于国际学术交流。

不过，许祥生说，让他印象深刻甚至可以称为“影响深远”的，不是学医之苦，而是发生在1976年的一段经历。

“那时候我基本能独当一面，父亲出差，我已经开始独自上门诊，一天看七八十号。当年11月，我参加了巡回医疗工作队，在句容待了一年。”他说，那一年对他来说极为重要，虽然农村条件艰苦，但是和农民待在一起的每一天都感觉很充实，不仅掌握了农民疾病谱情况，更重要的是增进了彼此之间的感情，“看到远道而来的农村患者，我都有一份特殊的感情。”因此，尽管许祥生业务和科研工作繁重，但他多年来始终坚持利用业余时间，为茅山老区群众、社区居民提供义务治疗。

国际交流大显身手

1978年，改革开放的春风拂面。

这一年，镇江第一次迎来美国的医学代表团。这支代表团在此之前已经访问北京、天津、上海等各大城市，为了见识“传说”中的许氏正骨，特地增加了访问镇江的行程。

“我记得，当时外办派了车来接父亲，我和另外3名师兄弟随行。”许祥生回忆，刚到现场，他就感觉仿佛进了赛场。美方也派出了5名整骨专家，双方很快就摆开了阵势，“其实大家心里都很清楚，就是来PK的。”

许祥生作为主力“迎战”：第一轮治疗颈椎病人，双方不分上下；第二轮抬上来一名腰痛患者，美方专家治疗后未见效果，经许氏正骨技术治疗后，患者竟站起来离开了现场。随后的几场比拼，许祥生越战越勇，以明显的领先优势，让美方专家竖起了大拇指，“镇江之行没有白来，让我们见识了正宗的中医正骨手法。”现场的交流结束后，美国代表团团长邀请许祥生晚饭后到他们下榻的酒店继续交流。

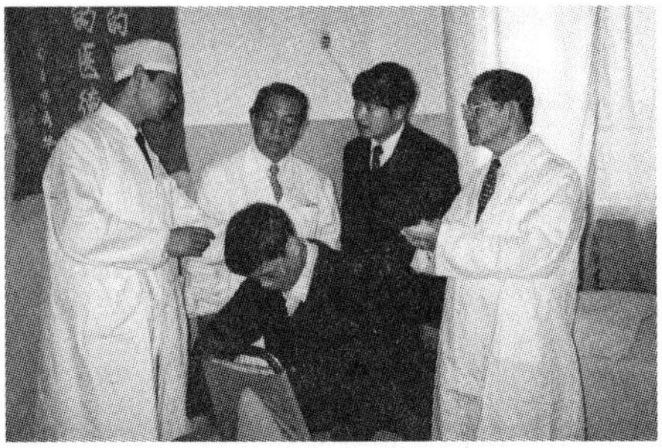

随着国门打开，医学界的大门也应声而开。20 世纪 90 年代中期，许祥生开始“走出去”。1996 年 12 月，他首次将许氏骨伤技术带到了泰国。

而这次“走出去”，则是源自半年多前的一次“引进来”。1996 年 5 月，泰国医疗代表团为寻找中医骨科的合作伙伴来到镇江。“我们骨伤科是他们在物色了北京、上海等地医院后的最后一站，我们的 5 名医生各选了一个病种，展示了揉、滚、推、抹、拿等手法。”许祥生回忆，长期被颈椎病困扰睡不好觉的团长在接受治疗后，当晚就睡了个好觉，应对方的要求，第二天又加一场，还是在团长身上演示，独特的酒烧疗法，令对方啧啧神奇，“这让泰国医疗代表团彻底放弃了与其他医院合作的打算。”

1997 年，许祥生正式成为泰国中医医疗中心的第一位中国专家。在泰国访问期间，他应邀在泰国公共卫生部作题为《中医的历史及其现状》的学术报告，报告会进行了现场手法表演，有两位腰痛病人，脊柱有伤不能直立，由医护人员搀扶着进入会场，现场推拿治疗后，步履轻松地走出会场，这样的场面使泰国医学界同仁感到惊奇与佩服。

当年 11 月，许祥生还应邀赴沙特阿拉伯为皇室成员做医疗会诊，通过四周的针灸、推拿，使长期卧床不能站立的患者能够重新站立起来。

2003 年 11 月，许祥生应邀赴德国海得堡大学曼海姆医院开展合作。当时，曼汉姆市艾格尔市长夫人坐骨神经痛持续了三个多月，不能行走，经德国专家治疗始终未见效果。许祥生对她实施两个疗程 12 天推拿、针灸，竟然痊愈了。艾格尔市长夫人 2004 年 9 月来镇访问时逢人就说：“没有许大夫的治疗，我是不可能到镇江来的。”

值得一提的是，为了更好地与德国同事交流，善于学习的许祥生用了 3 个月的时间，到德国歌德学院进行德语强化学习，在众多学生中，他年龄最大，但进步也最快，三个月后，他就能用流利的德语和德国同事交流。

许祥生回忆说，1978 年“擅自”接受美方代表团的邀请，单独与他们交流，因未经相关部门批准还挨了批评。如今他受聘于泰国玛哈翁医院担任中医专家顾问，还是中国江苏中日医学交流中心专家组成员、德国海得堡大学客座教授……许祥生感慨：这些发生在个人身上的变化，都带有明显的改革开放的印记，国门打开，才有了这样的机遇。

仁心妙手呼唤传承

1994 年，率先启动城镇职工医疗保险改革的镇江，拥有了一张医改的城市名片，其改革模式与江西九江市并称 " 两江模式 "。作为医改的参与者与实践者，许祥生在自己的科室里种起了“试验田”，为医院的绩效考核改革试出了雏形。

2000 年，医院新领导一上任，就启动了考核机制改革，但是愿意“吃螃蟹”的人并不多，甚至出现了“一个巴掌拍不响”的尴尬场面。此时，骨伤科主任许祥生主动站了出来：“通过考核机制改革，激发医护人员创新活力，我愿意

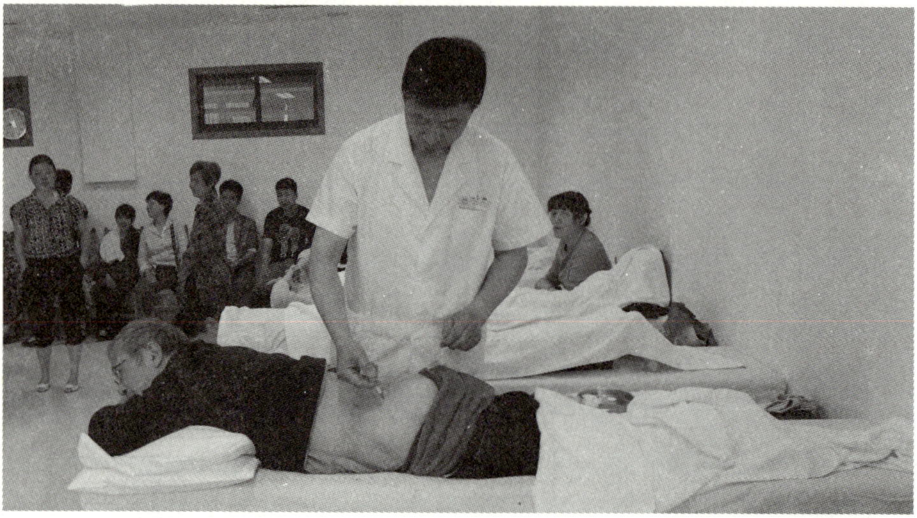

试！”于是，他召集整个科室制定考核方案，“在细化工作量的基础上，实施按量分配，并将患者满意度等作为衡量医疗质量的重要依据，进行加分和减分。”试行一年，骨伤科床位使用率达到100%，门诊量上升50%，而“多劳多得”的医生收入也跟着翻了番。“试验田”里的绩效考核改革一炮打响，并成为日后全院改革的雏形。

许祥生的医术和医德声誉日隆，慕名而来的患者也与日俱增。2008年，他所在的骨伤科专家门诊就开始推行分时段就诊，缓解挂号难、排队难、看病难的问题，“从早上7点40分开始接诊第一批，一批9个人，按每半小时一批计算，与患者预约时间。这样可以减少患者大量的候诊时间。”他坦言，他的初衷其实是建立无挂号就诊、定点就诊的德国模式，但受限于种种因素难以实现。

如今，步入花甲之年的许祥生初心不改。他说，自己是沐浴着改革开放的春风成长起来的，必须把改革开放的益处传播下去。“最有效的途径就是，为中医药文化培养传承者。”目前，他创办的许氏骨伤中医馆已进入建设收尾阶段，他希望以此为平台，挖掘和培养有志于传播中医药文化的接力人。

王禄宝：第一代扬中供销员

文/朱圣福

王禄宝，江苏环太集团党委书记、董事长兼总裁，高级经济师，省人大代表。现任江苏省光伏企业协会副会长、江苏省苏商协会副会长，扬中市华商会会长。1988年创建江苏环太集团有限公司，总资产42亿元。先后获得中国新能源行业领军人物、江苏省劳动模范、镇江市人民奖章等荣誉。

40 年改革开放的历程，首先是不断解放思想的过程。当中国人民拆除封闭僵化的樊篱，打破万马齐喑的沉闷，新时代的中国便爆发出无限的勇气、智慧和创造力。时代造就英雄，英雄推动时代。在这场大变革浪潮中，成千上万“弄潮儿”勇向涛头立，他们在各自的领域大显身手、大展宏图，不断跨越时代高度，书写人生传奇。

江苏环太集团董事长王禄宝，扬中绿岛上第一个领取私营执照者，他就是这些“弄潮儿”中的一个。

一把“小号篾刀”的记忆

1958 年，王禄宝出生在扬中市油坊镇一个贫苦农民的家庭。他是父母七个孩子中的第五个。作为一个男丁，他的降生虽给父母带来些许欢乐，但无疑也给父母增加了生活压力。那时，自然的和人为的灾难不断，农村人常常是过着青黄不接的日子。

王禄宝长到 9 岁时，家中的顶梁柱终于在生活的重轭下累病了，这让本就贫穷的家更是雪上加霜。为了生存，9 岁的王禄宝不得不一边上学一边跟村里的一个篾匠学做竹篮。在母亲心里，“荒年饿不死手艺人”。但九岁的孩子毕竟身材瘦小，拿不动篾刀，于是母亲便特意到铁匠铺，为他打造了一把小号的篾刀。

篾刀虽小，却没少让他稚嫩的手流血。每次磕破手，他都是找块棉布一包，而后继续披篾条。就在这磕磕碰碰中，他很快就学会了编竹篮；当竹篮编到一定数量，他又赶集去卖竹篮。为了卖个好价钱，他都是乘船到江对岸的姚桥去卖。

苏格拉底说：“患难及困苦，是磨练人格的最高学府。”是的，家境的贫寒、生活的沉重，没有击垮王禄宝，反而培养了他坚韧的个性，同时也培养了他的商业天赋。

15岁那年，王禄宝初中毕业了，他不愿再编竹篮，于是拜村里的裁缝师傅学手艺，从缲边、锁纽扣眼等基本功学起。为了尽快提高手艺，他托姑母在上海买了一本裁剪书，常常揣摩到深夜。由于他用心好学，手艺日渐精进。1979年进入兴隆镇红专村服装厂后，他凭着厚实的基本功，很快成为厂里的技术能人，不久又考到县服装厂当技术员。在县服装厂，他负责从设计、排版到出样的整个工艺流程，并设计出了1980年代广为流行的滑雪衫。后他升职为厂技术科科长。

此时，中国的改革开放开始起步，新生的市场经济和私营经济已初露头角，大有一发不可收拾之势。

王禄宝敏感地听到了时代的强音，认为机不可失时不我待，于是毅然辞职回家创办了自己的服装厂——扬中县长旺绿宝服装厂。令他自豪的是，他是扬中第一个“吃螃蟹”的人，在他之前还没有谁领取过私营执照。

为了打开服装销售市场，20岁出头的王禄宝便单枪匹马闯西北，也正是这次闯荡，让他成了扬中第一代供销员的代表。但令他未料到的是，跑供销这条路非常难走，用后来归纳出的话说，需要他说尽千言万语、走遍千山万水、历经千难万险和吃尽千辛万苦。

由于款式新颖，质量上乘，王禄宝的服装很快在甘肃、新疆，甚至上海打开了市场。1982年，24岁的王禄宝成为扬中县首个万元户，并进入“镇江勤劳致富带头人”行列，受到市政府的隆重表彰。

忆及这段往事，王禄宝感慨道：“面对困难，很多人承受不了就放弃了，但我却咬牙坚持了下来，靠的正是这‘四千四万’的精神！这‘四千四万’是上世纪八九十年代扬中供销员经济的精髓，扬中乡镇工业能从无到有、由小变大，地区综合经济实力连续多年跻身全国百强县正是靠的这‘四千四万’。”

跻身江苏复合肥“四小龙”

农谚说：“庄稼一枝花，全靠肥当家。”在化肥工业还不发达的年代，肥料主要是绿肥、厩肥、沤肥、人尿粪等。随着农村的改革发展，越来越多的农民从土地上解放出来，走向了二三产业。农民们没有足够的时间打理农家肥，化肥的需求量日渐加大。农民出身的王禄宝从这一变化中嗅到了商机，于是利用办服装厂积累的5万元，创办了扬中长旺复合肥厂。

但理想很丰满，现实却很骨感。因为那时，中国的改革已全面开启，许多地方乡镇企业异军突起，化肥领域也是厂家众多，质量不一，所以刚开始，王禄宝的复合肥在市场上很难打开销路，即便是本地的供销社都不买他的账。

“常言道：活人岂能被尿憋死？既然中原、华东市场复合肥厂家竞争激烈，那么我就另辟蹊径，开拓东北市场。”停了会，王禄宝接着说，“商场好比战场，只有全力拼搏的人，才能成为赢家。经过两年多的走南闯北，广泛推介，我们的质量和信誉终于得到了大家的认可，复合肥厂从此走上了正轨，从原料供货到产品销售，都有了稳定的客户。”

1994年，复合肥厂幸运地得到了一次“借船出海、借梯登高”的机会：中国化肥界巨头南化集团公司愿与他们开展合作，允许贴牌加工“红三角”品牌复合肥，这无疑对复合肥厂利用对方优势，进一步提升自身产品质量和拓展市场销路发挥了重要作用。在此基础上，王禄宝又将原有产品商标更换并正式注册了“环太”品牌，不久，“万物生长靠太阳，五谷丰登有环太”的广告语迅速在全国走红。品牌化建设，让环太复合肥得到了突飞猛进的发展，1998年销售额超过了一个亿，环太集团从此成为江苏复合肥“四小龙”之一，上海、甘肃、新疆等地市场都有了他们的一席之地。

虽然销路打开了，但王禄宝还笑不起来，因为资金回笼是个难题。“我去要账，对方告诉我，钱还在田里长着呢，农民手上没有钱。”有一次在河北甚至还吃了个“闭门羹”。

王禄宝就这样一路艰难地走来。2000年，机遇又一次向他抛来绣球，但这个绣球却并不那么好接。原来，全球最大化肥公司美国嘉吉公司有意向与环太复合肥厂合作，但条件却异常严苛，谈判竟耗时三年。

这三年里，王禄宝像一匹负重前行的马，那些严苛的条件就像一根鞭子时时抽打着他，逼他在质量、安全、品牌、诚信等方面大力整改。三年的马拉松谈判总算尘埃落定，2003 年，环太集团与美国嘉吉合资成立了江苏美盛农资有限公司，环太再一次实现了跨越式发展。

新能源高新技术产业之路

在王禄宝的人生词典里，永远没有“停歇”一词。当复合肥业务步入发展“高速路”后，王禄宝便开始寻找新的经济增长点。

上世纪 90 年代后，光伏发电在美、日、德等发达国家快速发展。2000 年，留学澳大利亚、个人持有 10 多项太阳能电池技术发明专利的施正荣博士回国创办了无锡尚德太阳能电力有限公司。王禄宝敏锐地预见到光伏产业不可限量的前景，于是通过时任扬中市侨办主任的恽伯龙介绍，在2003年认识了施正荣。经过一番长谈，两人当即拍板：结盟进军光伏上游产业，投产单晶硅拉棒和切片，环太集团做尚德的硅片供应商。

2003 年 9 月，王禄宝的环太集团斥资 1600 多万订购了瑞士梅耶博格硅切片机、开方机各 2 台及配套设备。同时，他争取到 500 亩土地，用 3 个月时间

建好厂房，5个月后即投入生产。镇江环太硅科技有限公司华丽亮相。

如果用一个词来形容当时的生产情景，那就是“供不应求”。虽然每天切1万多片125×125mm单晶硅片，每片价格25.8元，但还是产品没下线就已被抢购。那时，王禄宝的脸上、心里都是洒满阳光，这红火的景象不能不令他欢欣鼓舞。

2007年8月，为进一步扩大国内硅片产能，王禄宝与施正荣在开发区共同投资5亿美元，成立了镇江辉煌硅能源有限公司，专业制造硅片。其1.5GW的硅片年产规模，在国内位居首位。

此后，王禄宝又相继成立了镇江大旺奥克硅技术有限公司、高照太阳能科技有限公司、江苏美科硅能源有限公司三大从事硅片生产及配套的公司。王禄宝一举成为“中国硅片切割第一人”。

老话说：“花无百日红，人无千日好。”就在光伏产业一路狂奔的时候，2011年，受欧债危机蔓延、欧美贸易壁垒及国内产能过剩、恶性竞争等因素影响，中国光伏产业一下子跌入了冰河。

那段时间，王禄宝深刻体会到了什么叫“屋漏偏逢连夜雨，船迟又遇打头风”。他清楚地记得，有时一个上午会有七八个不好的消息传来：价格断崖式下跌、客户找理由退货、原材料供应不上……桩桩事都火烧眉毛。

最困难的时候，市场上一片硅片7.5元，而环太的成本就是8元，一天亏损有时高达100万元。王禄宝明白，机器一旦停止运转就等于报废，工人会离去，客户也没了。所以只要有人要硅片，什么价格都愿卖。

“为了能挺过来，我可谓动尽了脑筋，施展出浑身解数。我首先每个月开一次大会，在会上，我振臂喊出‘只要有光伏行业，就有我环太’的口号，目的就是稳定人心，鼓舞士气；同时我出台硅切片产品高转换率、高优质率、低成本的“两高一低”政策，在全厂掀起一场‘开源节流、降本增效’的热潮。我将成本环节划分为8个子项目，制定改善目标，分小组实施。在八大项目小组改善初见成效的基础上，又成立了以采购、生产、销售、财务四大成本关联部门为模块的第二小组……”

2014年后，随着国家对光伏产业扶持力度的加大和“金屋顶”计划的逐步实施，饱受严寒折磨的光伏产业开始回暖，坚持下来的环太集团终于蹚过了冰河，又走进了春天。

2016 年，环太集团销售太阳能硅片 5.2 亿片，出口硅片 2.56 亿片，硅片出口总额 1.85 亿美元，全年实现销售额 37.5 亿元，上缴利税 2.3 亿元。多晶硅片光电转化效率跃升至 19.6%，全国同行业第一，产能规模稳居国内行业前三甲。

如今走进硅片车间，只见几百台高端智能化设备有序排列着，硅片从铸锭到开方，再到自动切片，全部实现了智能化。工人们在各自的岗位上专心致志、有条不紊地忙碌。

江苏环太集团，一个在改革开放大潮中不断壮大的民资集团企业，如今已成长为在全国颇具影响力的新能源高新技术特色产业基地，呈现品牌国际化、产品高端化、生产智能化、资产证券化、管理精细化的现代企业风貌。

王禄宝，一个搏击改革开放大潮的真强者。他有胆略、有才识、重人才、重创新，不断实现企业的跨越发展，不断书写人生的精彩篇章。如今，他即将步入花甲之年，但精气神丝毫不减，他始终目光炯炯、声音洪亮、行走如风、挺立如松，让人见了油然而生敬意。

戚杰：成就感在银幕荧屏上

文/林庆生

戚杰， 1979年参加工作（单位为原镇江戏剧工艺厂），1984至1987年借调至中央电视台大型电视剧红楼梦剧组工作，1988至1992年任镇江影剧服装厂生产经营科科长，1993至1995年任镇江影剧服装厂厂长助理，1995年加入中国共产党，1995至2000年任镇江历代联友服饰有限公司副总经理。2000年由于体制改革，创建镇江恒达服饰工艺品有限公司。现任镇江市政协委员、镇江市工商业联合会总商会副会长。

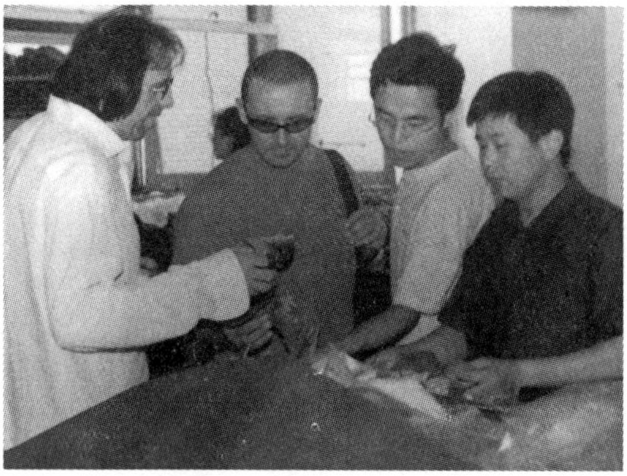

戚杰，这位年届六旬的汉子，现在是镇江恒达服饰有限公司的掌门人。谈起镇江影视服饰行业的发展，他眉宇间写满了自豪，当然还有几许淡淡的忧虑。他坦言：他个人的成长历程，就是镇江影剧服饰发展的历史。镇江影剧服饰从零起步，到占据全国70%市场份额，这一切，他是当之无愧的亲历者。是他，持着一条用勤奋、真诚、机灵创造的事业彩练，在中国的影视剧服装道具的苍穹上，舞出了一条华丽的弧线，给镇江改革开放40年的历史，留下了独特的记忆，而且这条彩练，至今还在无声的飘舞……

1979年初，19岁的戚杰要工作了。他父亲认为学一门技术，就是今后立身的本钱，又由于有着著名越剧演员戚雅仙这样一位姑母，戚杰决定找一份与戏剧有缘的工作，于是到了镇江市戏剧服装工艺厂学裁缝。而那时的戏剧服装工艺厂，除了做一些戏服外，主要的业务就是扎扎花圈、做做婴儿的披风和妇女的卫生用品，可以讲徒有“戏剧服装”的空名。戚杰讲，如果不是一场火灾，他也许就是一个裁缝。

他进厂不久，厂里发生的一次火灾，灾后的善后及厂房重建需要人手，因工艺厂大部分都是女工，厂领导把戚杰调去做后勤工作。由于他的勤快机灵能干，很快就担任了生产技术员。

至今，戚杰回忆到这一段人生经历仍感慨颇深。他认为：1970年代末，并不是一个流行竞争的时代，大家只能理想服从现实，按部就班地随着时代潮流往前走。但是一个人用什么样的态度来对待现实，却至关重要。工作半年后，戚杰除了搞基建外，还担任了厂里的生产监督员，因为他在车间待过，对每一道工序都了解，所以跟在老厂长后面，了解掌握生产的全过程一点也不吃力。这一干，就是三年。就是这三年，让戚杰掌握了戏剧服装道具制作生产工艺的全过程。

“干什么，都要一把劲干到底。”现在戚杰还是坚持这样的观点。也正是这种精神，让戚杰在今后的岁月中，找到了也找准了自己的路。

回忆起当年镇江影视服装道具能做到中国大半壁江山，戚杰深深地怀念着一个人和一个团队。一个人就是时任北京电影制片厂厂长的汪洋，因为是他为镇江的影视服装打开了走向全国乃至世界的门；一个团队就是工艺厂新的年轻的领导班子，成员为戚伟俊、徐龙心。因为戚为俊的艺术才华，因为徐龙心的经营管理头脑，还有戚杰自己的努力和机敏，他们创造了镇江影剧服装道具能够蜚声中国影视界的神话。

让时间回到 1983 年。那一年，中央电视台准备拍摄电视剧《红楼梦》，当时所有的服装道具在全国有四个城市的厂家承担，北京、上海、苏州，还有镇江。毋庸置疑，镇江完全由于汪洋先生的推介。《红楼梦》的首席服装设计师史延芹来到镇江，她完全没有想到镇江的戏剧服装有如此的能力与造诣，而且她一眼就看中了戚杰。她认为戚杰对《红楼梦》剧中的服饰有着独到见解和再现那个时代的本领。

史延芹回到北京不久，中央电视台的一纸借用函就到了镇江。几经周折，厂里才同意借用。也就是这次借用，戚杰担任了央视 87 版《红楼梦》的服装设计助理和制作监制。作为一部热播的电视剧，片尾字幕中的戚杰可能会被观众忽略，而对于一个行业来说，这无疑是一个莫大的荣耀，同样也释放了一个信号，镇江戏剧服装的春天来了。

的确，也就从这部戏开始，戚杰的眼前打开了一扇窗，而对镇江的影视服装道具产业，则是打开了一扇门。这一借从 1983 年到 1987 年连头搭尾就是五年。戚杰如今感慨到：这几年他最大的收获有三个：个人学习了很多东西，影视服装道具的设计理念、如何再现与还原历史、历史影视剧制作的流程和“关门过节”；交到了一批当时可望不可即的“大腕级”的影视圈好朋友；三、推介了自己所在的厂。现在可以毫不夸张地讲，镇江后来的影剧服装能一下占据全国 70% 的份额，戚杰尖刀般的开路先锋与铺路式的奠基作用不可小觑。

谈到戚杰对镇江这座城市的推介，曾任市文联副主席的陈春鸣至今仍然记得，2006年市委宣传部邀请中国音乐名家为镇江创作《大江东去》等五首歌曲，就是在戚杰接待中央电视台原文艺中心主任邹友开的场合动议的。

1987 年末，踌躇满志的戚杰从北京回来，从担任厂经营科长到以经济责任制的形式承包厂里的影剧服装生产线，再到厂里与新加坡合资的“联友历代服饰工艺有限公司”担任副总经理，戚杰干得如鱼得水风生水起。在徐龙心、戚伟俊的领导下，作为一个具体操作者，开创了镇江影剧服装辉煌的历史：《三国演义》、《水浒传》、《唐明皇》、《康熙王朝》等电视剧里的全部服装道具都由镇江制作。还有国家一些大型活动，如 1991 年的北京亚运会、上海东亚运动会、世界妇女大会、青年运动会等等，服装道具一个不落地交到了镇江。时任广播电影电视部电影局局长滕进贤还给镇江市戏剧服装工艺厂题词：“青年人、青年厂、有作为”。

辉煌的背后总是充满了艰辛。戚杰记得，那时候为了准确地得到业务信息和能够拿到订单，仅仅凭厂子的名气是不够的，感情的沟通与建立，常常是能

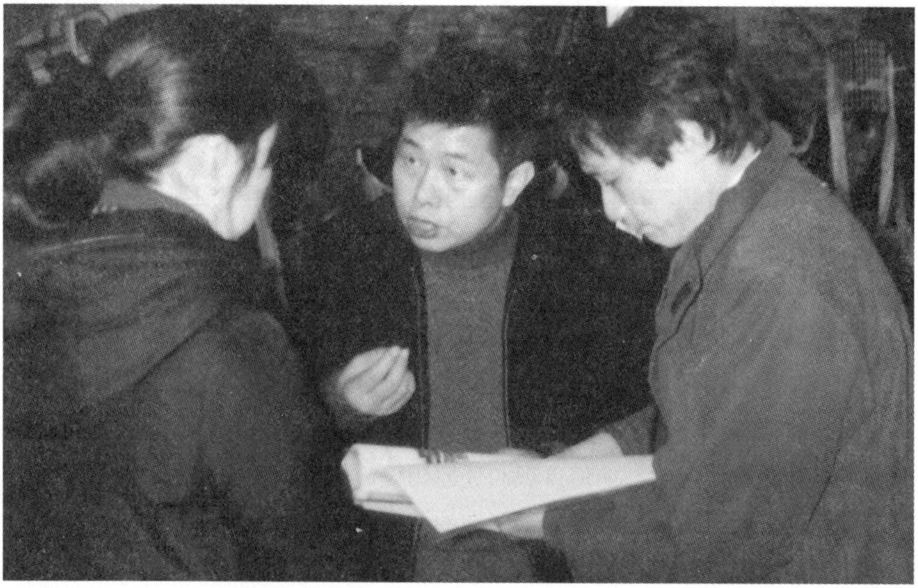

够做成事的关键。那一年的春节前，戚杰陪同厂领导去看望上海的一位导演，那时体重 80 斤不到的戚杰，扛着猪后座和大闸蟹，从上海北站出来，步行到导演的住宅楼下，恰逢停电，那时又没有手机，他们硬是一步一步地爬上了 28 楼，连内裤都湿透了。

在影视圈内有个行话：一部戏能够进入生产，要“三子一全”。三子：本子，剧本通过审查；票子，资金有着落；班子，主创班底成立。这“三子”一旦全了，一部戏就算进入了正常的生产轨道。而从事影视服装道具的企业，都把眼睛紧紧地盯在“班子”的身上，因为导演和制片人决定着业务走向。为此，厂里负责影视剧服装业务的戚杰，为了拿到一笔业务可谓用尽了心思。

就拿电影《荆轲刺秦王》来说吧。1998 年，戚杰了解到《荆轲刺秦王》的导演陈凯歌一行要到苏州的影剧服装厂商谈服装道具制作。陈凯歌下了火车，在月台上没有看到苏州的人却看到了戚杰。他请陈凯歌到镇江一看。

陈凯歌颇感唐突，但他和戚杰也有一面之交，也不好当面回绝，便提出了先到苏州厂看看再说。苏州的戏剧服装厂是当时的行业老大，也是国企，总是坐在家中等客户上门，所以有什么导演制片人来，他们从来不接站，而戚杰他们专门从镇江调了两部汽车为陈凯歌一行服务。戚杰他们用自己的车把陈凯歌一行送到苏州戏剧服装厂，然后就在厂外等。

两个多小时后，苏州厂的领导把陈凯歌一行送到厂门口就挥手作别了。等苏州厂领导转身进厂，戚杰自然地带着车辆迎了上来。此时的陈凯歌一改车站月台上的冷淡，上了戚杰他们的车后，只说了一句话：到镇江去看看。原来陈凯歌感到，苏州厂没怎么把《荆轲刺秦王》当回事，为此十分不悦。

到了镇江戏剧服装厂会议室，陈凯歌的眼睛一亮：几套《荆轲刺秦王》中的服装道具样品，像接受检阅的士兵伫立，等待着他的到来。“陈凯歌当时的第一反应，是和身旁的助手要香烟抽。”讲到这一幕，戚杰不无得意地说：这证明陈凯歌已经完全进入了戏中了。

为了争取业务，戚杰与当时全国13个体制内电影制片厂的业务副厂长交上了朋友，而且中国电影局制片处每年的题材规划会，他都“想尽天法”去参加。哪部戏到了哪个厂，哪部戏的服装道具请谁设计，戚杰都了如指掌。

《荆轲刺秦王》这部戏，戚杰找到了担纲服装道具设计的上海歌舞剧院设计师莫晓敏，从他那里拿了几张图纸，接连几天赶制样品，所以当陈凯歌到的时候，已经不是空口说白话，而是言之有“物”、有洽谈的方向了。结果不用说，《荆轲刺秦王》的全部服装道具交给了镇江戏剧服装厂。因为陈凯歌认为，与这样认真用心做事的厂子合作，放心。

的确，戚杰的认真用心，视剧组的需要为第一要务，按时保质地完成生产任务，也是打造镇江戏剧服装品牌的关键所在。1993年，时任峨眉电影制片厂副厂长的韩三平（后任中国电影集团公司董事长），在拍《神龙走出山谷》期间，适逢大雪，需要一只道具老虎，镇江戏剧服装厂赶制后，由戚杰带着一名员工，把“老虎”送到成都。火车车程将近30小时，车厢里连下脚的地方都没有，戚杰他们硬是保护着“老虎”站到了成都。下了火车，他俩连路都不会走了。

也正是这样的历程，锤炼了戚杰坚忍不拔的品格，也为他今后的创业打下了坚实的基础。2000年，镇江联友历代服饰工艺有限公司改制，戚杰思前想后，创办了自己的企业——恒达服饰有限公司，仍然从事老本行戏剧服装。

创办了自己的企业后，戚杰承接了多部影视剧和国家级、省级大型活动的服装道具。2017年12月13日，南京大屠杀死难者国家公祭仪式第四次举行。中共江苏省委接到通知，习近平总书记要参加仪式。中办负责人还特地嘱咐，12月份已是隆冬，一定要考虑参加仪式学生的服装保暖。

事不宜迟，离公祭仪式只剩下8天时间，700多套学生的服装要换是个硬任务。负责此事的南京电视台联系了几个厂家都被婉言推脱了。事情汇报给省领导，省委宣传部长王燕文立即想到：找镇江的戚杰。当晚，南京电视台的电话打给了戚杰。他思考片刻，把此事答应了下来。也就是当夜，戚杰联系了无锡协新毛纺厂，商量赶印羊绒。在接下来的几天里，戚杰在无锡、上海、南京穿梭，连家门都没有跨进一步，终于提前两天把赶制的羊绒学生服送到了南京。

谈起自己在改革开放中的经历，戚杰说，除了他遇到了好时代，除了组织的培养，还应该感恩两个人：一个是已经离世的戚伟俊，一个现在镇江戏剧服装行业的老大徐龙心。他们勤奋、自律、廉洁，为企业发展、为开辟镇江影剧服装的新天地，心往一处想、劲往一处使，给戚杰做出了榜样，产生了深刻的影响。

现在，在丹徒工业园区，戚杰的“恒达服饰”厂房正在筹建中。戚杰直言不讳：随着时代的变化，镇江戏剧服装占全国70%份额的好景不再。如今北京、上海戏剧服道具产业的兴起，新工艺、新方法、新材料、新手法的运用，一些大专院校毕业生投入这个行业……诸多变化，使镇江戏剧服装面临着极大的挑战。但是他说不会放弃，最主要的是几十号一直跟着他干的工人，他不忍放下更不能放下。他说：“我只有一个女儿，并无意继承父业，只有自己挺着脊梁朝前走。这是一路打拼过来的惯性。”

廖锁根：『老总』变身保安的乐与痛

文/董晨鹏

廖锁根，1980年高中毕业，当了两年农民，从农村来到城市工厂学徒，继而成为改革开放后勇闯市场经济的第一批企业供销员。企业改制后自己创业当“老总”，享受过“盆满钵满”的喜悦，也经历过投资失误的落泊。现在他以保安为职业，回归风平浪静的普通生活。

很多人都喊廖锁根“廖总”。

一个保安被大家称作“总”，难道是一种黑色幽默？打听的结果，并不是黑色幽默，也没有什么典故，而是锁根真的当过老总。有句顺口溜：老板不在大小，好歹法人代表。一个当过企业老总的人，怎么心甘情愿地当起普普通通的保安来了？

锁根家住桃花坞5区21幢301室。但当我敲开他家大门的时候，我以为走错了：几乎没有任何装修的家里，让你找不到一丝主人曾经腰缠万贯的痕迹。

锁根家房子建成于上个世纪80年代，一室半一厅，独厨独卫，前后阳台，50多个平方米，是当年标准的套房。因此，在中国的改革开放初期能够住上这样房子的，按我们镇江话讲，都是“有本事的人”。不过，以今天的标准去衡量，未免显得有些寒酸。

客厅里是一张四边可以折叠的木桌，收起来是方桌，打开来便是圆桌。桌子边上放着几张已经有些老旧的木质方凳，虽然漆面有些斑驳，但坐上去仍然非常结实。家里所有的门都是白色混水漆，已经开裂，泛成了象牙黄。除了大房间的门上贴着一只2011年的“万事如意”的兔子外，其他门上则贴着一个红色的“福”字。估计这些“福”字的年纪大概和如意兔差不多。

正对大门的墙上，贴着一张披金戴银的财神像。财神两边是一副对联：“瑞气盈门添百福，四海财源通宝地。”横批是“金玉满堂”。不过，财神身边的这副对联把我格登住了，我念了几遍都觉得气不顺。

我有点疑惑地问锁根，这对联是哪个吉祥店里买的？

锁根不好意思地笑了，说是路边摊子上买的，买的时候就剩下这两幅了，半买半送的；卖的人说，这是两个上联，两个下联是“吉庆满堂纳千祥”和“九州鸿运进福门”。

大房间里放着一张双人床，还有一只书柜。除了小说外，书柜里最显眼的是几本佛教故事和易经算命的书。小房间里则是一张上下铺床，一白一花两只肥硕的狮子猫蹲在床上，警惕地望着我。

锁根告诉我，他一个人睡大房间，他前妻和儿子睡小房间，那两只猫是前妻的宠物。

锁根老家是镇江丹徒三山乡的。三山这个地方，三分之一是丘陵，三分之

一是平原，还有三分之一是湖泊，虽然风景绝美，但丘陵多干旱，湖区多水灾，想要把田种好，还真的不太容易。所以，在80年代苏南乡镇工业经济兴起之前，丹徒三山的年轻人，总会带着如家乡紫云英一般的梦幻，外出谋生。

1980年，高中毕业后当了两年农民的锁根成了镇江彩色印刷厂的一名学徒工。从此，在锁根的眼前，热闹的街道和喧嚣的车间取代了连绵的丘陵和宁静的田野。

对未来充满憧憬的锁根被安排到塑印车间当学徒。这个车间当时刚刚引进六面凹版印刷机和海德堡印刷机，能够在玻璃纸和薄膜上印刷精美的彩色图片、扑克牌、商标、装潢品和有价证券，其设备和工艺都是江苏省最领先的。

厂里看中了锁根的根正苗红，专门把他送到外地培训，学习印刷糖果纸的技术，希望他日后能够挑大梁。但正是因为这次外出学习，让锁根知道了什么叫做跑供销。上课的老师对他说，技术当然重要，但跑材料跑销售更重要，能够赚大钱并不是靠技术，而是靠供销跑得好。

培训回来半年不到，锁根就再也无法专心去印他的糖果纸了。他算了一本账，他即便马上定级为一级工，他的工资也只不过一个月35块钱，年底能够拿到的奖金不会超过70块钱。但如果去跑供销，年底可能一分钱奖金拿不到，也可能一下子能够拿上几百块钱。他觉得他能够冒这个险，即便跑不到奖金，也总比在农村种地强。

锁根找到厂领导，说他想跑供销，哪怕奖金提成低一点也无所谓。要知道，那个时候，很多人还相当保守，还习惯性地觉得捧着个“铁饭碗”、吃着个“大锅饭”比较安心，很少有人主动愿意去跑供销的。锁根主动找上门来，还真的让厂领导是又惊又喜，拍拍他的肩膀，立马同意了他的要求。

锁根成为了中国历史上改革开放之后的第一批供销员。千千万万个锁根一样的供销员，有力推动了上个世纪 80 年代的镇江经济的飞速发展，成就了镇江地区的“供销员经济奇迹”，也缔造出了闻名全国的“四千四万”精神。

锁根在镇江彩印厂跑供销整整跑了 15 年。他可以称得上是一个大业务员，但他从来没有主动想过如何去成为一个老板，他觉得企业实行的承包责任制挺好的，跑供销挣来的钱已经够吃够用了。不过，这种“小富即安”、“小胜即满”的状态并没有如他所期望地那样一直延续下去：1995 年，镇江彩印厂进行企业改制，股份被出售给经营层，所有的老职工被“一刀切”，自谋出路。

锁根并不怕“一刀切”，他相信订单就是活路，有了订单，还不是想吃什么就吃什么？他便拉了七八个老职工，在老城区的民国春街找了个地方，投资成立了润州华兴印刷厂，主攻账册和报表的印刷业务。凭着他多年跑供销的人脉积累，他接下了镇江财政系统和许多会计事务所的业务，生意红火得连他自己都有点不相信。

2000 年，世纪之交的年头，也是锁根人生的一个转折点。

这一年，他已经有了一笔不小的积累。仅仅 5 年的功夫，锁根就有了自认的“第一桶金”。怎么用好这第一桶金？让第一桶金变成更多的金子？他决定涉足当时非常火爆的餐饮业。

鬼使神差，从来没有搞过餐饮业的锁根，竟然选中了淮阴的楚天宾馆白天鹅烤鸭大酒店。他决定把这个有着 12 个包厢的饭店承包下来，改造成当地最高档的火锅店。他觉得他同样会在餐饮上取得辉煌的成功，就像他 5 年前一不小心就把印刷厂搞得非常红火一样。他花了 800 块钱请了所谓的“高人”给火锅店取名字，最终敲定的名字叫做“天府香火锅城”。

很显然，异地投资开设一家大规模的餐饮店，已经超过了锁根当时的能力和财力。但他似乎就是一根筋，八匹马也拉不回头。为了筹集资金，锁根背水一战，竟然断然地把经营多年的华兴印刷厂作价转让给了别人。

一个女人作了最后的努力，希望他开一个规模小一些的饭店，把印刷厂继续做下去，不要把所有的投资都砸在一个项目上。这个女人就是锁根的妻子韦娟。

韦娟是锁根在彩印厂时的同事。她先在装订车间当工人，后来调到仓库当保管员，管材料管了8年，直到1995年改制，随同锁根一起回家创业。那段时间，她实际上从不干涉锁根的事情，对锁根非常放心，把主要时间和精力都放在了相夫教子上。

但韦娟的劝阻没有影响锁根丝毫的决心。

很多男人都有个不大不小的毛病：烧钱的时候，特别喜欢听外面女人的话，特别不喜欢听自己老婆的话。锁根好像也不例外。

理想总是非常美好的，现实总是非常残酷的。天府香火锅城开业后只红火了一个星期，便开始门前冷落鞍马稀了。

楚天宾馆当时属于淮阴商业局。宾馆的总经理徐总和锁根一样纳闷，生意为什么好不起来？徐总便集思广益，张罗着把淮阴所有下属县市的商业局长请来品尝火锅。这些商业局长吃完火锅后，很不以为然地说，这火锅辣得来辣得去的，没什么吃头，没有红烧大甲鱼，没有软兜长鱼，有什么好吃的？

锁根自己并不知道，包括徐总在内，他们其实对淮阴人的消费习惯还不是很了解。由于淮阴的菜具有自己非常鲜明的特色，本身即是维扬菜系中淮扬菜的重镇之一，因此，淮阴人舌蕾对火锅的接受，注定是一个漫长的过程，还要等到10年之后。超前进入市场的产品，和过气了的产品一样，也注定其命运是悲壮的。

一年之后，锁根从淮阴铩羽而归。淮阴之行，让锁根亏损了整整30万元。这一年，镇江一个正常上班的工人，一年的平均工资收入还不到1.2万元；一套两室一厅的房子，即便在比较好的地段，也不会超过6万块钱。涉足餐饮业的结果，让锁根知道了什么叫做“损失惨重”。

“四千四万”的精神让锁根不会轻易地倒下，就此一蹶不振。好在印刷行业的人脉还在，锁根决心重操旧业。原来的印刷厂已经转让，只有另起炉灶。他选中了镇江城与老家三山之间的官塘。在官塘中学，他挂牌校办企业，又办起了一个印刷厂，名字叫做润州区官塘印刷厂，还是由他自己担任法定代表人。

印刷厂虽然重新开起来了，但此时的锁根已经不是从前的锁根了。锁根并没有意识到，当他的厂离城市的喧嚣越来越远，离家乡的宁静越来越近的时候，他的斗志其实已经在迅速地衰落。

两年不到的时间，镇江如雨后春笋般冒出的新的印刷企业不知道又有多少家了。而且，这些新成立的印刷企业，不仅资金雄厚，而且设备更加先进。没有太多钱投入的锁根，只能用些二手的设备，接些印刷精度不高的活，算是苟延残喘。

技术含量不高的业务只能靠成本来竞争。像他这样的小厂，最大的成本自然是人工成本，最低廉的人工成本当然是他自己了。为了节约成本，他变得喜欢给工人施加压力，更加容易挑工人的刺，动不动就要人家回家。他后来发现，如果为了压缩成本，只有不断地裁员；人员裁得越多，业务量也接得越少；业务量越少，就越要裁员。裁到最后，几乎只剩下他自己了。

以前的锁根没有夜生活，第二次开印刷厂的锁根有了夜生活，喜欢上了麻将，把家当成了旅馆。以前的锁根，虽然为了跑业务，一年时间倒有半年不在家，但韦娟对他很放心，觉得他就是飞出去的鸽子，到时候自然就会飞回来。第二次开印刷厂的锁根，虽然人没有跑远，深夜也回来睡觉，但给韦娟的感觉却是这个人好像已经在自己生活中消失了，她仿佛在吃力地牵着一只风筝，手中的线随时都会断掉。

韦娟并没有埋怨锁根，而是自己默默地每天赶到厂里，亲自做起了装订和糊纸袋的活。但锁根似乎并没有注意到这一切，仍然是一有空就和几个朋友打麻将，甚至彻夜不归了。

韦娟苦口婆心地劝锁根少跟那些朋友来往，说近墨者黑，这样下去，日子就没有奔头了。但那时候的锁根，仍然好面子，不太听得进韦娟的话，却特别听朋友的话。

韦娟养起了猫，而且不是一只，是两只。这其实是一个非常特别的信号。一个女人突然对猫感兴趣，养起了不止一只猫，说明这个女人内心里已经觉得孤单，她需要男人给予更多的关心和温暖。否则，她只会跟这个男人渐行渐远。没有学过心理学的锁根哪里能够看出端倪，仍然是我行我素。

变化最大的是，锁根开始对家里的钱也斤斤计较起来。自从淮阴回来之后，他不再把所有的钱交给韦娟，而是自己挣钱自己花了。

终于，韦娟对锁根彻底失望了。韦娟回了娘家，正式向锁根提出了离婚的要求。

锁根大吃一惊。他根本没有想到韦娟会跟他离婚。他动员韦娟的妹妹和弟弟做韦娟的工作，但韦娟是铁了心，坚决要求离。韦娟告诉锁根，如果不能断绝与那帮打麻将的朋友的关系，改变不了好玩的习惯，只是把家当作旅馆，做夫妻还有什么意义呢？

几乎所有的男人在成长过程中都会出现一点认知上的障碍，往往不知道什么才是自己今生最珍贵的东西。但这种毛病会被某件事情一刺激，突然就好了起来。当韦娟向锁根提出离婚的时候，锁根这才发现，自己忙来忙去，不就是为了老婆孩子吗？如果忙到最后连老婆都没有了，这不是在瞎忙吗？

锁根开始思考自己的生活。他想，当年跑供销的时候，娶妻生子，那时候是非常幸福的。后来被迫创业，奔着自食其力的目标，也很充实。后来有了钱，就想着赚更多的钱，做更大的事情，除了增加一些吹牛的资本，好像也没有觉得更多的快乐。再后来失败回家，除了钱没有了，老婆还是像以前一样关心自己，儿子还是像以前一样在乎自己，也没有失去什么。如此看来，健健康康地生活着，快快乐乐地有些事情做，不就是真正的幸福吗？幸福跟钱多钱少好像没有直接的关系。

锁根悟得更深的是，人生就这么多年，很多事情自己经历过了，不论成败与否，这种经历本身就是一种收获，就是一笔巨大的财富。

我问锁根，当年离婚的时候，你有没有把这些想法跟韦娟谈过？

锁根笑了，那个时候我讲什么话老婆都不相信了，这样的话讲了也没有用，还不如用行动来证明自己确实改变了。

韦娟跟锁根领了离婚证，但并没有与锁根分割家庭财产。锁根觉得生活的天空虽然阴沉下来了，但迟早还会出太阳，阳光还会照在他的身上。他觉得，自己不能再这样下去了。他好交际，好结交朋友，如果再让他守着个印刷厂，他的时间仍然由自己把握的话，他很难拒绝那些朋友们的诱惑，很难不去打麻将。

2014 年的年底，锁根终于做出了一个重大决定：当一个本本分分、普普通通的保安。

他相信，只有用这样的工作来约束自己，才能让自己脱胎换骨，做一个让韦娟再次满意的好男人。

2015 年 1 月，锁根应聘到财富广场做了秩序维护员。他把官塘的印刷厂交给了别人，自己过起了按时上下班的生活。闲下来的时候，也会看一些书。韦娟则仍然会回来照顾儿子，打理家务，只是不再去管锁根的事情。每个月，韦娟都会问一下锁根开销了多少水费、煤气费和电费，然后自己掏一半的钱，两个人实行严格的 AA 制。

一天晚上，锁根请我到他家吃饭。9 点半钟，锁根和我都有些微醉了。此时有人用钥匙开门。有一个身材高挑的女人走了进来。锁根说，我老婆回来了。韦娟微笑着向我打了声招呼，便走进自己的房间，把门关上了。我估计她是在照顾她的两只猫。过了一会儿，门重新打开，韦娟站在客厅里开始跟我聊天。

韦娟说，她现在是早出晚归，要到父母家照顾生病的父亲。儿子现在在外地上班，也省了不少心。虽说跟这个人办了离婚证，每次朋友来家里吃完了喝完了，还是我给他收拾整理。这个人心不坏，就是爱玩，现在比以前好多了。这个人有的时候非常马虎的，到现在还是记不起我的生日。离了婚，不用再管这个人了，反而轻松了。以前怎么说他都不听，现在反而对我客客气气了。将来？将来不知道他会是什么样子，还是现在这样子比较好一些。

大约夜里 11 点钟，锁根送我下楼。我对锁根说，这样的老婆，离了真是太可惜了，赶紧想办法复婚吧。

锁根很不好意思地对我说，我哪里想离？当年离婚由不得我做主，现在想复婚也是由不得我做主。现在这样大家各自保持一种相对独立的状态，确实让我改变了不少，也许并不是一件很坏的事情。

临分手的时候，我问锁根，老板当过了，再当个普通的保安，心理上有没有落差？

锁根笑了，当然有落差。不过，可能正是因为有了落差，这辈子过得才觉得跟别的人有点不一样。大家都觉得瀑布很好看，很壮观。反过来想想，瀑布给大家很深的印象，还不就是因为有了落差吗？

刘树安：种出『绿银行』，富美唐陵村

文／尤　恒

刘树安，江苏句容人，1961年生。1979年进入乡镇窑厂，后被选调乡镇派出所，再“下海”拥有了自己的基础打桩队。1998年加入中国共产党。2007年至今任唐陵村党委书记。2016年至今当选江苏省党代表、镇江市人大代表、句容市第九届、第十届政协委员。先后荣获江苏省农村基层党建工作突出贡献奖、江苏省优秀共产党员、江苏省吴仁宝式优秀村书记、镇江市人民奖章。

在刘树安童年的记忆里，村里的街坊邻居曾指着他对母亲说，这孩子的名字好呀，树安树安，大树底下好安生，您的下半辈子就指着这儿子了！虽然是句玩笑，但母亲的脸上还是笑开了花，抚摸着儿子的头说，就看他以后的造化了。

没想到，一句玩笑竟是一语成真。2007年4月，46岁的刘树安走马上任唐陵村党委书记，带着3000多乡亲们，在10平方公里的唐陵村岗旁坡地，从种树开始，组建“村社合作”的华安彩叶专业合作社，成立花木商会，引进上市园林公司，建成苗木交易市场“木易园”，成立花木运输队，开设华东店苗木网上商城，建立三产配套的乡村综合服务体“唐陵苑”，开办电商产业园，发展森林旅游……曾经的荒山秃岭已经变成了“绿银行”，唐陵村的树，美了唐陵，鼓了村民的“钱袋子”。2017年，唐陵村人均收入达到4.5万元，是镇江农民人均可支配收入的2倍。

如今，唐陵村乡亲们都说，刘书记就是棵大树！

可当初，刘树安怎么也想不到自己会跟树结下不解之缘。

2007年的初春，刘家的别墅里，一场家庭会议正在举行。参会的只有四个人：刘树安、妻子、儿子、女儿。会议的主题是：刘树安究竟回不回唐陵村当书记。四个人四个态度，妻子家乡观念重，先松口了；可正读大学的儿子坚决反对，女儿摇摆不定。此时的刘树安一言不发，因为他一直处于纠结之中。2006年，天王镇的书记、镇长，还有镇里的其他头头脑脑们，分批跑到他在南京的工地上，希望他回到自己的家乡唐陵村担任党委书记。有位领导甚至半玩笑地说，一周七天，做了村书记，你五天用来搞自己的“资本主义”，两天搞村里的“社会主义”，不耽误你什么事。一年里，他的思想一直处在拉抽屉的状态之中，这个抉择竟是如此艰难。

刘树安自有纠结的理由。身为唐陵村人，他自然知道村里的现状。由于地处丘陵山区，村子严重缺水，灌溉得七级翻水，打出来的粮食卖出去挣来的钱连付成本都不够，80%土地都抛荒了，唐陵村成了远近闻名的“三多村”，即穷人多、上访多、麻将馆多，更可怕的是，麻将馆里是非多，打架斗殴的事时有发生。恶名在外山村，谁愿意回去招惹它？况且自己在外打拼十多年，已挣下了一份产业，甚至连镇上发不出工资，都开口来这里借钱。

想当初，自己背井离乡去创业，不就是为了逃离吗？可当初，自己是铁了心的。

1979年，刘树安高中毕业后，就到乡里的窑厂工作。那时的乡镇企业刚刚兴起，发展非常红火。刘树安在窑厂里也是如鱼得水，生产组长、车间主任、副厂长，一路走来顺风顺水。到了80年代末，乡里组建派出所，乡政府从企业里百里挑一，选了6个人充实到公安队伍，组建治安联防队。刘树安亦在其列。那时人的想法与现在不一样，都想捧个“铁饭碗”，吃上“公家饭”。没成想，“公家饭”吃得并不安稳，“铁饭碗”其实一点也不铁。1993年受亚洲金融危机的影响，乡里好几个做外贸的企业都垮掉了，乡财政收入锐减，派出所连工资都发不出来。那时候的刘树安上有老下有小，都指着他每月的工资过日子。拿不到工资，日子怎么过？刘树安思来想去，心一横，牙一咬，干脆“下海”去！于是，他向派出所提交了“停薪留职”申请。派出所领导批准了，但提出必须每年向所里交1万元的保证金，否则就留不了职。要知道当时的职工工资每月不过几百元，这1万元相当于两年的工资还要拐弯。如此苛刻的条件，他还是认了，因为他下海需要的12万元启动资金贷款，是派出所所长出面做的担保。

机遇总是留给有准备的人。刘树安“下海”并非一时心血来潮。在派出所工作时，他时常有出差的机会，他发现所到之处无一例外地总在拆建，他预感到一个大拆大建的时代就要到了，如果能赶上这个潮流，肯定能狠狠赚上一笔。由于他喜欢交朋友，与东南大学的亲戚老乡们都保持着联系。当他得知东南大学要成立建筑基础公司时，他敏感地意识到这是他的一次机会，于是他决定参股。他敢于停薪留职，很大程度上看准了东南大学这个后盾，那就是接业务不用愁。他用贷款来的12万元和自己的积蓄入了股，购买了一台打桩机，就领着村里十几个年轻人“杀”了出去。这一路走来很是顺畅，到2005年的时候，他已拥有了10台打桩机，又另外租用了10台，20台打桩机带动了天王及茅山革命老区400多人就业。他个人的年收入也达到了500万元，成了名副其实先富起来的人。

当镇领导第一次上门做工作时，刘树安是一口回绝的，因为2006年正是大拆大建的黄金期，他的事业风生水起，高潮不断。但是，一位领导的一句话“老刘，唐陵需要你”，让他心头一颤：被人需要是一种幸福呀！那晚，他失眠了，忍不住叫醒妻子，把心里的想法一古脑儿都倒了出来。妻子说，既然镇里这么看得起你，总得讲情讲义吧。他知道，妻子心动了。可孩子们呢？孩子们都大了，这样大的事该听听他们的意思。

家庭会议还在开，争论依旧激烈。怎么办？总不能没完没了地争论下去吧。今晚必须做出决断！刘树安拿出一张白纸，裁成三片，说：“你们仨投票，愿意我回去的，就在纸上写上‘回’，不愿意的就写‘不’。少数服从多数！”

妻子和儿子二话没说就在纸上写上了字，折好交给刘树安；女儿犹豫着，在纸上写了涂，涂了写。这时，刘树安看见妻子向女儿深深地望了一眼，在母亲的目光里，女儿终于写好了字，折好交给父亲。刘树安把三张纸一一展开，两票“回”一票“不”。三张纸条替刘树安作出了抉择。

2007 年 4 月 1 日，刘树安走马上任唐陵村党支部书记了。没有想到，“身在此山中”，才见识到“庐山真面目”。他上了趟村委会的厕所，见到的情景差点没让他吐出来，遍地屎尿，臭不可闻，蹲坑里的粪便都快漫出来了。一了解才知道，因为欠水费，村委会已 10 个月不通水了。再一翻村账本，竟是欠债 105 万元，其中几十万是给饭店打的白条，还有几十万是村干部工资白条。没有想到唐陵村的真面目比自己想象的“狰狞”得多。更令他没有料到的是，他还在翻着账本，句容市政府的电话就来了，说是村里的老书记来上访了，让他赶紧去带人；刚放下电话，句容市纪委的电话又到了，说是有唐陵村村民到纪委举报。放下电话，刘树安重重地坐了下去，竟有了快崩溃的感觉。镇领导再三跟他说，让他来当这个村书记，就是来抓经济工作的，哪想竟摊上这么多烂事、破事。开弓没有回头箭，临阵逃脱不是他刘树安的性格。等把那些上访的老村干部接回来才知道，由于在职的村干部们以抓阄的方式分了村里的集体资产以抵押工资，退休的村干部不干了，群众也不干了。刘树安这才真正意识到自己这个村书记，根本不是搞经济工作这么单纯，简直就是在火上烤。这天夜里，他在自家的客厅里踱步到了天亮。

第二天，刘树安早早出了家门，挨家挨户通知村里的每一位党员，到村委会集中。于是，一场“党员入户大走访”开始了，这一走访就是一个多月。等摸清了“家底”，刘树安就开始立规矩，从香烟和饭店两个“烟囱”管起，建立党务、村务、财务公开机制和监督机制，减少不必要的开支、减少村民不满意的地方，这是做“减法”；坚持民主决策，凡是关系到全村发展、村民利益的事一律召开党员大会和村民代表大会，避免决策失误走弯路，除掉群众心中的疑虑，这是做“除法”；积极鼓励党员带头创业，培植致富典型，发挥党组织的凝聚力，这是做“乘法”。规矩立了，关键在执行。刘树安身体力行，拿出自家的积蓄垫付了拖欠的村干部工资和水电费；利用自己的社会影响力，到银行申请贷款，垫资偿还村里的债务；多次协调法院、检察院对村干部私分村集体资产的行为进行矫正。7个月下来，村两委班子正常运行了，饭店的白条子兑现了，村集体资产全部收回了。

村民们说，这个刘书记是真来干事的，好样的！

可是谁又知道刘树安为此付出了多少？由于没有时间和精力，他只能把自己的打桩队交给弟弟打理。7个月里，他的体重减了10多斤，常常离家时是一身钢筋铁骨，回家时就成了一摊烂泥。妻子看着心疼，但她深知丈夫的脾气，要么不干，要干就要干好。她所能做的，也只是照顾好丈夫的生活，不断给他打气。

其实，刘树安在“拨乱反正”的同时，一刻也没有忘记自己来当书记的“初心”，那就是抓经济工作。经济是基础，经济上不去，现在的安稳只能是一时的，唯有经济上去了，唐陵村才有指望。可是，出路在哪里？村子不算小，18个自然村，土地总面积1万亩，问题是缺水，种粮食种一亩亏一亩，养殖业都是费水的，连想都不敢想；引进工业吧，投资方的来路是个问题，污染又是个问题；搞三产吧，虽然离茅山风景区很近，但村里既无一产又无二产，对游客没有任何吸引力。就唐陵村这点家底，再也经不起折腾了。思来想去，只能“靠山吃山”。做工程时，他跑遍了上海、南京、苏州、无锡、常州，这些城市都很美，很多主干道都是四季常绿，花开四季，一些中高档住宅区简直像花园一样，还有这些城市的外企特别多，厂区内花香鸟语，绿树成荫。如果发展苗木、花卉，肯定有市场。再说，苗木、花卉无需太多的水，正契合了唐陵村的资源特点。对，就走“苗木产业致富”的路子！

这条路子能走得通吗？村民们疑疑惑惑。

2008年初，刘树安动用自家100多万元的存款，带着15名党员干部在岗坡地上栽起了300亩苗木，有香樟、榉树、朴树……大家知道，他们栽下的不仅仅是树，更是唐陵村的希望。大家都铆足了劲，挖塘、栽种、浇水、管护……

无一不做得一丝不苟，成活率达到了100%。2008年6月，华安彩叶苗木合作社挂牌成立，15名党员干部成了最初的成员。由于第一批苗木卖得很好，合作社成员得到了实惠，村民们心动了，积极行动起来，纷纷加入合作社，跟着刘书记栽树致富。到2009年时，合作社成员达到了50多户，全年苗木销售额达到1.5亿元，户均销售300万元。在山村里待了一辈子的乡亲们，做梦也没有想到，栽树能赚钱，栽树能致富，于是家家户户都忙碌开了，原本抛荒的承包田都种上了树养起了花，脑子活络一点的，还在林下养起了鸡，种起了菜……现在，全村100%的家庭都加入了合作社，唐陵村成了名副其实“长在树上”的村。

但是，刘树安是清醒的，他明白发展越是红火越是要居安思危。在合作社运作过程中，他敏锐地发现了新的问题——交易市场不配套。有社无市，终归不是长久之计。于是，他和村班子成员商量决定，再做一次“第一个吃螃蟹的人”，建立苗木交易市场，让唐陵村走上苗木产业产供销一体化发展的道路。

这个思路得到了镇党委、政府的认可。但采取什么样的运作机制是个问题。上级给出的建议是可以成立股份制，由刘树安控股。这确实是个可行的办法，因为村里没有建市场的钱，他刘树安个人却拿得出。但思来想去，他坚定地否决了这个建议。如果真的由自己控股实行股份制运作，那么乡亲们会说，刘树安在外面混不下去了，回乡来抢大家的饭吃。人言可畏呀！更要紧的是，他是村书记，必须有一定的思想境界，苗木市场归根到底是集体的资产，他不能控股也不必控股。

钱，他刘树安可以垫付，可地必须从乡亲们手上流转。村民听说要流转土地建苗木市场，又担心起来：种树种得好好的，又来折腾什么？万一自己的损失补不回来怎么办？甚至有人冲到村委会，掀桌子，抡起拳头就要打。刘树安正色道：你现在打我，是为公，我不跟你计较；出了这个门再打，那是为私，我决不饶你！还有人冲到刘树安家里，指着他的鼻子骂：你牛什么牛？除了瞎折腾，你还有什么本事？你根本不配做书记！连续几天，家里被闹得鸡犬不宁。受了一肚子委屈的妻子流着泪说，这是何苦呢？悔不该当初怂恿你回来呀……刘树安把委屈往肚子里咽，安慰妻子说：他们说我不配当书记，我就是要当给他们看看。我不仅要当书记，还要当个好书记！

属牛的刘树安，牛脾气一上来，十头牛都拉不回来。他明白，群众对流转土地建交易市场的事想不通，主要怕利益受损。于是，村两委集体讨论研究决定，向村民们作出承诺：土地流转年租金 800 元 / 亩以上，第一个五年后递增 15%，第二个五年后递增 20%；第三个五年后递增 25%；所有想创业的村民，由刘树安个人担保，帮助在银行贷款；每个干部挂钩两到三个群众，帮助他们脱贫致富。这些承诺犹如给村民吃上了定心丸，大家纷纷与村委会签订了流转合同。在市、县两级农委的大力支持下，2009 年 3 月刘树安个人拿出 100 万元借给镇财政，12 月底建成占地 152 亩的一期苗木交易市场。

乡亲们没有想到的是，这苗木交易市场犹如种下了梧桐树，引来了一只只金凤凰。2010 年，进入苗木交易市场的苗木户、经纪人有六七百户，交易额达到 5 亿元；还吸引来了广东棕榈和南京仁恒两家上市园林公司，为唐陵村经济发展注入了新的活力。

从此，唐陵村苗木经济发展步入了快车道，2011 年成立镇江市首家苗木商会抱团经营闯市场，2014 年苗木市场二期建成，2015 年成立苗木运输队，家家户户办起了农家餐饮；2017 年又搞起了华东森林产品电商城，建起了乡村综合体，给创业者们在唐陵安上了“家”，带动周边的“树下”产业全部实现网上销售。

苗木产业的红火带动了唐陵村集体经济的壮大，2007 年村集体收入不到十万元，经过10年的滚动发展，到2017年村集体收入达到了400万元。村集体富了，村里的公共设施也完善起来，2014年村里实现了水泥路户户通，建起了村养老院，一些传统的民俗文化也慢慢恢复起来……现在又乘着乡村振兴战略的东风，着手实施水质净化、道路拓宽硬化、农村亮化、乡村美化、生态绿化、唐陵文化“六化”工程，集“六化”为一体的民宿旅游经济已经有了端倪。

10年发展，唐陵村先后获得“全国创先争优先进基层党组织”、“全国一村一品示范村”、“国家级农民专业合作社”、“江苏省最美乡村”等荣誉。刘树安本人也当选省党代表市人大代表，被评为吴仁宝式村书记、省优秀共产党员等。

唐陵村的乡亲们说，刘树安的名字好啊，带着大家种下了摇钱树、致富树、小康树，他就是咱们的福音树！

过去的唐陵村穷乡僻壤，荒草丛生；现在的唐陵村，春有桃花、樱花、海棠，夏有紫薇、黄金葵，秋有桂花，冬有腊梅，争奇斗艳，万紫千红，好一个“最美乡村”！

纪桂发：代课老师的华丽转身

文/滕建锋

纪桂发，江苏大港中学教师，40年立足于三尺讲台。上世纪70年代末参加过三次高考，1988年考上南京师范大学研究生班。从一个高考落榜生，到一个农民身份的代课老师，再到特级教师。当选镇江市第四届青联委员，连续三届当选为镇江市人大代表，连续四届当选为丹徒区政协常委。

“这样，明天早上咱俩一起吃面条。边吃边聊。”辗转联系上纪桂发，想要采访，他在电话里就这样回答我。

“吃聊”的话题往往都是发散性的，那天最先聊的竟然是电影。“我也爱看电影，前些日子的《芳华》我也看了。人的命运总是与时代融为一体的。而我的幸运就是，我的青春芳华遇见了改革开放这个大时代。”随着交谈的深入，我也慢慢窥见了纪桂发老师这40年的岁月芳华。

那座三次闯不过的“独木桥”

首先，在40年的语境里，我们还是把时光的指针调回到1978年。那时的纪桂发，是一个高中生，一个艰辛求学的农村少年。

纪桂发是镇江丹徒区荣炳人，1962年9月出生，在他们这一代人的记忆里，“穷”和“苦”是占据了很大篇幅的。父亲是旧社会的放牛娃，无依无靠，后被李姓家爷爷收养，艰难长大，母亲生来体弱多病，30岁后不能下地干重活。上要孝敬老人，下要拉扯子女，家庭的千钧重担全压在父亲肩头。“拖板车，卖苦力，拉扯我们兄妹4个长大，父亲吃了不尽的苦，但是再难他也坚持要我们全部上学，他说自己吃够了没有文化的苦，不能把这份苦传给下一代。”回忆这段旧事时，纪桂发是动容的。作为家中老大，他不仅要尽可能帮助家中干农活，还要为3个妹妹做好学习的榜样，“父亲在艰难岁月里的坚持让我学会了担当，让我对知识保持了强烈的渴求，这都是我一生受用不尽的财富。”

1975年，纪桂发开始上初中，在荣炳乡胜利中学，大队里有点文化的农民来当老师，低矮的草房，泥夯的课桌，纪桂发在这里度过了4年的时光后，于1979年参加高考，这位全校的尖子生却因差7分而遗憾落榜。凌全福校长怜才心起，帮他联系了宝堰中学，让他再读一年补习班。“真的是没有比较就没有伤害，到这里上学之后我才知道真正的课堂是怎样的，师资和同学都完全不是一回事啊！”满怀惊奇的纪桂发如饿汉扑在面包上一般拼命学习，啃书本，啃习题，恨不得一天掰成两天用。

然而，生活并不会因为你努力就一定马上变好。1980年的高考，纪桂发再次失利。两次高考折戟，让他有些心灰意冷，不过，他又收到了丹徒县大港中学高考补习班通知书。在家人和老师的鼓励下，他又来到大港中学读补习班。“那是我第一次来港中，谁曾想便从此与港中结下了割舍不断的情缘，从那时开始到今天的这 39 年，我的职业生涯都是在港中度过的。”站在办公室窗口，看着现在作为江苏省大港中学的崭新的现代化校园，纪桂发无限感慨。

1977 年的恢复高考是划时代的一次壮举。无数知识青年欢呼雀跃勇闯独木桥，但这个独木桥实在太窄了，向纪桂始终没能通过。1981 年的高考，他再次与大学失之交臂。看着含辛茹苦的父母、看着逐渐长大的妹妹们，纪桂发默默地把所有课本锁进了箱子，拒绝了亲人们“再试一试”的劝说，顶着烈日扛起锄头下地干活，“认认真真当一个农民”。

人生中总有一些日子会让你终生铭记，纪桂发就永远记得 1981 年国庆假期，9 月 29 日那一天，正在田间干活的他被喊回家，家里来了一位尊贵的客人——当时丹徒县大港中学生物老师颜鹤寿先生。颜老师开门见山：“现在学校生物老师紧缺，鉴于你生物学科成绩优异，学校行政办公会决定，希望由你来学校做生物代课教师，你愿意不愿意？”这个消息如此突然，真是让纪桂发又惊又喜。“1981 年，生物学科第一次计入高考成绩，这门课我之前从没上过，但是我一接触就喜欢，喜欢就更加努力钻研，30 分的总分考了 29 分，我自己很惊讶，老师也很惊讶，但要去当生物老师我还是非常意外。”颜鹤寿 1953 年从原南京师范学院生物系毕业后到大港中学工作，是一位德高望重的老教师。正是颜老的力荐和这一趟跋涉，让年轻的纪桂发开始了他的教职生涯。

那个努力拼搏的代课教师

那时的纪桂发一半是农民，周末回家帮父母干农活；一半是教师，拿着每个月 28 元钱的工资，教 4 个班的初中生物。作为新手，他努力学习，跟着另外一名生物老师王铭湘当学徒，学一节教一节，同时用最快的速度自学颜老师送给他的全套大学生物教材。当时生物老师各地各校都紧缺，1983 年，句容县为开办职业中学，与句容农校合办了一个农林职业技术师资培训班，丹徒获代培名额 5 人。“那也是一次非常难得的学习机会，因为我是临时代课教师的身份，学校有不同意见，通知要求 5 月 10 日报到，5 月 9 日才决定让我参加，

还是外出归来的张德昌校长亲自拍的板。”纪桂发十分珍惜这来之不易的机会，拼命学习，14 个月时间，农林茶畜牧饲养各个基础学科全部学完。培训结业，因为纪桂发总成绩第一名，在任课教师的强烈要求下，句容农校在大家都领到的结业证书之外，专门给他发了个奖状。

1983 年暑期人事制度改革，丹徒县招考第一批合同教师，生物学科招两个，纪桂发高分考中，从代课教师转成了一年一签的合同教师。1987 年变更成为“长期顶编缺额”代课教师，虽然其他待遇与公办教师一样，但户口还在农村。从 1986 年秋季起，他还被委派到圌山中学高中班，代教生物课，1988 年圌山中学的生物高考成绩位于丹徒县第二名。从 1988 年秋季起，纪桂发开始在本校带高三年级，学校的生物成绩一直非常优异，尤其让他欣慰的是 1989-1993 年连续 5 年高考，生物单科成绩一直在全省前五名。

因为学历和身份问题，纪桂发错过了很多机会。1984 年，想报考丹徒县合同干部，未获领导同意。1986 年南京师范大学生物学科函授招生，纪桂发想报名，被一句“合同教师怎么可以考”挡了回来。“直到 1988 年，江苏省招考生物教师本科函授班，我感觉岁月不饶人，不能再失去这次机会，经过反复奔波，我在镇江教育学院获得的《教材教法免试合格证书》被认可相当于大专水平，获得报考资格。”扎实的基本功，加上勤奋备考，纪桂发以 5 门课（植物、动物、人体解剖和生理学、马克思主义哲学、教育心理学）总分 303 分的成绩考取了江苏教育学院生物系。“那一年考试号称史上最难，不少学校的很多专业招不到人，或者招不足人开不了班，我真是憋着一股气，考出了比较好的成绩。”1988-1991 年，在江苏教育学院生物系本科函授 3 年，他逐渐“开始有底气了，不自卑了”。当然，1998 年时纪桂发又考上南京师范大学研究生班，这是后话了。

中间还有个插曲，1996 年 6 月，纪桂发考取了镇江师范学校民师班，在职学习两年后，获得镇江师范学校的毕业文凭（普师），作为 1998 年的统配生，成为正式的公办教师。而有意思的是，就在他考取镇江师范学校的 1996 年 11 月份，江苏省一纸红头文件，又使得纪桂发可以直接转正为公办教师了。

那份说不完的感激之情

从 1981 年走上讲台至今，纪桂发已经度过了 37 年的教师生涯，这么多年来他一直任教初中生物、动物学、植物学、生理卫生、高中生物等相关学科，时代变化，生物学科教材也历经多种、多次改革，他都努力参与、积极推行，获得了广泛的认可。

他参加了乡土教材《镇江生物》的编写和教学工作，多次参与省编生物教材的修订讨论、新教材试用、推广工作。在多年的高中生物教学中，他注重点滴积累和经验总结，主编教材教辅用书 16 本，参编教学参考资料及地方教材 4 本，在省级以上刊物发表论文 20 多篇，并有多篇论文在省、市、县（区）级论文评比中获奖。主持或参加多项国家级、省市级重大课题的研究并取得较大成果。他还注重教育方法研究，被吸收为江苏省教育学会会员、江苏省心理学会会员、江苏省陶行知研究会会员。他还先后被评为江苏省特级教师、江苏省师德先进个人、江苏省金钥匙科技竞赛先进个人、江苏省实施素质教育先进个人、江苏省青少年科技活动先进个人、镇江市学科带头人、镇江市科技骨干等，入选镇江市生物学科基地专家组成员、镇江市中学高级职称评委，并参加了 2010 年江苏省高考命题。

同时，纪桂发还逐步担任起学校的行政职务，1991-2002 年先后任大港中学生物教研组长、教科室主任、教务处主任，2011 年起开始担任大港中学工

会主席。他热心社会事务，加入了中国民主建国会，后担任民建丹徒总支主委、民建丹徒基层委员会主委，先后当选镇江市第四届青联委员，镇江市第四、五、六届人大代表，丹徒区第七、八、九、十届政协常委。“说起来，感觉自己最忙的应该是2016年，我捋过，连同教学至少8个工作头绪，半夜12点钟之前是很少下班回家的。”

为改变命运，努力拼搏很容易理解；如今事业有成，为何还这么拼？纪桂发笑笑，说：“今年过年的时候，我一个人坐在书房，突然很有感触，写了篇文章。我不是作家，写得不好，算心有所感，你帮我看一看？”这篇文章叫《心存感激》，读着读着，我似乎有些理解。

“……感激自己，感激自己的豁达、固执、可爱、忧伤、困惑，这一切绘成了我五彩的人生。

“感激生活，它教会了我坚强，教会了我乐观，教会了我以善待人和待己。让我学会了体味人生的酸甜苦辣。

“感激我所应感激的一切，是这一切让我喜，让我悲，是这一切让我领悟到了人生的真谛，是这一切使我的生活充满色彩……”

王学剑：CCTV法律讲堂的主讲人

文/董洪林

王学剑，1965年12月生。一级律师，江苏王学剑律师事务所主任，市律师协会监事长，全国优秀律师。第五、六、七届市政协委员，市政府法律顾问，市委政法委案件评查专家，市社会稳定风险评估专家，市普法讲师团成员，市仲裁委仲裁员，省律协监事，省高级律师职称评委，省法学会民诉法学研究会常务理事。江苏大学硕士生导师，央视《法律讲堂》主讲人。

王学剑，一级律师，名扬省内外。

他从业 31 年，从入行律师，到创办律所，再到服务律协，境界不断提升，格局不断放大，成为江苏屈指可数的全国优秀律师。

律师的智慧

王学剑的成长，伴随着中国改革开放的伟大进程。

改革开放，中国社会发生深刻变化。不断涌现的新矛盾、新问题，倒逼中国法治进程，促使政府深入研究和准确应对，也对律师提出新考验、新课题。

1997 年，镇江市发生了一起影响较大的德辉广场集资风波。因集资数目大、涉及面广，还牵出了某些违法犯罪行为，一时群情激愤，议论纷纷。

如何处置这一从未遇到过的公众事件？

市政府召集专题会议，并首次邀请律师参会。这个引起省领导关注的非法集资事件，在“兑付利率”问题上出现三种意见：按银行利息；先兑本金，利息再议；既然非法，只要归还本金即可，无须付息。第三种意见一时占据上风。

在点名律师发言时，31 岁的王学剑语出惊人。他开口就说，这三种意见均不妥，都难以解决问题。全场一片寂静。市领导反问一句：那你的意见呢？

敢于力排众议的他，提出一个“非法集资，合法处理”的法律意见。他的依据，就是国务院《企业债券管理条例》的相关规定，并从立法原理阐述可行意见、解答有关疑问。他建议，按照当时银行居民储蓄定期利率上浮 40%，作为兑付群众集资的利率标准。

会上最终统一认识，这是一个既有利于社会稳定，又符合相关法律规定的切实可行的方案，上报省里获批准。接着，市主要领导要求王学剑直接参与和德辉项目投资方外商的谈判。外商最终表示接受，并顺利地兑付了群众集资。

一场可能引发社会动荡的集资风波得以妥善处理。

事后，省司法厅对此专门发了一期重要信息，上报省主要领导和司法部。这种“非法集资，合法处理”的处置方案，还被其他省份采用或借鉴。

面对十分棘手的社会新问题，一个“小律师”竟用“四两拨千斤”的方案破解了。人们不禁要问：他哪来的如此出神入化的“金点子”？王学剑的回答

是，先搞清楚概念和事实，再运用法理进行分析和研判。他从国务院《企业债券管理条例》中得到启示，所谓集资，就是筹集资金；当时在企业内部合法发行的，就是企业债券；由此推断向社会公众非法发行的，就是所谓的非法集资。而《条例》中“企业债券的利率不得高于银行相同期限居民储蓄定期存款利率的 40%”的规定，正是寻求化解这起事件的“金钥匙”。

第二年，镇江在全省率先组建了市政府法律顾问团，王学剑名列其中，而其他成员均为市属主要律所主任。

作为市政府法律顾问，他在参与市政府的一些重大决策研究中，提出很多颇有见地的建设性意见；他多次陪同市领导接待群众来访，妥善化解十余起疑难纠纷和社会难点问题，得到几任市委书记的赞许。他后来还担任市委政法委案件评查专家、市社会稳定风险评估专家等职，现在他又跻身江苏省处理信访疑难复杂问题专家的行列。

王学剑始终认为，维护公平正义，服务公共利益，让百姓受益，是律师担任政府法律顾问和专家工作的出发点和落脚点。

律师的担当

曾担任市政协三届委员的王学剑，以“讲真话、敢担当”而出名。

2008 年 1 月 6 日市政协六届一次会议的联席讨论中，有学者委员提出恢复西津渡古码头的建议，与会的市主要领导当即予以首肯并要求有关部门拿出规划，其他委员在发言中也纷纷表示支持。

此时，坐在一旁的王学剑委员举手要求发言。他问，恢复建设西津渡的古码头，有这个必要吗？他从质疑筹建古码头需要动迁的资金预算开始，谈到我市的拆迁政策的缺陷，尤其指出我市亟需解决的基础民生建设投入严重不足，且缺少应有的规划和保障。

他大声疾呼，我们的决策如何才能更加科学化、更加程序化、更加法律化？我们的一切工作怎样才能更加符合民生的需求？我们要少一点形象工程、少一点政绩工程，多一点民心工程、多一点良心工程。

话音刚落，全场报以热烈的掌声。市主要领导在总结讲话中，多次提及“学剑委员”的精彩发言。

长期的律师执业工作中，无论是民事代理，还是刑事辩护，或是行政复议，他往往能化被动为主动，一次次被传为佳话。

在“庙堂之高”和“江湖之远”之间，搭起一座桥梁，需要担当和智慧。王学剑在长达20年为政府提供法律服务和参政议政的过程中，义无反顾地践行他的济世情怀。从这个意义上说，生逢其时的王学剑，是幸运的。因为，时代给了他展现律师才能的机遇。

律师的责任

王学剑众多社会兼职中，有一个看似并不起眼的职务：小学法制副校长。

2006年11月，《江苏省中小学生人身伤害事故预防与处理条例》出台以后，他在市政协会议上提出《关于建立校方责任认定委员会的建议》的提案，并在任职的市中山路小学及其他学校多次开展《校园伤害事故处理办法》的讲座。他的真知灼见，受到广泛关注和欢迎。京口区团委等授予他“优秀校外辅导员”；扬州等外地学校还特地邀请他上门辅导和提供有关法律意见。

王学剑热衷培养法学人才，多次深入大学校园，开展法律辅导和讲座。

2013和2014年，他受邀担任江苏大学辩论队教练，两次率队参加华东及全省法学高校辩论赛，两次均获冠军，在省内外高校中产生轰动效应。2015年，江苏大学研究生院聘任王学剑为该校硕士生导师。

王学剑与高校法科学子结缘，要从一起江苏省首例摄影著作侵权案谈起。

2002 年，句容摄影家何宪政就其《茅山揽胜》等 3 幅摄影作品，被电信部门侵权使用一案，在市中级人民法院提起诉讼。王学剑担任原告的代理人。

庭上，经过精彩激烈的辩论，法院最终判决，侵权方赔偿原告 3 万元。此案，创下了同类知识产权案件损害赔偿的最高纪录。《扬子晚报》等媒体对此进行了报道。

休庭时，出现了令人惊叹的一幕：旁听席上 300 多名大学生，纷纷围到王学剑身边，请求签名、索要名片。从他们渴望的眼神中，王学剑认识到，与莘莘学子交朋友，培养法学人才，是储备未来律师人才的必由之路。

2018 年 5 月，江苏省律师协会发出开展“律协走进法学院系”的通知。作为省律协监事、市律协监事长的王学剑，早已跨出了坚实的一步。

律师的风采

律师辩论赛，不仅增加了业界的交流与合作，更是对其提高职业技能和办案水平的一次实操历练。从 2000 年到 2016 年，江苏省举行了三届律师辩论大赛和一次青年律师职业技能大赛。

4 次省辩赛，王学剑 4 次参加。不同的是，从青年到中年的他，角色有变化；相同的是，他精妙精准的导演，为镇江队每次斩获大奖。

首届省辩赛中，35 岁的王学剑像一名“斗牛士”，越是人多、对手强的场合，他越是才思敏捷、收放自如。最后他获得全省“优秀辩手”称号，荣立三等功。

第二、三届省辩赛，王学剑勇挑教练重担，带领镇江队取得了更多的荣誉。凡有镇江队的出场，总是掌声不断、笑声不绝，开创了在律师辩论赛中添加幽默元素之先河，博得满场喝彩。竞赛对手也不禁称赞，没有镇江队的激情和幽默，辩论赛就不会精彩纷呈。

2016 年全省青年律师职业技能大赛辩论赛，年过半百的王学剑再次披挂上阵。他作为镇江队的领队和教练，带领选手以诙谐、幽默、机智的优异表现征服了观众和评委，取得了辩论大赛的第一名。

无论省、市大赛，无论是律师还是检察官的辩论赛，王学剑积极参与屡有贡献。对于他的精心设计和导演，参赛队员为之折服，获奖选手更是难抑感激之情。每次，他在台下为队员鼓掌，队员其实也在为他喝彩，他就是大家心目中当之无愧的“最佳教练”。

王学剑，还是江苏律师界走进央视《法律讲堂》第一人。

2011 年 4 月 22 日，走进央视《法律讲堂》首次开讲的王学剑，镜头前坦然沉稳，向全国观众讲述取材于镇江本地的一起法援案例《小唐的悲伤》。他以精彩生动的语言、精准的法理描述和循循善诱的解读，把一个原本比较琐碎的案例讲得条理清晰通俗易懂。节目播出后赢得观众的点赞，得到央视栏目组的认可。

他后来多次赴京，又相继录播了《蹊跷的伤残》、《神秘的米袋》、《飞来的手臂》等多期节目。他七上央视，以博学的知识、厚实的功底、敏捷的思维、绝佳的口才，展现了江苏律师的良好形象，受到社会各界广泛好评。

当年央视栏目组到江苏挑选《法律讲堂》主讲人，王学剑过关斩将，从 30 多名候选律师中脱颖而出。为何机会总是垂青王学剑？

机会都是留给有准备的人。无论寒冬还是酷暑，他每天晨练太极，内外兼修；从 954 字的《滕王阁序》一字不落的背诵，到每年创作百首诗作，他总是激情满怀，文思涌动。当机会一旦来临，必然显示出他过人的才智和风采。

律师的情怀

王学剑心怀黎民苍生，他的悲悯情怀能让高居审判席的法官为之感动。

在和一家强势部门对簿公堂、并需面对多方压力时，王学剑在法庭上动情地说道，我的委托人是一对下岗职工，我是免费代理此案的。我这么说，并不是希望博得你们的同情，而是要获得作为一个人的最起码的尊重。

在合议庭三名法官共同努力下，双方当事人终于达成共识、圆满结案。

王学剑言传身教，深深影响和感动了一批批青年律师。青年女律师严海霞的成长，就是其中的一个典型。

2015 年 8 月，在他的支持和帮助下，严海霞成为全省首位援藏女律师。严海霞在援藏期间的出色表现，离不开他的不断鼓励和遥控指导。为此，严海霞被评为“全国法律援助工作先进个人”，她和她的律所还双双获得全国律协嘉奖。2018 年，荣立二等功的严海霞，又当选为市律协女律师工作委员会主任。他以诗人的情怀寄语青年律师：舍身求法路迢迢，落日孤烟话寂寥。试看轻帆多奋勇，大江后浪过前潮。

从小学法制校长，到大学法律硕导；从四次参加全省辩论大赛，到七次走进央视《法律讲堂》；从三届市政协委员，到九三学社全国优秀社员；从全市十佳律师，到全国优秀律师……

曾经，为弘扬法治精神、捍卫公平公正，他一路坚定走来，执着而稳健；今天，求真求善求美的法治征程上，他依然砥砺前行，从容而自信。

尹琰：百年邮政的『绿色记忆』

文/张立华

尹琰，1965年生。经历了中国邮政这家“百年老店”近40年来“以邮养电”、“以电养邮”、“邮电分营”、“二次创业”等机遇与挑战并存的演变转型。她是镇江邮政普普通通的一员，也是镇江邮政新时代发展变迁的亲历者。

40年前，绿色的二八式自行车是邮递员最主要的交通工具，40年后，无论是在乡村还是城市，中国邮政汽车为用户带来的是更方便、快捷的服务；

40年前，邮政设施非常落后，基本都是人工操作，40年后，分件机以及各种货物分拣传输设备，能实施全程监控、全程查询；

40年前，邮递业务是邮政最主要的业务，40年后，金融、保险、速递、物流，邮政业务与百姓生活联系得越发广泛……

从1896年3月清政府批准开办大清邮政官局算起，中国邮政已经经历了百余年的历史，因此常被称作“百年老店”，意指其历史悠久、信誉可靠。镇江邮政的发展史与中国邮政几乎完全同步。1896年4月9日大清镇江邮局正式设立，下设两个支局，一在城内堰头街（今四牌楼），另一在城外的柴炭巷，成为全国最早的24个总局之一。

对于1965年出生的尹琰来说，在她被石家庄邮政高等专科学校录取之前，无论是中国邮政还是镇江邮政，20世纪80年代之前的前尘往事都一无所知。

但是，从80年代开始，她经历了中国邮政近40年来机遇与挑战并存的演变转型，也成了镇江邮政新时代发展变迁的亲历者。

1982年，17岁的尹琰参加了高考，不过，她并没有被自己理想中的大学录取，而是被调剂到了石家庄邮政高等专科学校。“怎么说呢？当时肯定是有点失望的。”尹琰说，不过邮政“绿衣使者”的称号，以及当时被人羡慕的“铁饭碗”让她很快就对自己未来的职业充满了向往。

墨绿色制服，大盖帽，邮递员永远伴随着“丁零丁零”的自行车铃声出现，笑容可掬地递上贴着邮票的信件。和大多数中国人一样，这是尹琰“小时候“对邮政最深刻的印象。

1985年，20岁的尹琰毕业了。尹琰的母亲是镇江人，大学毕业后被分配到新疆工作，并在新疆成家。待到尹琰毕业时，外公外婆年纪已经大了，身边没有人照顾，心怀歉疚的母亲给了尹琰一个建议：申请到镇江工作，这样可以照顾外公外婆。

尹琰听从了母亲的建议。

48.5元，这是尹琰刚进入镇江市邮电局时一个月的工资。之所以对这个数字记忆犹新，尹琰说，是因为大学期间，父母每个月给她50元生活费，再加

上学校补助，她每个月有将近 60 元的“可支配收入”。“工作之后反而不如上学的时候有钱了，一开始还真不适应。”

第一年是实习期，每个工作岗位都要轮训一遍。第一个岗位在分拣科。分拣科的业务量非常大。给据邮件的号码、收件人都需要“抄登内件清单”，而为了保证邮件的时限，分拣人员常常是上夜班，从晚上六点到第二天早上六点。“因为晨昏颠倒，经常会有恍惚感，一觉睡醒，不知道是上午还是下午。”

随后尹琰又被安排到转运科去“接火车”。这同样是一份苦差事。邮件分拣好之后，装进邮袋，由火车运往全国各地，同时在火车站接收由全国各地运来的邮袋。“火车停靠时间很短，当时我们一天要接 20 多趟火车，一趟车少则几十袋，多则上百袋邮件，都要在短时间内搬上搬下完成交接签收，工作量可想而知。”尹琰说，当时她实习正是冬天，搬邮袋时一身汗，在站台上等火车时却又冻得瑟瑟发抖，有时实在受不了了，就把空邮袋披在身上，“感觉自己样子像乞丐”。

虽然辛苦，不过 1980 年代是尹琰这样的邮政人的好时代。那时，邮政与电信还是一家人，统称为“邮电“。那是个“以邮养电”的时代，邮电业每收入 100 元，邮政就占到 80 元，再加上邮政业在人民生活中不可或缺的地位，“邮政的日子过得很舒服，大家的精神状态也很好。”尹琰回忆说，邮政当时是“老大哥”，电信则还处于投资的起步阶段。

邮政业务当时是一个怎样的情形呢？尹琰举了个例子。如果你当时想要通过邮局来订一份畅销的《大众电影》杂志，很有可能订不到，要提前“打招呼”甚至“找关系”。

在此后的几年里，尹琰先后在解放路邮政支局、大西路邮政支局担任局长助理。

时间悄悄地走进了1990年代。随着电话、传真以及互联网的陆续出现，第三次科技革命的成果惠及中国，“邮”和“电”的地位也发生了微妙的转换。

电信业务在这一阶段炙手可热起来。与以前订一份畅销杂志需要“找关系”一样，此时安装一部电话除了要交数千元的初装费，还需要排队。

而邮政业务却开始进入亏损。中国邮政是承担中国普遍服务的主体。“普遍服务”是一国政府对公民的承诺义务，《万国邮政公约》对其定义为：“以均一低廉的资费向所有地区的所有用户提供经常、优质的永久性邮政服务。”在当下中国，这个“均一廉价的资费”为本市0.8元，国内1.2元。

“这个远远覆盖不了运输、人力等成本，而且这些成本还在逐年增长。在这个前提下，邮政业务是不可能赚钱的。”尹琰说，同此凉热，镇江邮政也是如此。

不过，在“邮”与“电”尚未“分家”的时候，这样的变化对于普通职工来说影响并不大。“随着新业务的开拓，大家对邮政业务的萎缩都没有太大的感觉，有的业务挣钱，有的业务亏钱，收入没有下降，也就不会去考虑太多。”

然而，在1990年代末中国国有企业改革的大背景下，国务院提出了邮、电拆分的改革命题，并于1998年正式将中国邮政与中国电信分营。

与此同时，国家财政部门又决定，从1999年起，减少对邮政普遍服务的补贴，以刺激邮政部门向现代市场化企业的转化。

“铁饭碗”似乎一下子就不那么牢靠了。

此时尹琰已经调到了人事教育部工作，具体负责邮政业务培训。“说实话，在业务培训过程中，除了明显感受到邮政人员结构、知识结构的老化之外，更感受到了系统内部的人心惶惶。”尹琰说，不少老职工都觉得“好日子到头了”，再加上一段时间之后与分离到电信的原同事一比较，发现别人的收入增长很快，自己的收入却停步不前，甚至还有下降的可能，这种心理上的落差确实让人难以接受。

“离职潮”开始出现。“离开的人不少，我也有离开的机会。”尹琰说，有一次妹妹给她介绍了一份工作，到一家外企做人力资源管理，收入是她当时工资的两倍还多。“为什么没有离开，我也说不清楚，在一个单位工作了将近20年，那份情感说不清也道不明，却真切地存在。”

“那些年，日子非常艰辛，邮政系统开始‘二次创业’，单位想尽一切办法扩展市场，员工则是被各种任务压得喘不过气来。”尹琰说，几乎每个职工都被摊派了任务，推销保险、明信片、贺年卡、月饼、啤酒……卖过的东西五花八门。

这种“销售员”工作对尹琰来说特别困难。职工主要通过亲情营销、友情营销，而尹琰生在新疆、长在新疆，在镇江没有同学，也没有多少亲人，朋友大部分都在邮政系统内部，人家自顾不暇，更别提照顾她的“生意”了。

1999年，尹琰领到了一个推销寿险的任务，虽然只要求销售出去一份，但最终她也只能把这一份卖给了自己。“20年，每年交700多元，一直到今年才交完。”

与卖保险相比，尹琰更怕的是卖月饼。“保险还能卖给自己，几千元的月饼自己家确实吃不掉啊。”

当时有个同事，经常找一个朋友推销东西，有一次，她看到亲戚家自产的鸭蛋很好，想到朋友常给自己帮忙，便想给朋友送一点。谁知她刚问了朋友一句“喜不喜欢吃鸭蛋”，朋友就惊讶地说：“你们单位又卖鸭蛋了吗？”“这件事情我们一说起来就想笑，又好笑，又心酸。”

到2011年左右，这种状况得到了改变。邮政行业意识到这种“全员营销”的方式并不科学，也不高效。在不断摸索中，也慢慢寻找到了自己的定位，业务重心渐渐明确，走上平稳健康发展轨道。尹琰也终于从业余“销售员”的身份中解脱出来。

改革开放40年，不少行业一路高歌猛进，对于包括镇江邮政在内的邮政行业来说，前进之路却并非一帆风顺。

“邮电分营”之后，邮政又经历了政企分开，邮储、速递与邮政在同一面大旗下分业经营等数次改革。中流击水，奋楫者进。“百年老店”终于还是从风雨飘摇中走了出来。

“除了专职营销人员，下指标、派任务的情况已经不复存在，企业建立了比较完善的积分奖励制度，来激励员工发展业务开拓市场的积极性。而经历了1998年之后的阵痛，再没有人会认为可以继续躺着挣钱，相反绝大多数邮政员工都有了市场意识、学习意识、服务意识，始终跟着时代的大潮向前走。”尹琰说，再过两年，她就要退休了，属于“老人”了，但是单位管理的电脑网络系统她都会使用，办公中需要用到的操作软件她都非常熟悉，对于邮政的各项新兴业务她也很愿意去学习和了解。在尹琰的影响之下，她的儿子也进入邮政系统工作，成了一名“邮二代”。

40年的发展历程，对于邮政业来说，是在坚守“普遍服务”的社会责任中负重前行、不断改革以适应市场经济环境的过程。

对于像尹琰一样的邮政普通员工来说，在市场经济浪潮中的历练、认知和感悟，带来的是痛苦中的成长，成长中的自豪。

对于镇江市民来说，墨绿色制服、“丁零丁零”的自行车铃声也许渐行渐远，但邮政通信、邮政金融、邮政速递、邮政证券、邮政保险等一系列的邮政业务仍与我们的生活息息相关。

“百年邮政，气象更新”，采访中，尹琰给记者倒了一杯茶。纸杯上，有这样八个字。

洪云：『小巷总理』的幸福事业

文/王鹏程、曹源

洪云，1965年生。从幼儿园老师起步，先后做过策划员、私企副总，还做了几年直销。42岁“高龄”转行“小巷总理”，先后任润州区金山街道小街和西津古渡两个社区的党支部书记。十几年来，她在小街和西津古渡两个社区创建了镇江精神文明和社区自治建设领域的重要品牌。她先后获得镇江市十佳社区书记和江苏省优秀“小巷总理”荣誉称号。

站在已经被削平大半的太古山上，身后是热闹的拆迁现场，脚下是崭新笔直的马路，远方的高楼已经延展到面前，城市建设热火朝天的气息扑面而来。

53岁，退居二线后仍扎根社区的洪云，看到这些变化总会心生感慨。改革开放40年来，城市化是重大变迁之一。她参与了一片又一片棚户区的改造，见证了一个又一个家庭的华丽转身。而她自己，也在40年间完成了一大段“远走”与“归来”的人生旅程，于小巷深处、市井中心，体悟到了圆满之“境”与圆满之“静”。

跟上时代去奔跑

现在，尽管洪云的人生标签被标注为“知名小巷总理”，但40年前，她的梦想还是成为一名教师。

在改革开放进入第10个年头时，幼师毕业的她，如愿成了市区牌坊巷幼儿园的一名教师。她的计划就是与孩子们打打闹闹，成为一名无忧无虑的“孩子王”。

那时候，郑州亚细亚的广告已经铺天盖地，洪云怎么也没想到，这股由城市化催生的城市商业化浪潮，会拍打到自己的身上，彻底改变她的人生走向。

1990年代，镇江商业城开始筹备，洪云稀里糊涂被一纸调令“分配”到了城中之城——商业城。“我的职位是公关策划，但由于公关一词常被人们曲解，所以我们总喜欢自称策划人员。”

令她印象最深的，是1998年邀请老一辈音乐家、词作家、曲作家晨耕、生茂、张加毅、冯世全、张景坤、朱南溪等一行13人来镇采风，轰动一时。因为这批人正是《长征组歌》、《学习雷锋好榜样》、《马儿啊，你慢些走》、《我们新疆好地方》等知名歌曲的创作人。

在商业城的经历并不长，却让她对改革开放后催生出的“商业时代”有了切身感受，以及超于常人的市场敏感。

进入21世纪，商业城最红火的时候，洪云选择了辞职，干了一段职业经理人，忽然发现“直销”已经赶至“风口”。2002年，洪云进入安利，不久成了安利排名靠前的直销员之一。

“月收入过万，满脑子就是人生规划，什么时间点要买车，什么时间点要换大房子。”洪云说，那时候真的“很疯狂”，一度要动员全家人跟着她一起卖产品，以求早日实现“财务自由”。

“风口”来得猛，去得也快。随着中国“直销法”出台，安利营销模式逐步“中国化”，直销暴利很快画上了句号。此时，刚过不惑之年的洪云，家庭也经历了一些变故。与很多中年人一样，她也开始反思自己“拼命挣钱、拼命往前赶、拼命让别人认可”的人生状态是否真的无可挑剔。

带着迷惑与思考，洪云赋闲在家整整两年。2007 年，时任润州区金山街道党工委书记马云明找到她：来，尝试下到社区工作吧！

蓦然间，时光仿佛回到了 1978 年。那一年，13 岁的洪云经常在河滨公园看书，望着西边成片的矮房子，总会想起妈妈“那里是乡下，去不得”的提醒。那时候，以古运河为界，运河之东是完全意义的“城里”，以西则总被“城里人”称之为“乡下”。

人生总是充满隐喻。经过多年“折腾”，30 年后，洪云正是在当年运河边远眺“去不得的乡下之地”，最终成就了一段充实而又闪光的人生历程。

小巷育出大品牌

2007 年，在金山街道杨家门社区短暂锻炼后，42 岁的洪云就一步做了小街社区的“一把手”。

这绝不是一份轻松的活。位于伯先路与京畿路附近的小街社区，有三大特色：穷，破，老。

穷到什么程度？不仅社区办公设备残缺不全，而且社区工作人员收入也没有着落。“上面没拨款，社区无资产。”面对这样的困境，洪云做直销的经历派上了用场。“没有钱，就去找赞助呀。”她把这种办法称之为“化缘”。“我心理无障碍，为大家谋福利，没有一点不好意思。”靠着这种强大的心理素质，社区干部的收入有了保障，而且还有了为群众服务的本钱。

破，当然是房子破，很多家庭都有房屋修缮的需求。老，则是老人多，小街总人口 3000 多人，70% 以上都是老人。社区欠账很多，怎么办？拿化缘的

钱办好事，远远不够。这时候，做过策划的经历，又给洪云带来了工作灵感。

生活穷一点，环境破一点，年龄大一点，但这里的传统很正，很好，很悠久。社区有一个“平安锣”巡逻队，是社区志愿者自发组织的一种敲锣夜巡的治安机制。洪云觉得这个做法特别好，应该好好包装。社区通过“化缘”等途径，为巡逻队升级设备，同时邀请媒体跟踪采访。用了一年时间，小街“平安锣”就响彻城区，并一步步敲进了中央电视台，成为镇江精神文明建设的一张名片。

随后，洪云的创意一发不可收。组建“爱心门铃”，开展邻里互助，为空巢老人装上门铃，有急事按一下门铃，邻居就会上门帮助。每年开展“雷锋选评”，给孝敬父母的子女发奖状，给帮助邻里的好人送红花，给热心公益的老人送温暖。春节前夕，洪云还会给对社区有贡献的“有功之人”拍照，做成“小街故事”贺新年挂历，发放到社区每一个住户手中。看到自己的头像上了挂历，小街人觉得更自豪了。

在这种“大张旗鼓开会、轰轰烈烈表彰”的氛围激励下，谈不上物质富足的小街，幸福的感觉却一点也不缺乏，很多老人都不愿意离开小街，他们说“这里很温情”。

做了小街5年社区党总支书记后，洪云又被“平调”到西津古渡社区任“一把手”。在这里，她延续了做品牌的工作思路，把已有的“爱心驿站”进行提升，使其成为西津渡风景区里的一朵耀眼的文明之花。同时，她还紧跟时代步伐，开展社区议事会制度，积极引进社会组织进驻社区，不断提升社区服务水平。

2016年“退居二线”后，又被红光社区请去做党建品牌，发挥“余热”。

而经她打磨的“平安锣”、“爱心门铃”、“爱心驿站”仍然是属地社区的重要工作品牌，并被不断发展壮大，造福于社区群众。

最是真情难相忘

10多年“小巷总理”生涯，洪云见证了时代大变迁，看到城市日新月异，亲身感受到了个人、家庭在大变迁中的喜怒哀乐。

“我当社区干部之时，正是城市大扩容之际。”洪云进入小街社区的第二年，基本上每年都有大量拆迁任务。西荷花塘片区、太古山片区、中华路片区，直至现在的太古山二期，她仍然在见证拆迁户们的家庭变化。

十几年来，见证近千家庭从棚户区搬离，感受他们的喜悦与纠结，洪云觉得是一种荣幸。在拆迁过程中，她与很多拆迁户成了好朋友。

周妤就是其中一个。

2013年，太古山一期拆迁启动时，周妤是躺在病床上得知这个消息的。“当时弟弟打来电话，听说拆迁很复杂，半夜三更来谈判，还往家里扔砖头。我身体不好，不能烦心，就让他来出面谈判。”周妤也觉得有道理。但一直到手术

做完，征收工作人员也没找她，而“其他邻居早就拿到征收通知了”。

一直等到快要出院时，征收工作人员才把征收通知单送到病床上。“来的是三个慈眉善目的女同志，带着鲜花和水果，张口就道歉，说是生着病还要来打扰，实在是到了征收通知下发结束的最后期限，不来不行。直到此时，我才知道是她们刻意拖着不见我。而且她们放下通知就走，还一再嘱咐，千万别着急，安心养病，出院后再谈。”一直到周好康复回家，三名工作人员才上门正式谈征收工作。“我们让她们晚上 9 点后不要来，她们自始至终严格执行。谈判也不是讨价还价，而是完全站在我们一边，帮我们一起测算如何将政策效益最大化，能享受的就享受，不能享受的也解释清楚，就这样，一周内谈了三次，我们就签约了。”

周好口中的三名工作人员，为首的正是洪云。两人至今还是姐妹，时常约出来聚会。

这样的故事还有很多。“我至今还记得小街社区的一位老人，一直住在 10 几个平方的老房子里，后来拆迁拿到了一处一室一厅的房子，老人开心地请来了外地亲戚和社区工作人员吃饭。席间老人从始至终一直笑中带泪。”那一刻，洪云有了一种别样的触动。

“40 岁之前，想的是远行，是索取，心中只有自己，总感觉浮躁、焦虑；做了社区干部，走进小街古巷，体味市井百态，心中装的都是别人，反而觉得平静和踏实。”洪云说，没有社区干部这段经历，她的人生称不得“圆满”，内心也不会如此“安静”。

现在，卸下“一把手”担子的洪云，仍然一到下雨天就想着往外跑，怕社区哪家居民会漏水；看到社区群众有困难，仍然会想尽一切办法去帮助。

每到过节，小街社区的老人们还会打来电话，喊她去家里坐坐，说是“包了饺子等你来吃”——这份厚重的人情味，让洪云总是时不时有“幸福来敲门”的感觉。

邵祥：『一百年只为做好一碗面』

文/梁和峰

邵祥，镇江邵顺兴餐饮文化公司董事长，镇江锅盖面加盟连锁培训基地创始人，邵家锅盖面第七代传人，镇江锅盖面非遗传人，中国面条大师。16岁学做镇江锅盖面，21岁创业开首家面店。曾发明机器小刀面。目前在全国发展了500多家邵顺兴锅盖面加盟店。

定义 52 岁的邵祥，是件有点复杂的事儿：中国面条大师，锅盖面世家第七代传人，邵顺兴餐饮文化公司董事长。在注解这些身份标签时，“锅盖面”是个绕不过的关键词。

定义镇江锅盖面，事情就显得更加不易：“镇江三怪”之一，江南第一面，省级非物质文化遗产，镇江人的一种生活方式。面对这个既日常又非凡的存在，邵祥像个虔诚的圣徒，代表父辈祖辈宣言：一百年只为做好一碗面。

清晨的邵顺兴面馆，方方正正的大灶台上摆着十几碗配料，面汤沸腾的大铁锅里飘着一只小锅盖，锅盖下是正在翻滚的面条。氤氲热气中，邵祥手脚麻利忙忙碌碌，一转身端出来的是一碗色味俱佳的锅盖面。

学艺创业，跟着传统走

1987 年，21 岁的邵祥走在了人生的第一个十字路口，面临着向左转还是向右转的抉择。

那是改革春风正在吹破体制坚冰的时节。当年 2 月，邓小平在同几位中央负责人谈话时指出，“计划和市场都是发展生产力的方法，现在不要再讲计划经济为主了”。市场经济波澜初起，邵祥身边已有好几个朋友“下海”，他本人的纠结是：要不要辞职自己开面店？

此时的邵祥，是镇江饮服二公司大西路小吃店的跳面师傅，绝对技术人才。改革初期刚刚推行的绩效激励机制，使他在单位的奖金比工资高得多，整体收入不错。但眼前也遭遇不顺心，父亲如期退休，他没有如愿顶职，当了 5 年的合同工要转正，可能还须再等一两年。是假以时日捧上正式工的“饭碗”，还是投身市场大潮自己找饭吃？这是个问题。

1982 年，在父母的劝说下，刚刚中学毕业的邵祥，走进父亲所在的单位学做锅盖面。锅盖面又称伙面、小刀面，是镇江的特色传统美食，被誉为“江南的天下第一面”，其“面锅里面煮锅盖”亦是“镇江三怪”之一。邵家祖上六代开面馆，父亲邵华元 13 岁就学徒做面条。正逢单位想恢复正宗的锅盖面，让邵祥来学，既为学门手艺、谋份工作，也算是继承祖志。

9 月的一个清晨，邵祥挑着行李从郊区三里岗的家，徒步走到位于山巷的面店，开始为期三年的学徒生活。正宗锅盖面用的是“跳面”，把和好的面放在案板上，跳面师傅坐在一端固定的竹杠的另一端，上下颠跳把面反复挤压成薄薄的面皮，再用刀切成面条。这种面条毛孔多，卤汁易入味，吃来有嚼劲。邵祥首先要学的，就是这最具技术含量的环节——跳面。

“跳面讲求童子功，学得越早、基础越扎实，跳出来的面越好。”邵祥回忆，当时的学习真是吃尽苦头，一天“跳”下来屁股上全是血泡，裤头粘住皮肤要到浴室泡才能脱下来，不到半年屁股长满老茧。然而，苦尽甘自来，邵祥

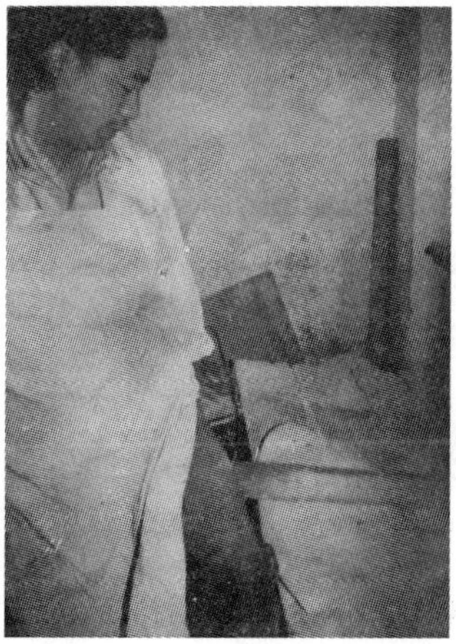

成为跳面高手，在单位里逐渐脱颖而出。多年后的镇江锅盖面业内，他被誉为“科班出身”。

现在邵祥想辞职开店，父亲是反对的。当时在“公家人”眼里，个体户仍低人一等，捧的是泥饭碗。然而，这种保守观念，已越来越经受不住时代大潮的冲击。在朋友、亲戚的鼓励下，邵祥最终迈出了那一步。

1987年9月，利用万家巷22号12平方米的宿舍，邵祥的万家刀面馆开业了。他“下海”创业的资金，包括向朋友借来的700元、连襟支持的600元。开业前一天，煤和面粉还没着落，邵祥又借钱买回一袋煤和半袋面粉。开业首日的凌晨4点半，一名环卫工人成为面店的首位客人，花了一毛二分钱和二两粮票，吃下邵祥下海后“跳”出的第一碗锅盖面。当天，面店的营业额为45元。

易地拓展，跟着市场走

跳面、切面、下面，转身端出面条……在锅盖面制作程序的周而复始中，时光匆匆流过，每个动作仿佛都是生活的隐喻：跳面是际遇的高企和低落；切面是为心情改刀；下面是让陌生的人际关系变熟；一转身，则可能面对一个崭新世界。

1998年，万家刀面馆开张11年后，邵祥的锅盖面生意迎来新的转折点。多年后他回忆，如果不是因为这次转折，自己可能迄今还是个守着小面店的个体户。这个转折是：面店的迁址、扩大和更名。

在万家巷的10多年间，随着生活水平的提高，锅盖面在镇江人生活中扮演的角色，也日益不同。

邵祥说，最大的变化是吃面条的人越来越多。“起初，进面店下碗锅盖面，是来不及在家吃饭或改善伙食的概念。后来，每天一碗面，渐渐成为很多人的一个日常习惯或者生活方式。”而锅盖面的价格、内容，也不断“与时俱进”。

上世纪80年代，面店里下的锅盖面多半是光面，有时浇点麻油、烫点大蒜，顶多加一毛钱肉丝。邵祥介绍，当时相当一部分顾客是周围的街坊邻居，他们自带面条甚至作料进店，花五分钱请店里代为加工，是为“烟火生意”。进入90年代后，各种锅盖面的浇头开始出现，荤料有长鱼、肉丝、猪肝、腰花等，素料是小青菜、川芎、青椒、香干等。这是中国人从吃饱向吃好迈进的年代，锅盖面作为一种美食，在此过程中得到长足发展。

透过面店这个“窗口”，时代的变迁也尽收眼底。一个常来邵祥面店的顾客，90年代初在一家社办厂跑供销，每天骑着大黑鲨摩托车来吃面，成为邵祥最羡慕的人；然而过了几年，邵祥却看到他蹬着三轮车在卖水果。“市场经济潮起潮落，有人立上了潮头，有人被扑在沙滩上。”

城市更在发生变化。万家刀面馆所在的大西路一带，本是镇江的繁华商业区，但随着沿江各码头相继撤销，城市中心位移，这一区域的繁华也日显零落。邵祥回忆，当时只看见大西路的商家、单位陆续搬离或关门，人流越来越少，特别是商业城开业后，“能明显感觉到大西路更萧条了”。

此时，邵祥想在大市口的古更楼巷买一套60多平方米的房子，迁走并扩大自己的面店。但14万元的购房投入，以及对面店迁址后有无生意的担心，令他举棋不定。一天，他和父亲约好，来到古更楼巷一家面店门前，观察这里的人流和生意。父子俩蹲在不远处，每见到一位进店客人，就在纸上画“正”字。上午9点到11点间，进店大约30人。正当他们心灰意冷之际，情况突变，“大概11点20分开始，客人如潮水般涌来，买面时要在人头上接钱。到下午2点，大概卖出了300多碗面。”

1999年5月，邵祥在古更楼巷的面店开业了。为继承祖志，面店更名为邵顺兴锅盖面。开张第一天，营业额960元。

创新传承，跟着时代走

作为邵家锅盖面第七代传人、“科班出身”的跳面师傅，邵祥对守护锅盖面的传统技艺，具有近乎天然的责任感。然而，一切传统的传承，总会面临继承和发扬、坚守与创新，这让邵祥迎来第三次转身。

邵顺兴锅盖面开业后，由于生意火爆，邵祥开始雇佣工人。但跳面技艺没有相当长的时间无法学会，这个最核心的关节，还需要老板亲力亲为。同时，邵祥在店内贴出告示：本店不用机器面。“跳面是手工技艺，产量远远跟不上需求。随着锅盖面日益受欢迎，当时镇江越来越多的面店改用机器面，这影响

镇江锅盖面特色
特色腰花面

镇江锅盖面
镇江锅盖面

了锅盖面的味道。”

不过，坚守最终难以为继。面对日益扩大的需求，邵祥的人工跳面实在无法满足。渐渐地他产生一个念头：能否研发一种产品品质比肩手工面的机器？在传统制面机基础上，邵祥耗时一年多，经过无数次改造，终于研制成新的机器，发明出机器小刀面。

2003 年，北京功德福餐饮房山店对面开了家美国加州牛肉面馆，一时间十分火爆，抢走了周边商家生意。功德福决定在全国寻找一种面条，与加州牛肉面打擂台。结果镇江锅盖面被选中，邵祥应邀赴北京传授技艺一周，帮助功德福推出锅盖面，并最终“击败”美国对手。而这次遭遇也触动邵祥开发出新的业务：传授锅盖面技术，本地除外。

2011 年，在一次锅盖面行业聚会中，得知一家商业运营公司，一年间发展了 400 家镇江锅盖面加盟店，仅加盟费就收回 1200 万元，邵祥受到更大触动：“锅盖面传承者在守护正宗味道的同时，能不能以现代商业模式，更加有力地推广锅盖面呢？”

这一年，邵祥展开人生最重要的一次转型。他成立邵顺兴餐饮文化公司，创办镇江锅盖面加盟连锁培训基地，推出锅盖面全程加盟模式：创业者支付加盟费，邵顺兴公司提供选门面、面店装修、技艺培训、开业后的物料直供等全程服务。至今，邵顺兴锅盖面加盟店，已在全国开了 500 多家。

作为传承和创新者，邵祥为镇江锅盖面赢得“中华老字号百年名小吃金鼎奖”，并助其入选“中国十大面条”。他本人也被评为中国面条大师、镇江锅盖面非遗传人。岁月流逝、时代变迁，邵祥心中不变的信念，依然是带有祖训色彩又像是誓词的那句话——一百年只为做好一碗面。

任满凤：百年恒顺的『醋三代』

文/钱兆南

任满凤，江苏镇江人，1966年6月生。1983年2月参加工作，2000年11月加入中国共产党。1987年至2008年，担任恒顺酱醋厂制醋车间制酒组班长；2009年至2010年，担任熟醋车间煎醋班班长；2010年4月起，任黄酒车间党支部副书记、黄酒车间分工会主席、黄酒车间副主任；2014年8月起，任酱菜车间副主任、车间工会主席。2016年6月退休。

才退休两年不到的任满凤甚至比上班的时候还要忙，忙的还是与单位有关的事，她的徒弟们还像以前那样，一遇到技术上的问题就打电话找“满凤师傅”。

满凤家祖孙三代与醋结下了不解之缘，三代人都在恒顺生根。任家第一代进醋厂的人从满凤的爷爷任金富开始。四十出头的爷爷年轻时被别人带到恒顺醋厂谋生，满凤那时候还小，记不太清爷爷到醋厂的情况。但从记事起就听奶奶讲爸爸进醋厂的故事。奶奶生爸爸时，她已经47岁，老来得子，所以全家人很宠最小的爸爸。

爷爷进厂的时候酿醋的工艺全是原始的，所有的活都得肩挑背扛。醋厂的用水都靠人工挑，酿醋和酒的粮食原料都靠肩来扛进扛出。满凤听奶奶说过，那时醋厂里挑水的人排成长龙，从山脚下走过时，雄壮的号子在山间回荡。爷爷退休后回到江都时，爸爸正在生产队当他的小会计，家里的日子虽不富裕，却也和和美美的。在爷爷叶落归根后没过多久，爸爸下田插秧时发生意外，他的脚被割破感染发炎，不能参加劳动。在那个靠工分吃饭的年代，家中的壮劳力垮下了，对这个家来说不亚于天塌了下来。爷爷说：“玉祥，早知道让你顶我的职进城，省得在农村里受这个罪，现在又错过了好机会。”

因为满凤爸妈那时候已生了两个孩子，按国家政策规定，有两个孩子的爸爸便不可以再顶爷爷的职。爸爸高中毕业，在村里算得上是有学问的人，他提笔写了一封信，写了他的愿望。爸爸是抱着试试看的态度写信的，并不曾想过他要的结果，但是他做梦都没想到一封信从此改变了他和孩子们的命运。这信一直寄到中央，幸运的是竟然回复做了批示，下发了办理这件事的文件。回信很快寄到爷爷的单位。原来的恒顺还不属于商业局，归蔬菜公司管。蔬菜公司的领导到苏北找到爸爸，在恒顺酱醋厂领导们的关心下，爸爸顺顺当当顶职进了恒顺，开始了他新的人生之旅。

满凤爸爸1966年进厂的时候，厂容并没有大的改观，仍然是芦席棚下面摆大缸，挑担的号子声在山路上飘荡。因为爸爸不但写得一手好字，而且还会组织文字，头脑也活络，学什么像什么，进厂没当多久的工人，便调到办公室工作，一直到他退休。

老字号的恒顺，历史虽然悠久，名气很大，但是城里的姑娘宁愿进三班倒的纺织厂，也不愿意进醋厂。也只有那些高不成低不就，实在找不到工作的才会进来。醋厂工人的一双手，一年三百六十五天，有三百六十天泡在醋缸、酱油缸里，从搬、抬、挑、扛全靠一把力。也不知道谁编了一首顺口溜，很快在厂里流传开：醋厂是芦席盖大缸，扁担加箩筐。

1983年，厂里为了照顾老职工子女，开始招工。满凤这年刚好初中毕业，没考上高中，心情很灰。妈妈和爸爸说，在农村只能脸朝黄土背朝天，一辈子没有大出息。爸爸在厂里已经是办公室主任，不如跟着爸爸进城找个工作，总比在农村“修地球”强，厂里正在招工，多好的机会。

儿是妈的心头肉，满凤从小身子就单薄，细胳膊细腿，小细腰不盈一握。妈妈央求爸爸给满凤弄个轻松点的工种，进厂就做粗重的活计，万一累出个三长两短来，那不是害了她一辈子。

爸爸并没有因为妈妈的想法而网开一面，他对妈妈说，哪家的孩子都是金疙瘩，人家能做的事她也能，不能搞特殊化，一句话把妈妈的口给堵死了。就这样，满凤头天进厂就被分配到一线车间，和别人一样，从最苦最累的活做起。爸爸嘱咐她用心学酿酒和制醋的这门技术，说是学个好技术，以后不愁没饭吃。

满凤进厂的时候，还是和爸爸进厂时一个样，挑粮、挑水、挑酒糟子，一根毛竹扁担晃晃荡荡一路挑到底，来来去去的人经常会狭路相逢，一个人停下

来会影响到所有的人，经常是中途连喘口气的机会都没有。所有的货要从八号码头运上岸，经过宝塔路那边的坡，上坡时得一鼓作气，下坡时往下的冲劲想刹住脚步都难。

春秋天日子还好过，一夏一冬够呛得很。满风没抱怨爸爸的“无情”，心想，城里人不愿意到醋厂，醋厂再苦再累，总比在农村割麦栽秧好。只是她那时还没想到后来做的活竟然比农村的三伏天大忙还苦得多，种田人还有农闲的时候，但在厂里从来没有闲的时候。只要是晴天，泡在酱缸里的原料须翻晒，这是每天的必修课，满风和同事们每天面朝露天的酱缸，背朝天，手整天泡在咸水里。为了保证产品最原始的味道，手套是万万不能戴的。

凡是学技术的车间，满风都想去试试，对酿酒这门古老的传统工艺，让粮食蜕变成晶莹剔透的酒，这门工艺本来就带着传奇色彩，这对年轻的满风来说，的确很神奇。但这项工艺不是随便玩出来的，而是靠用心做出来的，每一个细节都很重要。

酿酒的缸奇大，要把手伸进缸的底部去挖个酒窝。满风块头小，手揪住缸沿，身子死命往前探，双脚离地，悬在半空中，手还是够不着缸底，越是摸不到缸底，她越是把身体往里面探，头朝下，脚朝上，血液全倒进头部，经常憋得气接不上来。有的同事和她开玩笑，把她的脚一掀，人就翻进缸里面出不来。

一直到1989年厂里有了改观。做酒醅的缸换成了罐子，不久又进行了一次技术革新，车间制醅大缸也改成了贴了陶砖的池子，还盖了一幢楼，建成两千吨的生产线，实行了半机械化，从此告别了芦席棚盖大缸的露天酿造工艺。在原料的运输上也实行了半机械化，有了吸米机，尽管仍需要人工拆袋子，但能把人从繁重的劳动中解放出来，已是一大进步。

在加工工艺上，有些工序仍需要人力参与，比如加麦曲、酒曲。酿醋，粮食首先要发酵，发酵完了得翻晒，那温度高达四十几度，翻醅的过程中那个热气蒸腾，一趟翻下来，从头发丝到脚后跟，那个汗出得，人如同从水里捞上来一般。恒顺的酱菜好吃，腌酱菜对工人们来说是个苦活。所有的原料都要经过洗、切这个过程，切好的黄瓜、萝卜条等放进酱缸里泡。酱缸全在露天里，晴天要翻，雨天要盖严实，如果进了雨，这一缸酱就会废掉。一个酱缸里10个袋子，下面袋子得翻到上面，以保证味道的均匀度。酱菜味道的好坏，全靠一个字“翻”。

夏天热得恨不能把皮剥掉，冬天剐骨的寒，像把刀子在割肉，整条手臂都冻得红肿，开始还知道疼，后来疼得麻木了不知道疼。那时候车间还没有进自动洗瓶子的设备，灌醋的玻璃瓶子需要人工洗，手长时期泡在水里，皮先是起皱，胀开后发白，怎么看都不像人的手，自己看都觉得瘆得慌。

厂里像满凤这样的年轻人不少，不少是从农村出来的，个个都皮实，这群天真青涩的姑娘和小伙子们，一起同甘共苦，整天嘻嘻哈哈，鲜少有人叫苦。

随着醋业市场的不断扩大，产品供不应求，醋的产量开始不断增加，从年产量两千吨到三千多吨，原来的半自动化生产线已跟不上生产的需要，厂里开始从半机械化改成自动化，继而再改成管道化，有了积散控制装置，可以通过仪表观察发酵的情况、温度的监测，又向前跨了一大步。

随着醋业集团的不断壮大，满凤在技术上也在不断跟进，从20年前进厂当学徒工到2004年的时候，这么多年的历练，在技术上她已然是一位能拿得起的酿醋、酿酒行业中的大师傅。从这一年起，厂里实行了一对一的师傅带徒模式，开启了传、帮、带的机制。

在带徒弟的过程中，满凤深有体会，不管在何种行业中，一个好的技师，不是一日练成的，必须从年轻的时候开始带起。在他们这批老师傅们的带领下，目前厂里技师级的有两百人，高级工八十多个，中级工更多。作为这个行业中的顶尖高手，满凤靠自己的能力，参加多种技能测试，一路闯关，进入该行业有突出贡献的技师行列中，被市政府纳入优秀人才库里，享受过政府的津贴，而这样的优秀人才只有五名，满凤是是唯一的女性。

满凤觉得自己很荣幸，她说这是厂里给了自己这么好的平台。在食醋行业中，女技师可谓凤毛麟角。这些年来，她一直在努力学习上进，提升自己。退休前的几年中，她被公司提升到管理岗位。管理工作看似轻松，付出的心力比以前更多，她仍像以前一样与工人们同甘共苦。在当车间副主任期间兼工会主席，只要有工人生病了，她都要前去探望，帮他们办理相关手续，解决他们的后顾之忧，让他们安心工作。公司全自动化后，所有的生产都要进入系统管理，作为一名副手，真正是做实事的。车间经常加班，就得安排工人吃饭，厂车接送，丝毫不能大意。一个车间上百号人，工种各不相同，管理模式也不同，大事安全生产，小事逢年过节发福利，一件事都少不了。

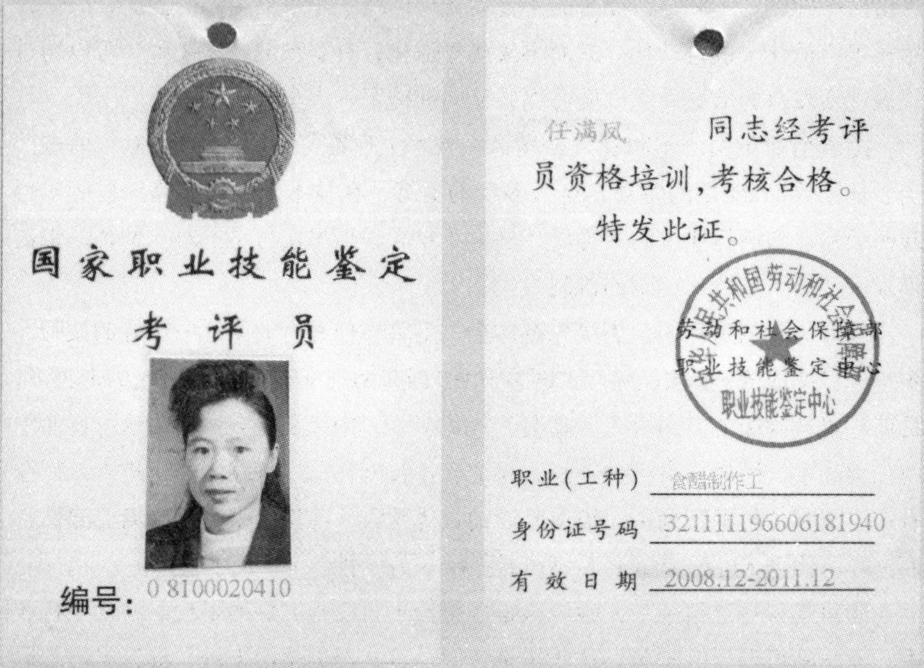

国家职业技能鉴定

考 评 员

编号：0 8100020410

任满凤 同志经考评员资格培训，考核合格。

特发此证。

劳动和社会保障部
职业技能鉴定中心

职业（工种）食醋制作工

身份证号码 321111196606181940

有效日期 2008.12-2011.12

满凤在老厂呆了27年，随着退城进区的要求，恒顺醋业集团搬到丹徒新区312国道边。这个百年老厂自2008年开始陆续搬迁，2009年满凤和同事们全部到新厂区。从老厂到新厂过渡的那段日子，满凤很是伤感，每天到中山西路的老厂等车去新厂，站在老厂的大门口，满凤说自己都不敢回头望，眼睛会莫名其妙地湿润。整整27年的时光，那里有他们这代人的青春年华，有一代代恒顺人的智慧与汗水，而这些离自己将渐行渐远，载入城市的史册。

新厂的建成，规模更大，生产线更加标准化，自动化程度也更高，程序化、智能化管理，给这个行业增添了新的活力。现在是一片生机，仍然是逢年过节都要加班。以前的手工翻醅，现在已不复存在。传统的酿醋技艺也在被新一代匠人完美地演绎和传承着，醋的“魂”和“根”都正合着满凤师傅守住了一门手艺的初心。

满凤在房间寻找旧照片时，才发现有限的几张照片全是在厂里拍的，在名师带徒仪式上，在一线生产线，在各种培训场合……她说，作为一名女性，谁都爱美，而她整天泡在厂里，哪来闲功夫拍照片。

满凤是个凡事都追求完美的人。她家的房子是十几年前买的，走进她的家，像刚刚才装修过的，一尘不染，宁静，简单，最奢华的物品是女儿小时候弹的古筝。她平时工作太忙，一天到晚在厂里，很少顾到家，唯一的宝贝女儿是外婆带大的。

对他们全家三代人在恒顺工作的几十年，满凤有说不完的话，特别是在谈到收徒传授技术，更是神采飞扬。对于她来说有一滴醋，就有酿醋工人的一滴汗珠子。醋的诞生，缘于天地间的机缘巧合，属于可遇不可求，满凤一家人与醋的因缘亦如此。

在酿醋这个行业上，满凤说要学习的技术还有很多很多，山外有山，人外有人，学习无止境。学着学着，对这个行业就生出感情，就像爱自己的家人一样，在与不在，一辈子会想。

醋的源头是粮食，一粒粮食变成一滴醋的过程很漫长，有点像太极中说的一生二，二生三，三生万物那样。这万物，就是由一粒麦子、一粒豌豆、一粒稻谷，通过发酵、翻醅、蒸煮，到最后成为一滴滴香醋，把粮食的魂魄倾注进千家万户的餐食里，给众生带来不一样的生活趣味。这些是每一个精益求精的技师们值得用毕业的精力去追寻的价值意义所在，而技师之道上，满风说在于专注、心诚。一个技师的技术固然很重要，但更多的修行是要让人知晓谦卑的品质，他要知道用粮食酿造的食物演变过程，需要用心灵去洞穿。功夫从来都想超脱凡庸，传承的力量其实就是明月照大江的坦荡自然，同样，制醋这个行业，集天气间的灵气。满风说自己的祖辈们从前都是到江边挑水做醋，时刻关注醋的味道，去慢慢回味，如同体味世间万物的味道那样，到我们这代人，虽然拥有着高科技，但同样需要保持警醒。

当谈起研究生在读的女儿时，满风笑成了一朵花。她说女儿生在好时代，比她刚出道的时候要强之百倍，社会在发展，科技在进步，作为一个恒顺人，对所有的付出从不后悔。

肖克永：世界冠军的『草根主帅』

文/崔 骏

肖克永，1970年3月生。7岁进入镇江市八叉巷中心小学后接触乒乓球运动，代表镇江地区、镇江市参加江苏省少年儿童乒乓球比赛。曾获江苏省首批“中国乒乓球业余运动健将”。2015年起接触并在国内推广砂板乒乓球运动。现任中国圣象砂板乒乓球代表队主教练，带出目前唯一一位砂板世锦赛、世界杯双料冠军。

如果不是定下心来仔细梳理一下人生轨迹，肖克永自己都没注意到，“跨界”似乎是最能概括他30年工作履历的词。

但是，无论是在焦化厂做电工，还是进入供销社做销售经理，或是成为报社电讯编辑、摄影记者，又或者是转入总工会从事行政工作，直至一心一意地担任乒协秘书长、球队主教练，那颗直径不过40毫米、重量不足3克的乒乓球，真真实实地从小学开始，贯穿了肖克永求学、就业的始终。

“我和乒乓运动结缘41年。这份情缘，妙不可言！”

七岁“小皮王”黏上了乒乓球

2017年11月之后，在镇江见到肖克永的几率大大减少，带队训练、比赛，几乎成了这位“中国乒乓球业余运动健将”、现任砂板乒乓球俱乐部职业主教练的日常。

“今天老婆再三来电话，下令必须回去吃个午饭。确实很久没回家吃饭了。现在终于拿下中国首届砂板乒乓球超级联赛冠军了，可以放松一下了。”肖克永说。

只要谈到乒乓球，他进入滔滔不绝的状态，双目炯炯，笑声爽朗。

“朋友都知道我喜欢笑。笑好啊，让人年轻，舒缓压力。再说了，胜利的时候，为什么不笑？要笑，尽情笑！”肖克永对爱笑个性的诠释，独到，且有“年代感”。“小时候我就爱笑，甚至是比较淘气，用镇江话讲叫‘皮王’。当然，如果不是我这个性，估计八小的教练钱桂舟和袁喻也挑不上我。”

现在回过头来看，1977年那个秋天，八叉巷中心小学的一节体育课上，如果不是蹦蹦跳跳地举手报名参加校乒乓球兴趣班，如今的肖克永，以什么为职业有若干种可能，“但是，应该不会和乒乓球有太大关联”。

孩童时代生长在宋官营的肖克永，家境窘迫，“一家5口挤在30多平方米的披屋里”，若非八小减免了他的部分学费，这个家里唯一的男娃“还不知道在哪边野呢”。

不过，自从拿起乒乓球拍，“有点野”的肖克永显得文静许多。尽管启蒙教练谈不上专业，但凭着教学时的一丝不苟，还真把这群小毛孩子的心“拴”

在乒乓桌旁。一个学期后，即便同期被挑中的50多株“苗子”只剩下不到10个，肖克永也没有离开，“同样是玩，把乒乓球玩玩好，也很好啊”。

随后的一年多里，爱“玩”的肖克永，展露出了在乒乓运动方面的天赋，加上“谈不上刻苦但能坚持”的练习，1979年，他入选镇江市儿童乒乓球队，开始为捍卫八叉巷小学这所乒乓球传统学校的荣誉而战。

“进了市队，训练的时间、强度都增加了。那时候要先代表市队参加镇江地区一市十县选拔赛或者是全市选拔赛，然后才有资格参加江苏省的比赛。”谈到1980—1988年，肖克永满是骄傲的笑容里闪过一丝狡黠，“一年360天的训练我几乎不落，按年龄参加的市儿童组、少年组、青年组比赛，我没让一个冠军旁落过。代表镇江在省里参加比赛，我还击败过专业队的选手。”

乒乓球给肖克永带来的快乐，越来越多。

身怀高超球技“四处逢缘”

让肖克永坚持下来的原因，除了乒乓球好玩，赢了球高兴，还有一条就是选入市队后“能帮到家里”。

“进了市业余体校乒乓班，每天的训练津贴是一角钱和二两粮票。到了选拔赛集训期，每天是五角钱和半斤粮票。那个年代，这可是笔‘巨款’啊。”肖克永甜蜜回忆，“一个十来岁的小家伙，能靠打乒乓给家里带回点实在收益，还能偶尔请同学吃吃冰棒，这得多让人羡慕。”

随着年龄的增长，逐渐成为队里“大哥大”的肖克永结识了许多同好，其

中就有后来进入国家队并在国际赛场摘金夺银的邬娜、秦志戬，“他们后来进了专业队，而我则去四中上了初中。不过，作为一名准专业、纯业余的球手，我始终没有间断过练习。后来，我受到当时的镇江市冶金技工学校邀请，成了镇江焦化厂定向委培的技校生。那可是当时很吃香的学校。”

1988 年 7 月，学成的肖克永顺利进入镇江焦化厂，被厂里安排进“让人羡慕嫉妒恨”的电工班，“电工在厂里还是受欢迎的，有部能拨外线的电话、一台能看球赛的电视，巡查、检修的时候还能结交很多朋友。这个工种很适合我，也利于我打球。”

改革开放很快反映在普通中国家庭的生活变化上，加上工作岗位的优越性，肖克永在上世纪 90 年代初，已经能花 500 元买到一辆“可以变速，很拉风”的自行车赛车。他也像宝贝一样，每天用机油把车的钢圈、钢丝擦得锃亮，“可惜，骑了一年多被偷了，我当时那个心疼啊。那可是我一年的积蓄啊。”

因为乒乓球打得好、练得勤，好胜心强的肖克永，在代表焦化厂、镇江市冶金局出赛时“冠军拿了不老少”，所以当镇江市物资局动脑筋要“挖”他的时候，焦化厂和主管局的领导始终不松口。直到1991年12月，镇江市供销社再三做工作，才最终让“电工”肖克永，转身成“大鹏公司业务经理”。而在供销社工作的短短8个月里，走南闯北、引进货源的历练，在另一个层面上开拓了肖克永的眼界，扩大了他的交际圈。

1992年7月，同样是因为“球好、性格好”，肖克永又进入了业余乒乓球水平颇为不错的镇江日报社。“初入镇江日报社的5年，报社电讯室收发新华社稿件的编辑工作，让我有了更快接触大世界的机会。”肖克永说，“在那个报纸还在经历‘铅与火’淬炼的时期，我已经能使用通过‘猫’拨号上网的电脑了。还想多学点东西的我，还主动申请学习版面编辑工作。直到1999年进入报社摄影部，成为一名摄影记者。”

打了40多年乒乓球的肖克永觉得，在报社的日子是“长球最快的时候”。报社有一帮子球打得很好的业余爱好者，而且各自使用的球拍胶皮特性和打法特点多样。“那时候和他们打球，对我的锻炼很大，镇江日报社也在全省新闻界的乒乓球比赛上屡获佳绩。通过比赛交流，省内新闻界的许多乒乓爱好者都成了朋友。”

2008年8月，肖克永进入了职场生涯的第四个岗位：成为镇江市总工会一名干部，兼任《江苏工人报》镇江站负责人。这次调动，还是因为乒乓球“做媒”。

转身教练带出砂板世界冠军

“就像乒乓球的器材更新换代一样，过去几十年，我和所有中国人一样，经历着史无前例的生活变迁。”肖克永喝了口茶，掰着手指头举例：

交通工具，从自行车到摩托车，再到后来开汽车采访、买私家车；

通讯工具，从拨打外线都要申请的旋转号盘电话机到无线子母机，还有BP机、“大哥大”、智能手机；

摄影器材，从黑白胶片到彩色胶片，从传统的胶片相机到数码相机；

还有居住条件、生存环境、购物方式……

但无论怎么变，肖克永和乒乓球的缘分始终未变，只是情更深、意更切。

乒乓情愫愈发浓烈的“节点性事件”有两个：2013年起连续三年镇江举

办的乒乓球国家队的“直通世乒赛”赛事；2015 年起接触砂板乒乓球并在国内成立砂板乒乓球俱乐部。短短数年，肖克永的“乒乓身份”，从“业余胶板乒乓球运动员”，转为“职业砂板乒乓球教练员”。

说到砂板乒乓球，肖克永聊得差点忘记了夫人的“指令”。“有多少人能像我这么幸运，亲身经历着一个新生运动项目在中国的从无到有、从少到多，而且只用三四年时间，就把一个镇江企业冠名、含有镇江球员组成的俱乐部带上了国际舞台，培养出目前唯一一位砂板世锦赛、世界杯双料冠军，还取得了史上首次砂板世锦赛包揽前三名的成绩，拿下首届中国砂超冠军。”就在 2018 年世界砂板乒乓球锦标赛的伦敦决赛现场，一位英国天空电视台的记者特地跑来对他说：“肖先生，你知道吗，你和你的队员，在英国很有名。”

稍顿，肖克永又强调说：“所以啊，我现在对乒乓球运动、对体育运动有了更深的理解。一项运动，对球员自身而言可以强身健体，对球队俱乐部来说可以增强团队合作意识，一旦走上更大的舞台，它就成了沟通世界、交流文化的桥梁。特别是砂板乒乓球不分年龄、不分性别的比赛特性，更加放大了文化交流的效应。”说着，肖克永将两只手的食指垂直叠到一起，“这就是体育的‘+’效应。”

华夏：古城的『文化拾荒者』

文/青梗石

华夏，原名，朱晔斌，镇江供电公司职工，爱好历史，保护历史文化古迹的“拾荒者”。2004年创建“镇江文化之旅”公益网站。成为镇江地区完成100个全程马拉松赛的第一人。十几年来，坚持把文化精神贯穿于各项室内和户外活动至今，组织网友们在文化和健身中感悟生命之道，中央电视台为此专门拍摄了“烟雨南山开画本”、“偷得浮生半日闲”等四集纪录片。

文化是城市的魂。华夏说："保护文化古迹就是保护我们的根。"

"华夏"是他的网名，这个名字透露出他对中华文化的热爱。他叫朱晔斌，镇江供电公司职工。凭着对文化古迹的热爱，十多年来，他带领着一群文保爱好者，走遍了镇江的山山水水、闹市僻壤。苦与乐，随着脚印延伸，伴着汗水流淌。而湮没在地下和记忆深处的古迹，却不断被发现和宣扬。

一、发起行动

2003年，华夏偶然看到《镇江文物古迹》一书，发现有很多地方自己原来不知道，爱好历史人文的他，便想着去找找那些地方，按图索骥，看看到底是什么样。从此开始了他的"文化苦旅"。

余秋雨先生的"文化苦旅"其实是苦在书房里，华夏的"文化苦旅"却实实在在苦在户外的路程和经历中。从一人独行，到二三人跟随，承受着身体上疲惫的苦和心理上孤独的苦。朋友不理解，坚持走下去；家人不理解，仍坚持走下去。执着者总是在困境中义无反顾地朝前走，越是少有跟随者，越深切地感到发现和宣传的必要性，从而更坚定走下去的决心。从市区的大街小巷，到周边的山水田野，丹阳的六朝石刻、大路镇的民国门楼、句容的百年古桥……华夏如一位"苦行僧"一般，探寻镇江3000年来的历史痕迹。越走越觉得镇江文化的厚重，越走越觉得文化古迹需要宣传和保护。

二、网络传播

他想到了网络，网络是最现实有效的传媒和工具。

2004年9月，华夏注册创建了“镇江文化之旅”公益网站，同时，以该网站为平台，成立了“文化之旅户外运动俱乐部”，构筑了以宣传文化为根本宗旨，以户外活动为主题支架的运作模式，提出了“文化之旅，诗意人生”的纲领性口号，逐步组织开展了“文化寻访”、“发现之旅”、“地质之旅”、“名人故居寻访”等系列专题活动，并将寻访古迹的经过和图片通过网络上传，逐渐扩大了影响，吸引了越来越多的志同道合者及爱好者参与。从当初两三人行动，到几十人跟随，再到如今已有会员3000多人、网站注册一万多人。每年组织各类活动500余次，吸引参与者两万多人次。许多文化爱好者不断将活动中的见闻、心得以及考证意见形成文字或图片，发表在文旅网相应版块，让更多人浏览和评论。极大地宣传了历史文化，同时也增加了镇江的网络影响力。

三、先行蹚道

道者，小则说脚下之路，大则为天地宇宙之本真。鲁迅说过，地上本没有路，走的人多了，也就成了路。那么，第一个在没有路的地方走的人，便是开路者，无疑应该受到尊重。用现在的话说就是很“吸粉”。

“第一个吃螃蟹”的人不光要有技巧，更要有勇气。技巧在过程中提高，勇气却要事前事后都有。华夏就是经常第一个吃螃蟹的人。

2003年10月的一天，华夏带着使用胶卷的照相机，第一次独闯虎头山。在杂草间穿行，在荆棘中开路，低头寻落脚，抬头辨方向。滑了一跤，撕破了衣服，刺伤了手脸，登上因酷似虎头而得名的虎头山顶，华夏看到的是一片近年乱坟。有成功的喜悦，也有失望的沮丧。苦与乐是孪生的，人生的意义就是在路上。如今，虎头山已建成健身文化公园，山旁的浮雕墙上是各式的虎头和“虎”字。

有了这一次的开头，华夏便开始了他的文化之旅。是旅，不仅言在路上，

更有带动影响，使成团队之意。

从 2008 年起，华夏开始在全国各地报名参加全程马拉松赛，并在文旅户外运动俱乐部自费举办多次半程马拉松赛。宣传运动健身，挑战自我。至 2017 年，华夏成为镇江地区完成 100 个全程马拉松赛的第一人。为表达对家乡的热爱，他特别取消了已报名成功的北京马拉松赛，把第 100 个马拉松赛事放在镇江大港完成。网友们自发组织了助跑团和助威团见证此行并祝贺成功。这一年，华夏被省体育局邀请，参加天津全运会江苏马拉松业余跑团。

近年来，城市发展与文化保护的矛盾越发突出，很多市民为文物古迹的灭失而叹息、而痛苦、而愤懑。他们有保护文化、关心城市发展的原始冲动。这些冲动散落在民间，无法形成动力，需要有人领头带动。华夏通过组织文化寻访等多种活动，发动网友参与文保，了解文保，不定期地通报文保情况。大量网友从最初的好奇参与到后来的自觉宣传，已形成具有相当群众基础的文保志愿者力量。经华夏呼吁和努力，与市文广新局、市博物馆合作成立了“镇江文物保护协会”，华夏被推举为该会会长。

四、文化诠释

烟墩山出土的“宜侯夨簋”，以及散布各处的历史遗迹，使镇江成为历史文化名城。地处吴头楚尾、长江运河“黄金十字”水道南岸的镇江历来是兵家必争之地。“镇江”一名便由“镇海军”“镇江军”而来。“京口瓜洲一水间”的漕运及渡文化又使镇江成为九省通衢的经济重镇和迁客骚人咸集的文化名城。从泰伯仲雍南徙，吴王伐楚，嬴政发配丹徒，孙刘联盟，刘裕建立南朝，到百万雄师过大江，再到如今四十年改革开放，三千年厚重的历史留给我们的绝不仅仅是那些地上地下的遗迹，更有不胜枚举的风土人情、民俗传说、地灵人杰等等物质和非物质文化遗产。历史就是文化，传承就是文化，现实仍然是文化。存在的、消失的，凡具有传承意义和地域特色的事物，都是文化。文化是一个包罗万象的大概念，人们的吃穿住行乐，都可归纳为文化。关键是归纳。归，分门别类，总结共性；纳，收集整理，去粗取精。

这便是在文化寻访宣传实践中逐步形成的认识。这样广义地理解了文化的涵义，华夏便注重把文化精神贯穿于与之相关的各项室内和户外活动中。相继发起了“毅行镇江”、“名人故居徒步大会”、“重走抗日路”、“南朝石刻骑行寻访”、“苏南运河镇江段骑行”、“沿着诗歌看镇江”等许多可以持续、反复举办，甚至延续“百年百届”的活动，以及“名人访谈”、“宁镇山脉地质地理讲座”、“江苏火山概况讲座”、“镇江南山地质公园考察”、“镇江第四冰川纪地质考察”、“赛珍珠与镇江民俗”、“陆小波家私房菜”、“梦溪园里品元宵”、“琴棋书画诗酒茶漫演中秋”、“镇江民间传说考验”、“东乡雕花门楼考证”、“四乡八镇看镇江”等即时性活动，使有意义却枯燥乏味的文化活动变得有意思，让有意思而挑战刺激的户外活动变得有意义。网友们在文化中锻炼身体，在健身中感受文化，参与者动辄几十人、数百人。这种文化与健身相结合的活动被中央电视台专门拍摄了“烟雨南山开画本”、“偷得浮生半日闲”等四集纪录片。

五、“拾荒”苦乐

历史文物的不可复制性会导致其一失万无。辩证地说，文物大多在休眠或半休眠状态下得以保存或不自觉灭失。那些已为人共知共见的，却会在特定情况下人为自觉损毁。在无长远目光或追求即时效益的人面前，保护起来很有困难。我们要宣传的，是要人们知道和重视这一特性，去保留、保护这些已知的，

20130324
2013年首届镇江名人故居徒步大会
文旅暴走
镇江文化之旅
www.zjwh.net
镇江丁卯队
2013年首届镇江名人故居徒步大会
镇江金山队

缅怀抗战先烈

并用保护的眼光去发现那些未知的或熟视无睹的。

“拾荒”，顾名思义就是把那些隐秘的不为人知的或荒废的熟视无睹的价值捡拾起来，让人们重新认识它的价值。镇江已历三千年文明史，先人传下的文化是厚重的和多层面的。它也像历史一样经历着自然或人为的兴与衰。在历史长河中积淀下来的，是物质与精神方面的双重瑰宝。丢失了，不仅是现在的损失，更是历史的损失。华夏以自身的艰辛努力，带动越来越多的网友，践行着漫长的文化拾荒行动。

最初几年的文化寻访，常被疑为文物贩子或别有用心，受到责骂或驱赶。华夏不放弃，继续。

文化寻访中，常有群众惊呼：“呀，在这里住了几十年，不知道身边就有宝。上次什么什么事差点拆掉了！”这就是“荒”，文化的荒，人们熟视无睹的荒！不拾可能就真的荒了。这也是乐，人们知道了这是宝，以后就会保护它。这也是华夏的乐，“乐其乐也”之乐。

越来越多的人从活动中认识了镇江的历史和现在；越来越多的人在活动中学到了知识，提高了认识，潜移默化中提高了精神品位；越来越多的人走出豪宅陋室，把工作生活的压力释放在山水间；越来越多的人走出物质的狭隘，走向文化爱好和精神追求。这就是“文化之旅，诗意人生”的效果，这就是“文化拾荒者”的苦与乐。

张炜：My0511大掌门

文/胡　浩

张炜，祖籍江苏宜兴，1973年11月生。中国致公党党员，毕业于镇江高等专科学校机电专业。My0511网站创始人、站长。

张炜是镇江互联网界的知名人士，我作为也喜欢泡论坛、看新闻、听八卦的“潜水员”，在接到采访这位偶像的任务时，也是心情相当激动。万达广场写字楼 A 座，My0511 网站窗明几净的办公室，这位镇江本地的互联网“大佬”，全无任何的架子，给我开了一瓶矿泉水，就与我坐在沙发上聊起了自己“捣鼓”My0511 的那些事儿。

技术宅把业余变成了主业

张炜 1995 年从镇江高等专科学校毕业，进了一家合资企业。不过朝九晚五的生活，并没有抑制他探索未知、喜欢热闹的天性。自从他咬咬牙，花了 7000 块买了一台电脑之后，新世界的大门就此对这个“弄潮儿”打开了。

“当时上网的人，都是很纯粹的，就是图热闹，好新鲜……”张炜这样说道，“当时我就在想，能不能搞一个镇江人自己交流的论坛。”张炜后来跟健康路一个卖电脑的朋友商量了一下这个事情，哪知正好对方手里多注册一个域名，且没有时间过问，疏于管理，于是转给了张炜。

在 2001 年的时候，梦溪论坛（0511）正式上线了，一经上线就受到了镇江网络上乡亲们的追捧。不过，作为兼职技术宅的张炜，头疼的事情也接踵而至。由于经费不足，他一开始是租借的海外服务器，这直接导致了这位“草根站长”晚上觉都睡不好，一晚爬起来看几次电脑，生怕明天一早网站就打不开了。

直到几个月后，他狠狠心花了万把块钱买了一台服务器，这样担惊受怕的日子，才算告一段落。不过对于当时月薪才 2000 元左右的张炜来说，这可真是下了大血本了。当时的张炜，在八小时下班之后，所有的业余时间几乎都奉献给了网站。

“我一肩挑了技术、编辑、美工、商务、客服等所有职务。”张炜笑着说道，“可惜没钱自己给自己开工资，像我这样拼命的打工仔，肯定什么老板都喜欢！”不过，张炜在辛勤耕耘互联网事业的同时，也有了很多的收获。

2001 年的时候，他就在网络上邂逅自己的真爱，也就是现在的站长夫人。这段在当时潮得不行的网恋，在一年后的 2002 年就修成正果，至今和和美美，夫唱妇随。

2002 年的时候，网站接到了第一笔广告，是一家卖包的小商铺。时隔 16 年，张炜对第一笔广告业务依旧是记忆犹新：“当时是 1200 块钱，把我高兴得不行！”当时的他绝对不会想到，16 年后的今天，网站会拥有 50 多名职工，成为年广告收入千万的本土网络巨头。

2003 年，0511 遇到了第一桩“并购案”，一个朋友要砸 15 万买 0511 的股份。当时的 15 万还真的是一个天价，张炜也是有些心动。“但是因为五万元没谈拢，最后没有收购成。现在看来，还好没有卖这颗金种子。”张炜谈起这桩乌龙并购，笑着说道。

2005 年，随着网站的蒸蒸日上，张炜向原单位递交了辞呈并从原单位离职。从此，企业少了一个勤恳爬格子的技术员，镇江的互联网市场上则多了一个呼风唤雨的弄潮儿。

从筚路蓝缕到包罗万象

全职之后的站长张炜并没有过上悠闲的生活。论坛需要底蕴和人脉，后来做的人很难超过前人，所以在用户的争夺上十分激烈。

对此，张炜在栏目的设置上动了不少的心思，主打本土牌，注重差异化，培养有黏性的本土用户群体。从一开始的“茶余饭后”等七八个栏目，具有极强的开放性，且贴近百姓生活，很快聚集起了大量的人气。家有梧桐树，自然就能引来金凤凰，镇江知名的菜菜鸟户外、爱心家园等民间团体看中了0511的用户基数，相继入驻，并在彼此相携中一起发展壮大。

随着用户群体的几何倍数增长，另外一个机会也敲响了张炜这位有准备之人的房门。2010年，一位网友在论坛上咨询与车辆购置有关的问题，没想到迅速得到了车管所的权威官方回复，很快交警大队等涉及民生的部门也开始重视0511上的网友提问，几乎有问必答，引得很多部门争相效仿。这在还没有开展整治“四风”建设，到机关办事“门难进，脸难看，事难办”的2010年，其威力不亚于一颗“重磅炸弹”。

很快，镇江市工商局、公积金管理中心、镇江市残疾人联合会、农委等政府部门和与民生相关的一些部门主动接入并与0511合作开启专门的板块，回应网友的询问与诉求。镇江网民“有事上0511网络问政”的习惯，从此慢慢养成并延续至今。如今，0511的论坛板块已从原来的7个，拓展到了100多个，包含房产、汽车、婚恋中介、网络问政等各行各业，可谓包罗万象。

危中求机的差异化发展之路

论坛最红火的时候是2012年，微信还没有很火的时候，一天的PV（日流量）250万左右。等于是当时的镇江网民，一半以上都上0511。但这样红火的成绩，却并没有让张炜就此睡在功劳簿上，甚至“提前退休”。

居安思危者，往往深谋远虑，且能常战常胜。这句话，再次应验在了张炜的身上。2012年开始，在论坛PV全面飘红，节节高升的大好局面之下，他却清醒地意识到：“时代变了，论坛已经是一个落后的载体了！”随着互联网群体的壮大发展，论坛是根本不可能满足网友不断增长的交际需求的，若想不被时代淘汰，只有主动适应时代。

于是他开始把目光投向当时火热的微博，可当时的微博已经充分地商业化了，而且市场份额也开始不断地丢失。就在这时，随着智能手机的普及，张炜敏锐地发现了一个新兴的事物——微信！

当其他同业者，还在卖力做微博营销号的时候，他已经开始着手在做0511 的 APP 客户端和微信公众号了。事实证明，张炜的选择完全正确！

6 年之后的今天，0511 旗下的三个公众号利用原来论坛的底蕴和基础，以及不断地迎合市场，开拓进取，成为了镇江本地 20 万关注的大 V，所发的文章，10 万 + 阅读的霸屏文亦屡见于镇江微信网友的朋友圈。用 APP 登陆论坛的手机用户，更是达到了总活跃用户的一大半以上，论坛热度不降反升，甚至因为网民基数的剧增，百姓话题等板块比 2012 年时更加火热，用户黏性更高了。

在天涯、西祠胡同、猫扑等传统大论坛呈现式微之势的同时，因为张炜的未雨绸缪，0511 反而凭借先行布局与差异化发展，风景这边独好。

张炜表示，未来 0511 将继续走差异化发展路线，立足本地，深耕镇江。“本地蛋糕还是很大的，本地招聘、分类信息、房产中介、家政服务还是有很大增长点的。”对于未来的发展，张炜信心满满地说。

采访的最后，张炜这个年方 45 岁，却已经历了改革开放 40 年浪潮的弄潮儿谈及这么多年镇江的变化，万分感慨地说道：“改革开放给我带来了很好的机遇和机会。其实这一路走来，最离不开的是地方政府相关部门对 0511 的帮助和支持。镇江公安局网安处的开放态度，镇江市委宣传部相关部门一直的鼎

力支持，有了这些好的土壤，我们才能够健康成长，才有了今天的 0511！”

他抬起了自己的双手，十指交叉，对着我说道：“政府部门就好像是人的右手，热心网民则是人的左手，治理城市是一件很复杂的事情，单靠右手或者单靠左手，都不可能做精做好。只有左右手一起动，热心网友与政府职能部门相向而行，群策群力，才可以一同构建镇江互联网，乃至镇江整个城市更好的未来。”

“这是我的初心，也是几十万 0511 网友的初心”张炜如是说。

陶靠军：创业路上的新镇江人

文/钱兆南

陶靠军，1975年8月生，大学专科文化。毕业后只身一人来到镇江，进入装饰行业打拼。现为镇江市名品建材有限公司总经理。2013年6月至今担任镇江市家居装饰业商会会长，镇江市政协委员，镇江市工商联总商会副会长。

镇江青年广场已成为以中高端家装为主，集家居、建材、装饰为一体的商业圈。这里聚集着三家专业大型家居卖场和许多路边专营店等。这类行业的领头人就是在青年广场商圈有着四家门店的镇江市名品建材有限公司总经理陶靠军。

说起陶靠军，他 1975 年 8 月出生在淮安一个普通的农民家庭，在家排行老三，上有两个兄长，家人习惯叫他“三仔”。上世纪 90 年代中期，他高中毕业，为了减轻父母的生活负担，刚 20 岁出头，他就一人带着母亲给的一百多元钱，从淮安农村来到了镇江闯荡。他却一没资金、二没技能、三没关系，凭什么在镇江闯荡。初来乍到立足都是问题，事事开头难，这时他首先想到临行前母亲对他说的话：“遇事在家靠父母、出门在外靠朋友，但最重要的还是要靠自己”，放在面前的问题首先要立足，方可生存谋未来。他没多想，只想脚踏实地先学门手艺，后经淮安老乡的介绍，当了一名油漆学徒工，这也算是在镇江落下了脚，有了一份工作。

因工作性质不同，陶靠军时常跟在年长的师傅们后面走大街、穿小巷，奔波各个工地。师傅让他用砂纸打磨墙面和家具，学着刮腻子、墙面找平，最后上漆，家具和地板漆要上几遍，每次都要一气呵成。每天爬高下低，弯腰曲背，虽然才二十岁出头，这一天下来，手脚和腰都发硬，收工回到出租屋，把四肢摊到小床上，胀疼得都不知道往哪里放。师傅说，每个学徒工都要先从最基础的粗活开始做起，粗活做熟练了才可以学下一道精细的活。

陶靠军是个勤劳而善动头脑人，平时做完自己的粗活，一有空跟在师傅后面做下手，把师傅的一举一动都刻进脑子里，睡觉前像放电影一样，在脑子里过一遍。他通过自己勤奋好学，很快一年后满师，第二年他也当上了小师傅，拿到全工资了，心情也无比激动和开心。他也认识到凡事一靠朋友，关键还是靠自己的勤劳好学，才能赢得自己在镇江站稳脚。

陶靠军拿了全工资后一分钱也舍不得乱花，尽管他还没有考虑以后会做什么，所以，他把自己的工资都存起来留着今后大用。有次在收工回宿舍的路上，经过运河路时，陶靠军看到路边的一些小门脸的店铺，突然有个想法，用手里的一点积蓄，开个小店做生意也许会更好。一心想开店的陶靠军于 1996 年与志同道合、不离不弃一起闯天下的女友，用挣来的 3000 元，在镇江装饰城开了他的第一个油漆门市部。

小门店卖油漆是比较辛苦的活，开始就是一桶油漆、一包滑石粉、一袋腻子的卖，卖得多的时候还要自己送货，人累点不说，但是，一个月下来扣去房租及人工成本也赚不了多少钱。女朋友还要天天守着店，自己整天削尖脑袋在外面洽谈业务。

一说到初出道时的艰辛困苦，不是能三言两语说得完的。他也不愿意回望过去，只是轻描淡写地描述道：那个年代每个家庭都差不多，大家都站在同一起跑线上，生活就是这样，舍不得吃苦，不去奋斗是不可能的，庆幸的是我们能在苦中尝到了甜头、看到了盼头，人只要有奋斗的目标，再苦也不觉得。

机遇终于来了。陶靠军幸运地接到了为镇江日报社大楼做外墙涂料的“大单”。合同签约的那天他非常兴奋，一夜没睡踏实，喜悦中略带紧张，并暗下决心，一定要把这个业务做完美。他领着七八个兄弟包下这个工程，每天在高空作业，风吹日晒，一个月下来，个个晒得像黑鬼，在他的带领下不到一个月的时候，这个工程就按期保质保量顺利完工。结账时除扣除成本，一下子他就赚了一万多元。这一万多元拿到家，放在枕头下，透过枕头他闻到了人民币的味道，这味道有果子成熟的那种甜香，搅得他那一夜又没睡着。这味道能让人心跳加速，但又踏踏实实。这是他到城里几年来挖到的“第一桶金”，太来之不易。

陶靠军没有被短暂的喜悦冲昏头脑，接下来他的愿望是要让第一桶金下能再下个金蛋出来。万事开头难，手头上有一点积蓄想做点大事，仅靠一个小油漆店永远翻不了身，得想办法接大点的工程。做工程没有不垫资的，资金链像只看不见的老虎，经常把他的心咬烂。到 2007 年的时候，生意上总算有了一点起色，因为信誉好，业务越接越多，生活也一天比一天好了起来，夫妻俩这才有能力在润州花园买了一套小户型的房子。和妻子两人打拼了许多年，因为买不起房子，也不敢要孩子，当时的房价很便宜，才八百一平米，买了房子还是没有钱装修。两年后才装修住进去，有了家才敢要孩子，他 29 岁那年才生了女儿，应该说这时候他才算真正的在镇江站住了脚，有了属于自己的栖息之地。

整个 90 年代是建筑、装饰业的井喷期，许多同行都从小打小闹的小店发

展壮大，接大工程的机会是越来越多。陶靠军认定一个理，不管做大工程还是小工程，一要讲诚信，二要舍得吃苦，肯定就会有回报。要想业务做得大，就得有大投入。这期间为了扩大业务他也开过工厂，招了六七十人，后来实在忙不过来，加上利润低，不得已关了。后又把精力重新投入到装饰建材业。思路理顺了，有了方向，有了目标，做什么事都能顺风顺水。

在 2012 年 2 月，他成立了镇江市名品建材有限公司，从此告别了单打独斗的模式，成为他人生的一个分水岭。他除了在外拓展业务，内部有专人分管各项事务，现在，公司旗下已代理了许多知名品牌及多种建材装饰品类，其中有家具、阳光房、木门、楼梯、整木定制、窗帘软装、整体装饰工程等。营业总面积约 3000 平方米，现每年业绩都能逐步提升。

有了良好的平台，自己事业有所成就后，陶靠军又有了新的想法，如果通过自己的能力带领家居建材人，为大家搭建一个行业公共平台，更好的服务于广大从业人员，这将是更上一层楼好事。

2013 年 6 月，在镇江市装饰建材商会成立大会上，陶靠军被推选为该商会会长，社团一级法人。当选后，他的初衷就是：如何将建材行业的一盘散沙聚拢起来，搭建好行业平台，利用平台服务好会员，会员才能更好地为千家万户的家庭装修做好服务。梦想与机会总特别青睐那些积极进取，时刻做好准备的人。商会成立后的当年就发展会员企业近300家。

镇江市装饰建材商会成立后，陶靠军带领商会核心层，就如何服务和引导消费者，为消费者提供一站式的购物，结合装饰建材行业特点等，开拓创新大胆尝试的工作思路，很快形成了共识。商会于2014年组织了几十家品牌商户参加，在体育馆举办的“燃情2014镇江首届春季大型装饰建材家博会”。第一次举办这样的大型家博会，大家都没有经验，说实在的，很难探到底，以为会冷场，没想到在举办两天的时间里，现场便成功地收到购物定金200多万元，这给陶靠军吃了个定心丸。活动给消费者带来实实在在惠利，也得到社会各界及行业类的一致好评，同时，极大的增强了行业商会的凝聚力和号召力。这以后他带商会会员们又连续成功举办了十多场次大型家博会。对于商会的发展，陶靠军也意识到，商会不仅只是会员共享的平台，更重要的是做强才能做大。几年来他一直围绕做强、做大上台阶，如何更好地服务于商会扎实工作。功夫不负有心人，商会在他的带领下再次迈上了新台阶。商会成立了党支部，荣获了国家AAAA社会组织、省示范社会组织、市先进组织等若干次。为了更好的引领行业健康有序的良性发展，一年中他有许多时间在外面奔走，不管做哪一行，不能坐井观天，走出去，才能请进来，通过多次观摩取经、吸收消化，才能在各方面取得长足发展，逐渐壮大。陶靠军说商会的成立，让大家抱团取暖，利用各种方式搭建平台，制定目标，在政策允许的情况下推动建材行业的发展，并与国际接轨，就算是以后不当会长了，能给大家留下这个平台，也是功德。

作为一名政协委员、行业商会的引路人，陶靠军没有忘记自己的责任，他看到镇江装饰建材市场遍地开花，资源极大的不合理，也给行业带来许多不必要的资金和人力投入。就想，镇江的购买力毕竟有限，不如集中力量打造好已经有的好商圈。于是，就写了《进一步加强青年广场装饰建材商圈的打造》的提案，得到了市领导及相关部门的重视。商业圈正式成立后，自已家的生意都忙不过来，还要应付商业圈的事情，忙得顾不上家庭，夫妻俩还像以前一样，一个主外一个主内，唯一的女儿从小就在外地上学，一周才能回来一次。

陶靠军说，从出道到现在所吃过的苦无法言说，如今也算小有成功，这些苦可以忽略不计。这些年有政府部门的大力支持，让他在这个行业扎下了根，只是现在肩上的担子比以前更重了。不仅自己要发展好，更重要的还要带领这个行业走上良性发展大道，这就要求他比以前更加努力。建材这个行业，特别的复杂，经营的品类大同小异，从业者普遍学历不高等。特别在遇到顾客投诉等事情很难沟通，这就需要大家有包容心，既然是行业领头羊，就要耐着性子摆事实讲道理，寻找平衡点，努力让客户满意。业务做大了，压力也大。公司发展到现在，目前有员工 90 多人，每年员工的工资就得好几百万。现在所有的工程都要标准化，要求越来越高，但只要大家人心齐，什么困难都不怕。

现在，他无论是在公司还是在商会，只要在家不出差，就要接待一茬又一茬的人，有商户们来找他解决问题的，有来谈业务的，有来请他帮忙的，电话一个接一个打进来，接到手发软。都说人过留名，雁过留声，自从成立了公司，连任了二届商会会长，在市总商会担任副会长，并且两次连任政协委员等等，很多事陶靠军都以做事先做人为准则，一切从严要求自己，勤奋踏实。

接下来陶靠军要做的事有三件：在建材行业成立工会，争取上国家 AAAAA 社会组织，党支部创双优。在做好这些工作的同时，还时刻提醒自己做人做事要有准则，不偏离航道，紧贴市场的风向，多了解会员的诉求，化解矛盾，做好与政府的桥梁和纽带作用，引领会员健康持续发展。

方应明：扛起『老方葡萄』的招牌

文/尤 恒

方应明，镇江句容人，1976年9月生。1994年12月应征入伍，1997年7月加入中国共产党，1998年9月复员后子承父业，开始从事葡萄种植、销售、研究、示范、推广等工作。2013年3月当选句容市丁庄老方葡萄专业合作社理事长、句容市春城老方葡萄协会会长、江苏省葡萄协会常务理事，2015年5月获句容市五一劳动奖章，2017年7月当选江苏省农民专业合作社联合会副会长，2017年12月获农业部授予的全国农业劳动模范称号。

七月暑热，句容丁庄2万多亩的葡萄熟了，夏黑、巨峰、黄蜜、阳光玫瑰、美人指……你方唱罢我登场，一茬接一茬，争先恐后地赶着这场葡萄的盛宴。

方应明忙里偷闲，趁着喝水的功夫，登上了丁庄葡萄交易市场的顶层平台。站在这个平台，可以鸟瞰丁庄的整个葡萄园，苍翠的叶子下面是一串串套着纸袋的葡萄，怎么望也望不到边呀。可是在30年前，这里只有2亩葡萄，被一片片油菜、小麦、山芋、玉米、芝麻包围着，显得那么微不足道。可谁能想到，这2亩葡萄就像荒原里的星星之火，30年后燎原成了21800亩的“葡萄小镇”，丁庄以及周边近2000户的农民靠着这水晶一样的葡萄盖起了楼房、开上了小汽车，提前过上了小康的生活。

30年前的2亩葡萄，是由方应明的父亲方继生在自家的承包地里种下的。

昨天晚上，方应明又梦见了父亲。梦里的父亲还是生前的样子，瘦削的身躯，黝黑的面孔，炯炯的眼神。父亲说，小明，青葡萄酸，紫了就甜了，下回再到小姑父家里吃葡萄。小明赖着不肯走，父亲没辙，只好从树上摘下两串青葡萄，小明摘了两颗，塞进嘴里……

方应明流着口水醒了，原来是场梦，可分明又不是梦。记得自己小的时候就特爱吃葡萄，每年夏天，为了能吃上葡萄，他会拉上最要好的小朋友走四里地的山路到小姑父家里，那里种着一棵老葡萄树。没等葡萄变紫，就把长在最低处的葡萄摘了下来，用汗衫兜着，一路走一路吃，等回到家里，青葡萄也快吃完了，可牙齿酸得发软，只好向父亲撒娇求救，引来的是父亲的一顿责怪：

跟你说过多少遍了，等葡萄紫了再去吃，咋这么不听话呢？酸掉牙，活该！父亲嘴上这么说，还是倒了碗凉水，往里撒了几粒青盐，用筷子搅了，递到小明嘴边，让他赶紧漱口。这种情形伴着方应明度过了童年的每一个夏季。到现在，方应明都不能确定，父亲是不是因为看到儿子喜欢吃葡萄才决定种葡萄。

在方应明的记忆里，现实中的父亲是严肃的。父亲从来没有夸过自己。1994年底，18岁的方应明应征入伍。那时候，家里10余亩的承包地里都种上了葡萄。父亲种的葡萄与小姑父家的葡萄完全是两回事，品种叫巨峰，种植方式叫作早川葡萄种植模式。那葡萄又大又紫又甜，拿到市场上卖到7元一斤。看到方继生种葡萄赚了钱，村里的乡亲们觉得种葡萄有奔头，一些农户纷纷拜方继生为师，也在自家的承包田里种起了葡萄，短短5年间，丁庄的葡萄由2亩发展至300多亩。作为军人的方应明远在吉林，心里却一直记挂着家里的葡萄，他多次写信对父亲说：老爸，我以后就跟着你干了！可父亲一直没有作出正面的回答。

4年后，方应明从部队复员，工作一时还没着落。有一天，方应明跟着父亲在葡萄园里修剪枝条做下手，每到一棵葡萄树跟前，父亲都会说，这棵可结50斤，这棵可结80斤，并说出了其中的理由。方应明正听得入迷，父亲突然停下手中的活计，一脸严肃地问：小明，你真的想种葡萄吗？父亲连问了三回，在得到方应明肯定的回答后，父亲说，种葡萄是要吃很多苦的！眼前的父亲双鬓已掺进了许多白发，父亲老了，这是他第一次发现父亲开始老了。他的心突然颤动了一下，于是他认真说，你儿子可是当过兵的！父亲说：我想种葡萄种到80岁。小明，你呢？方应明说，我要把葡萄进行到底！父亲笑了，儿子也笑了，葡萄架下，父子间的约定。

方继生没有实现干到80岁的夙愿，2012年12月29日，65岁的方继生永远地走了。出殡那天，全村800多位乡亲冒着雨雪送他最后一程，在场的人全在哭，可方应明没有哭。父亲在弥留之际，拉着他的手断断续续地说：小明，丁庄的葡萄千万不能让它败了，技术一定要跟得上，葡萄的深加工一定要上，合作社不能散，还有新品种的引进……父亲已不能言语，却紧盯着儿子，方应明知道父亲是对自己不放心呀，他流着泪说：爸爸，放心吧，我会把种葡萄进行到底的……父亲的脸上闪现出一丝笑容，握着儿子的手松了，然后闭上了眼睛……

方继生走了，丁庄的葡萄产业在继续。在大家的选举下，方应明出任了丁庄老方葡萄专业合作社的新一届理事长。方应明成了名副其实的“农二代”。

然而，2013 年他就经历了一场严峻的考验。

这一年，雨水真多，特别是葡萄开花的那些日子，雨下起来简直没完没了。雨水打着葡萄的叶子和花朵，更打着 1600 多户合作社果农的心。雨水多，病害就多，葡萄结果就会受到影响。更怕的是，如果雨一停就持续高温，必定造成软果，好果率就会大大下降，造成的连锁反应是，经销商就可能压级压价，葡萄种植户的收益就会大打折扣。真是担心什么就来什么，果然，雨一停，那气温就像吃了兴奋剂一样往上蹿，很多种植户都向方应明反映自家的葡萄病虫害比往年多，结的果子比往年软。

“小方，你说该怎么办？”

“小方，你拿个主意吧！”

可是新一任理事长此时也是束手无策，因为他从事葡萄种植以来，从来没有遇到过这种情况。方应明回忆起那段日子，用他的话说，简直就是在火上烤。这时候，对父亲的思念像潮水一样吞没了他。他在自己的 QQ 签名中写道：好想与父亲在天堂对一次话，该怎么解决这些问题？

说来奇怪，当他写下这句话的当天夜里，父亲便走进了自己的梦里。父亲像生前一样，依旧一脸严肃。父亲说，小明，不要害怕，办法永远比困难多，相信自己，相信科学。方应明连忙问：解决软果的办法是什么？可是，父亲笑了笑，消失了。方应明喊：爸爸，爸爸，你别走，别走……

方应明急醒了，急出了一身的冷汗。汗出而脑静。回忆起父亲的一生，何尝不是在一次一次挫折和失败中走向成功？真可谓屡败屡战。从 1982 年开始，父亲就没有停止过折腾，承包窑厂，种桑养蚕，开塘养鱼，立体种植草莓，养鸽子……可总是亏多赚少。1989 年，父亲偶然从《致富信息报》上看到日本早川葡萄种植的资料，就按照资料上说的，在自家 2 亩承包地上种下了葡萄，招来的是乡里乡亲怀疑的目光：这个老方又在折腾什么？可父亲不在乎这些。没钱买肥料，就来到县城四处掏垃圾，忍着臭气熏人和乱飞的苍蝇，硬是掏了十几拖拉机的垃圾，为葡萄施上了充足的肥料。后来，父亲遇到了命中的贵人——时任镇江市人大副主任、农科所所长赵亚夫。有一回，赵亚夫到丁庄视

察，看到父亲搭的葡萄架很规范，与他在日本看到的一模一样，禁不住好奇地与父亲攀谈起来，这一谈就是整整一个下午，这一谈父亲种植葡萄就有了强大的技术支撑。赵亚夫不仅经常来到方家的葡萄园手把手地教技术，还主动为父亲联系了省农科院、南京农大等科研院所。赵亚夫还把自己亲传的弟子芮东明作为老方葡萄园的技术顾问。后来，在赵亚夫和县、镇两级党委、政府及农业部门的关心支持下，父亲牵头成立了老方葡萄协会；在此基础上，后来又成立了丁庄葡萄专业合作社，成员从最初的 13 户发展到现在的 1600 多户，品种由最初的巨峰发展到现在的夏黑、阳光玫瑰、黄玉、金手指、美人指等多个品种，丁庄葡萄园成了全国农业标准化示范区。这一步步走来，不都是在千百次的失望中寻找到新的希望吗？

第二天，方应明就把可以联系上的果树专家联系个遍，镇江农科院的芮东明、全国葡萄协作网的雷志强、中国农科院的王忠跃……他把从农户那里搜集到的病虫害图片通过 QQ 一张张传过去。很快，专家们都给出了自己的建议，虽然各有侧重，但方应明结合自己的经验，综合出一套解决办法，然后先在自

家的 100 多亩葡萄园试验，根据效果，不断改进方案，最后总结出一套较为完善的解决方案推荐给合作社社员。

经过多雨多病软果的考验后，2013 年丁庄葡萄园的好果率达到了 60%，虽然距离好年份的 90% 还有很大距离，但没有全军覆没已算不幸中的万幸了。

方应明望着散落在葡萄园中的烂果，心疼了，这些果子都是老百姓的血汗呀！搞葡萄不能总是望天收！看来，改变经营策略已迫在眉睫了。作为“农二代”，仅靠传承是不够的，必须有所创新有所发展。

方应明首先想到的是把露天葡萄园逐步改造成避雨栽培模式，由于资金量不够，只能一年做一点，到 2018 年春天，他家的 100 多亩葡萄园已经全部建起了钢架大棚，盖上了塑料薄膜。躲在大棚里的葡萄，好比有了避风的港湾，再大的风再大的雨也不怕了。有了大棚，许多葡萄新品种开始试种，早熟的黑巴拉多、早甜、晨香、早霞玫瑰，中熟的阳光玫瑰、恋人、心意，晚熟的秋红、白罗莎、妮娜皇后……一旦试种成功，他就培育种苗，向葡萄种植户们推荐。早熟、晚熟品种的丰富，意味着七月份不再仅有夏黑作门面，八月份不再仅主打巨峰牌，九月不再仅有美人指撑场面了。未来的丁庄万亩葡萄园，葡萄的盛宴将从七月持续到十月甚至更长。

2015 年，方应明投资 100 万元，建立了占地 2 亩的葡萄休闲吧，来丁庄采摘葡萄的游客有了休闲的场所。2017 年，他又投资 50 万元，在葡萄休闲吧的对面建起 100 多平米的葡艺馆，里面展示出售着新推出的葡萄脆、葡萄干、葡萄果酒、葡萄酸奶等葡萄衍生产品。这些衍生品如果获得市场认可，必将有效解决残次果的出路问题。

2018 年，方应明被评为全国农业劳动模范。中华人民共和国自诞生以来只评过三次，分别是 1957 年、1990 年、2018 年。方应明作为获奖代表应邀出席了全国农业工作会议，受到了习近平总书记的亲切接见。在庄严而热烈的会场，父亲的身影又一次浮现在方应明的脑海里，2000 年，父亲被授予"全国劳动模范"光荣称号，也是在人民大会堂受到党和国家领导人的接见。

"爸爸，您知道吗？咱们丁庄正在打造葡萄小镇，规划有了，路正在修，游客接待中心也在建。我想呀，趁着这个机会，把葡萄民宿搞起来，人们来到丁庄，就像来到了家……"

想到这里，方应明的心里敞亮着，可眼里一热，泪水涌了出来，泪光中，父亲正对着自己笑。

周慧杰：大家都叫我安德烈

文/陆渭南

安德烈，原名，周慧杰，生于上世纪70年代末。“海归”青年，2008年从俄罗斯回国创业，成立江苏捷斯达进出口有限公司。2014年与俄罗斯环俄罗斯商人合作在斯塔夫罗波尔创办环保墙材制造有限公司，公司创办至今，成为最佳境外投资公司，列入当地重点民生项目，成为中俄合作项目的典范。

一

2008年，江苏捷斯达进出口有限公司在鞭炮声中隆重挂牌。公司法定代表人，正是俄罗斯青年海归周慧杰，朋友们更喜欢叫他的俄国名字：安德烈。他满脸胶原蛋白，精神抖擞，温文尔雅，虽然刚满30岁，经商年头却已足10载。

至2008年年底，捷斯达公司经销的五金产品，销往俄罗斯西伯利亚，出口额达到800万；两年后出口额翻了6倍还多。时至2017年，捷斯达公司的五金业务不断扩大，从钻头延伸到车床、设备、工具等等，在俄罗斯拥有自己的知名品牌及众多经销网点。上海、安徽、江西、江苏丹阳等地100多家企业的产品，通过捷斯达公司源源不断地出口俄罗斯。

2017年10月，捷斯达公司又传来喜讯。经过十年黄金发展期，公司完成了跨行业多渠道差异化竞争的提升，成功涉猎汽车销售领域。10月底，吉利汽车4S店将在俄罗斯斯塔夫罗波尔开张。这一战略转型，是周慧杰继2014年总投资600万美元，在俄罗斯投资环保墙材料，2015年合作投资1000万建起300个标准蔬菜大棚之后的又一重大举措。

谈起吉利汽车4S店，周慧杰的脸上泛起自信的笑容。任何企业家的成功都不是建立在已有成就上的，当然要不断去开拓新的领域和新的行业，这才富有挑战意义。曾有朋友认为，周慧杰的主打生意五金产品销售，这老本够他吃多少年的。但周慧杰是个商人，具有不同于常人的商业嗅觉。熟悉周慧杰的人，知道他有句口头禅：千头万绪想思路，千里万里跑出去，千山万水到处转，千金万金赚回来。他从不满足于只做五金销售，哪怕这个生意他做到了极致，甚至行业垄断。

浙江人李书福是个传奇人物，他的“吉利情结”与近于疯子一样的创业精神，曾感染过许多人。吉利集团总部设在杭州，在浙江台州、宁波，湖南湘潭，四川成都，陕西宝鸡，山西晋中等地建有汽车整车和动力总成制造基地，现有博瑞、博越、帝豪系、远景系、金刚系等10多款整车产品。吉利汽车集团在海外建有近200个销售服务网点。

随着2017年第一辆吉利汽车整车产品在俄罗斯诞生，吉利标杆旗舰店将成功落地俄罗斯。作为吉利汽车在俄罗斯的唯一经销商，周慧杰2017年10月

参加完第一家吉利汽车 4S 店的开业典礼后，将信心满满地在俄罗斯广袤的国土上，物色第二家、第三家直至第十家吉利汽车 4S 店新址。差异化竞争，便周慧杰又一次独享垄断市场带来的诱人红利，再一次刷新精彩人生。

至 2018 年，捷斯达进出口有限公司走过了 10 年的风雨历程。周慧杰从风华正茂的 30 岁，走向成熟果断从容的 40 岁，如果把个人财富积累越过一个亿，作为在商界获得成功的参照，那么，周慧杰无疑是人生赢家。

二

“桥头生意郎，挑担走四方。”1983 年，浙江省永嘉县桥头镇，建立了中国大地上第一个小商品批发市场——桥头纽扣专业市场，成为全国闻名的纽扣交易中心。香港《文汇报》称之为“东方第一大纽扣市场”，《半月谈》杂志称其为“东方的布鲁赛尔”。

与永嘉毗邻的青田县，有一个姓周的复员军人，肩扛手提从桥头批发的大包小包，辗转到镇江甘露商城摆摊设点叫卖纽扣。从浙江丽水到镇江，一天只有一班绿皮火车，通常周师傅半夜过后爬上只停靠几分钟的火车，然后蜷缩在

水泄不通的车厢里，到了镇江火车站又是后半夜。

周师傅就是周慧杰的父亲。上世纪 80 年代，周爸爸怀揣一家人省吃俭用积攒的辛苦钱 500 元，像温州、义乌等地的小生意人一样，哪里有商机就到哪里安营扎寨。风餐露宿，起早摸黑。到了 80 年代末，周爸爸的纽扣生意已垄断镇江地区。

留在老家青田县读书的周慧杰，在妈妈的监督与照顾下，学习成绩非常优秀，周爸爸最大的愿望是儿子能够考上名牌大学，为此，周慧杰的妈妈放弃一道出来做生意挣大钱，在家里洗衣做饭一心陪儿子读书。

周慧杰天资聪颖，这不，初中毕业，他一举考上了丽水地区最好的高中丽水中学。当地人知道，进了丽水中学，等于一只脚迈进了重点大学。周妈妈放心地来到了镇江，与丈夫一起在商海打拼，继续缔造他们的纽扣王国梦。周爸爸记得，那时的钱真好赚，凭借小小的纽扣，周爸爸很快成为当时令人艳羡的万元户甚至十万元户。不仅摆脱了繁重的农活，在城里扎下了根，还给两个儿子买了城市户口，是改革开放后第一批发家致富的人。然而缺少大人监督的周慧杰轻轻松松混到了高三。1998 年，周慧杰被调剂上了一所普通本科黑龙江矿业学院（黑龙江科技大学）。2000 年，周慧杰作为国际交流生，进入位于俄罗斯海参崴的远东国立技术大学就读。

符拉迪沃斯托克市（海参崴），意为“东方统治者”或是“征服东方”，是俄罗斯滨海边疆区首府，也是俄罗斯远东地区最大的城市。这里有良好的海滨浴场，每逢夏季，来自远东各地、西伯利亚、欧洲部分乃至外国的游客、疗养者成千上万。留学海外的周慧杰如鱼得水，利用语言优势，他办起了生平第一家公司——中慧国际贸易有限公司，自己当老板，那一年年方22岁的他，已把自己的人生目标定位为：国际商人。把国内的手机配件倒到国外售卖，为当地华人提供诸如签证、翻译、旅游咨询等服务。来钱慢，赚得少，但很锻炼人，而且能够交往到朋友。

周慧杰人生里第一桩生意做砸了。原来，在俄罗斯人们居然吃不上好吃不贵的冰激凌。周慧杰向父亲开口，借了10万元，买了4台冰激凌机，就在他甩开膀子想大干的时候，俄罗斯食品监管部门却很不给力，迟迟不给办理食品加工许可证。一直到周慧杰怒砸冰激凌机器，以生意彻底失败为止，许可证都没有办得下来。

2003年，周慧杰放弃留校机会，选择在俄罗斯创业。可是，当时在俄罗斯立足非常困难，中慧国际贸易有限公司勉强维持了三年，期间又遭到合伙人卷款而逃，生意陷入窘境，2007年，周慧杰选择回国发展。

事有凑巧，有一次周慧杰的俄罗斯朋友向他打听中国的五金企业，并说俄罗斯那边有商机。周慧杰笑着说，他的人生“第一桶金”就是这样赚的，2008年因为做五金出口生意，一下子赚了200万。

有人说周慧杰大概是极少数身在商海却没有铜臭、没有恶习的生意人，像他的家乡青田玉一样，温润沉潜。也有人说，周慧杰其人个子不高，年纪不大，但胸怀宽广，充满人格魅力。就拿他的俄罗斯朋友五金生意合伙人金纳来说，这些年，周慧杰在生意上很照顾他，但总有人机遇比较糟糕，圣彼得堡的这位小伙子金纳就是，前些年遭遇金融危机，生意惨败，2012年仓库遭遇火灾，去年，老婆又得了重病，就这样金纳一下子欠了周慧杰1000多万元。怎么办？还不起。金纳有5个孩子，家庭负担可想而知。有一次伊戈尔、金纳、安娜、米沙等俄罗斯朋友来镇江，周慧杰做东请他们吃饭。席上，金纳一个劲地喝酒，心情沉重。周慧杰当着众人的面，说：放心，我在这里保证，你欠我的钱，我不会开口要，而且生意上一如既往地支持你，照常给你发货，什么时候赚了什么时候还钱。

周慧杰还有一个好朋友叫做米沙，是俄罗斯300个国家英雄之一，去年提拔为斯塔夫罗波尔州的市长。他特别热爱中国，讲义气重感情，这两个同龄人尽管一个在商海一个在政界，但惺惺相惜互相提携。2012年在周慧杰的促成下，镇江市与俄罗斯斯塔夫罗波尔州缔结友好城市。他的吉利4S店就是在这个背景下诞生的。当然，吉利汽车整车工厂落户斯塔夫罗波尔，周慧杰功不可没。2014年他又促成了斯塔夫罗波尔州米哈伊洛夫斯克市与句容市的友好往来。

2017年周慧杰因搭建中俄地方桥梁的贡献，被省外办推荐参加“江苏青年友好使者”选拔活动，最终荣获“友好使者”的称号。

周慧杰关心时事政治，关心镇江的建设与发展，视野宽了境界更高了，他把国家向世界提出的 “一带一路”倡议研究得很透，他明白自己不仅仅是一名生意人，还是中俄两国的青年使者，只有把企业做强做大，让自己的企业实现“成功走出去”的目标，在海外市场做响品牌，才能改变海外市场对中国企业的看法。

有机构在美国民众中做了个实验，调查他们对中国人的看法。调查结果显

示，美国民众觉得中国人最缺乏的重要品质竟然是冒险。说到这点，周慧杰好像是个另类。为了获得有尊严的生活，20 岁就学着创业的他，从来不怕冒险。他有一个信条：不抄袭别人，不复制自己，不怕失败。与国人一哄而上，同质竞争，挤垮同行的手段不同，他不屑于跟别人做一样的事，也很反对大家扎堆争生意。

2014 年，周慧杰认真考察了俄罗斯环保墙材市场，发现市场对环保墙材需要旺盛，他决定与俄罗斯商人合作在斯塔夫罗波尔创办环保墙材制造有限公司。由于公司运用了国内改良的生产线，基本上达到了西欧技术标准，而成本大大地得到节约，同时极大地提高了生产效率，年生产 3000 万标砖，销售半径达 500 公里，占据该地市场的 40% 以上。通过短短几年的良好运营，30 多人的公司就把附近一家拥有 200 多名职工，生产设备落后的本地公司远远地抛在后面。2017 年 9 月份，就把四季度的货款提前收回来了。为什么？货不够卖！供不应求！良好的业绩，优质的产品，加上拥有地方强有力的合作伙伴，公司在当地成为最佳境外投资公司，列入当地重点民生项目，成为中俄合作项目的典范。

后 记

了解一段历史的最好方法，是记录这段历史中各色人物的生活状态。

创作出版这部报告文学体裁的图书，我们选取了镇江有代表性的四十个人物，通过讲述他们四十年中的生活经历和奋斗轨迹，真实、形象地展示镇江改革开放四十年所发生的方方面面的变化，力求对重大题材进行通俗化表达，并以此为改革开放保存一段生动、鲜活，也是珍贵的记忆。

四十个人物，涵盖各行各业，立足于普通“草根”，又不回避知名“精英”。人物经历各不相同，或平顺、或成功、或失败，但都有独特的生活亮点或代表性的生活轨迹，能够从侧面反映镇江某个行业或领域的变化，能够在一定程度上从个人经历折射出当时社会背景以及时代变化历程。

本书文字创作团队分为作家组和记者组。作家组由镇江市作家协会骨干会员担纲；记者组由镇江报业传媒集团中青年活跃记者组成。他们所呈现出来的文本文学与新闻结合，各有所长。创作团队采访写作历时半年多时间，付出了辛勤劳动。

用文学见证伟大时代、致敬改革开放。值此书正式出版之际，感谢每一位参与者！感谢市委宣传部、市文联和报业集团的大力支持！感谢《金山》杂志社（镇江市文学艺术研究院）设计和出版团队。

最后，感谢阅读此书的你。

本书编委会

二零一八年八月